굿
바
이

R

굿
바
이
R

전
경
린
소
설

문학동네

차
례

승객
_007

붓꽃
_041

합
_065

막연한 각오
_101

사구미 해변
_123

파푸아뉴기니 행성
_153

굿바이 R
_181

승객

액자는 어떻게 들어도 마뜩잖았다. 택시에서·내린 순례는 보자기에 싼 액자를 왼쪽 겨드랑이에 끼워 손가락 끝마디들로 간신히 지탱하고 오른손엔 손가방을 들었다. 등이 저절로 한쪽으로 기울어졌다. 순례는 무리한 짓을 싫어했는데, 자기 몸에 맞지 않는 짐을 지고 휘둘리는 것이야말로 가장 무리한 짓이라고 여겼다.

발권 창구에서 예매해둔 표를 받은 뒤 에스컬레이터를 타고 플랫폼으로 내려갈 때 저울 위에 올라선 듯 자신의 나이가 떠올랐다. 플랫폼에 닿는 에스컬레이터를 탈 때면 늘 그랬다. 몸이 느끼는 하강의 곡선과 눈앞에 펼쳐지는 기차 레일 사이에서 오래된 바람이 일며, 그토록 추상적인데도 확실한 건 그것뿐인 것처럼 나이가 의식되는 것이었다. 성별도 이름도 직업도 덧없이 지워졌다.

하는 수 없지, 라는 느낌이 들었다. 순례는 형체로만 의식되는 승객들 사이에 섞여 9호차에 올랐다.

좌석을 찾아 짐을 내려놓고 외투를 벗어 드는 사이에 승객으로서의 홀가분함과 두피를 옥죄는 폐소공포증이 날카롭게 교차했다. 순례는 액자를 앞좌석과 정강이 사이에 끼우고, 앉는다기보다는 자신을 포장하듯 좌석 안으로 몸을 밀어넣었다. 그리고 접이식테이블을 빼내 손가방을 올리고는 새삼 가방의 체크무늬를 물끄러미 바라보았다. 하필 그 가방이었다. 구호가 눈살을 찌푸릴 것이다.

삼월 초순이지만 정오 무렵의 햇볕은 편치 않았다. 순례는 차창의 블라인드를 내렸다. 그늘이 드리우자 조금 안정되는 느낌이 들었다. 그러나 몇 초 지나지 않아 앞좌석의 남자 승객이 휴대폰을 귀에 가져다대며 블라인드를 왈칵 올렸다.

"역에 나오겠다고?"

남자의 심드렁한 음성은 주위를 의식해서인지 입 근처에서 웅얼거렸다. 순례는 앞좌석 남자에게 급작스러운 적의를 느꼈다. 당황스러우면서도 익숙한 적의였다.

"뭐하러?"

머리카락이 뻣뻣한 남자의 뒤통수는 휴대폰을 쥔 손과 균형이 맞지 않게 길쭉하고 컸다. 머리를 떠받친 목살이 무르고 늘어져

있었다. 아마도 공단에서 일하며 이삼 주 만에 가족을 만나러 상
경하는 남자 같았다. 공장의 급식을 먹고 남자들끼리 우르르 숙소
로 퇴근해 소주의 취기에 의지해서 잠들고 이른 아침에 비몽사몽
인 채 신을 꿰어 신고 출근할 것이다. 남자의 뒤통수는 당장 분노
를 터뜨릴 수도 있을 정도로 외로워 보였다. 그런 남자에 대해 순
례는 같이 살아봤던 것처럼 잘 알 것 같았다. 그들 안의 울분과 수
동성과 둔감성에 대해서. 그들의 핵심은 무엇을 하든 마지못해 한
다는 점이다.

"저녁? 아무거나 해. 아무거나……"

남자는 자포자기한 것인지, 그 정도 배려로 흡족한 것인지 알
수 없는 음성으로 중얼거렸다. 역시 마지못해, 아마도 모든 것에
대해 마지못해, 아내와의 잠자리도 마지못해 할 것이다. 옆자리가
빈 채로 기차는 출발했다.

순례는 햇살에 드러난 손을 자신과 무관한 물체인 듯 관찰했다.
왼쪽 손가락에 액자틀 자국이 선명했다. 살갗은 부은 듯하고, 오
래전의 상흔과 최근에 덴 상처, 그리고 손목과 손마디의 주름들이
현미경을 들이댄 듯 과장되게 선명했다. 손가락 사이에서 비린내
가 나는 것만 같았다. 굳이 액자를 들고 가는 자신이 한심했다. 구
호가 반기지도 않을 일이었다.

액자에 든 그림은 오래전에 직접 그린 민화였다. 연잎이 너울거
리는 연못에 금빛 잉어 두 마리가 튀어오르고 아래엔 잔물결이 일

고, 하늘엔 구름 한 점이 떠 있었다. 민화를 지도했던 강사는 연꽃이 생의 정수를 의미한다고 했다. 연잎은 휴식, 잉어는 소원 성취를 의미하고, 하늘은 공허의 본질을, 구름은 덧없는 현상을 상징한다. 육 년 전 춘분부터 추분 무렵까지 순례는 토요일마다 화실을 다니며 민화를 본뜨고 채색하는 연습을 했다. 그림은 오랫동안 순례의 거실 벽에 걸려 있었다. 소파에 앉을 때나 화장실에 갈 때, 부엌이나 안방으로 가거나 외출할 때면 늘 눈길이 머물던 곳이었다. 순례는 하늘과 구름, 연잎과 연꽃과 금빛 잉어보다도 물결에 시선을 놓곤 했다. 아치 형태의 물결 하나하나는 무지개처럼 일곱 겹의 색으로 채워졌다. 물결은 생동감을 의미했다.

통로 건너편엔 작고 가늘며 말랑말랑하고 흰 손이 무릎에 놓인 채 휴대폰을 살짝 쥐고 있었다. 그 손은 밀가루로 빚은 듯 단순하고 엉성했다. 승객은 휴대폰으로 드라마를 보고 있었다. 순례도 한때 드라마에 의지해 산 적이 있었다. 드라마를 보는 이유는 대개 무언가에 싫증나거나 지루하거나 권태로워서이다. 싫증은 피로에서 생기고 지루함은 반복에서 생기고 권태는 억류에서 생겨난다. 이것은 삶의 주된 상태이고 셋 다 불감증의 양상을 드러낸다. 그리고 싫증은 중단을 바라고 지루함은 일탈을 바라고 권태는 전복을 바란다. 그러나 일상은, 중단되지 않고 일탈도 없고 전복도 없이 드라마와 패키지여행과 기념일에 의지해 간신히 흘러간다.

차창 밖으로 넓은 억새밭이 펼쳐졌다. 물이 흐르는 좁고 긴 수

롯가의 수양버들 숲속에서 흰 새 몇 마리가 날아올랐다. 새들이 어디로 날아가는지 아직 몰랐을 때가 좋았다. 땅 위에 떨어진 죽은 새들과 뭍으로 밀려온 죽은 물고기들을 아직 보지 않았던 때가 좋았다. 강을 지나가고 사과 과수원들을 지나자 빈 들판과 숲이 펼쳐졌다. 차창의 프레임 속에서 풍경이 흘러가는 사이 순례는 절박한 동요를 느꼈다. 마치 도플갱어의 뒷모습과 마주친 사람처럼. 순례야…… 순례야…… 자신의 이름을 부르며 풍경 안으로 들어가 그것의 뒷모습을 돌려세우고 싶었다. 자신의 이름을 부르면, 풍경은 돌아서며 제 얼굴을 보여줄 것 같았다.

순례는 지갑을 챙겨 일어섰다. 진청색 유니폼을 입은 매점의 판매원은 무료한 표정으로 앉아 하품을 하고 젊은 남자 둘이 좁은 원형 테이블 앞에 선 채 캔맥주를 마시고 있었다. 그들은 시큰둥하면서도 예의바르게 근무 환경에 불만을 터뜨리고 영업점의 실적을 묻고 대답했다. 그리고 동시에 캔을 손으로 찌그러뜨려서 버리고 새것을 땄다. 다들 그렇죠. 누군가가 그 말을 한 뒤로 두 사람은 차창으로 고개를 돌렸다.

"실은 어릴 때, Y 지점 근처에서 살았어요. 이제 그곳엔 전혀 갈 일이 없네요. 그 동네 애들에겐 개울이 전부였지요. 맨날 개울에서 놀았어요. 놀이터도 없었으니까요."

기차는 어딘지 모를 곳을 지나가고 헝겊으로 만든 것처럼 중량감이 없어 보이는 매점 여자는 연이어 하품을 했다. 순례는 매점

테이블에 팔을 괴고 서서 맥주를 마시고 오징어를 씹었다. 영업사원들은 청색 양복과 체크가 들어간 넥타이에, 머리 모양과 키까지 비슷했다.

"지금은 시커멓게 썩었어요. 찐득거리는 검은 물이 흐르고 쓰레기에 모기떼, 악취가 진동을 해요."

"그렇겠지요. 어디나 그렇잖아요."

"곧 복개를 할 거라고 해요."

"복개를요?"

"그 위로 도로를 낸다고 하더군요."

"하긴 그게 가장 쉽지요. 한 캔 더 하시겠어요?"

"저는 되었어요. 점장님께 한번 들르겠다고 전해주세요."

"그러지요. 또 봅시다."

혼자 남은 영업사원은 맥주를 하나 더 샀다.

차창 밖으로 갈대습지가 지나갔다. 갈대의 뿌리들이 뒤엉킨 습지는 캄캄하지만 그 속은 맑을 것이다. 기차가 터널로 들어서자 지독하게 검은 구정물의 기억이 뇌혈관을 타고 흘러들듯 선연하게 떠올랐다. 친정과 시댁의 중간에 걸쳐 있는 공단 지역에 살며 한 주에 한 번씩 베란다 창틀의 먼지를 닦아내던 시절이었다. 공기 속엔 늘 고무 타는 냄새가 났다. 십오 평 아파트의 비좁은 욕실에 쪼그리고 앉아 걸레를 씻을 때면 숙인 이마가 변기에 닿았다. 질감조차 거친, 굵은 입자의 검은 먼지들과 꾸역꾸역 흘러나오던 검은 구정물…… 왜 하필이면 그 좁은 욕실에서 검은 구정물을 헹구다가 온 생애를 보아버렸던 것일까.

그후에도 달라진 건 없었다. 생애를 다 보았다 해도, 그것은 한 장의 유리로 단절된 또하나의 내부였다. 유리는 깨어지지 않아서 여전히 아무렇지 않은 얼굴로 밥을 차리고 설거지를 하고, 바닥과 창틀과 창유리와 거울을 닦고 또 닦아 검은 구정물을 헹구고 아이의 영어와 한자 학습지를 검사했다. 아이가 검은 먼지가 묻은 손과 발을 씻고 식탁에 앉아 학교에서 있었던 일을 이야기할 때면 지나치게 잘 드는 식칼로 파를 썰면서 어서 빨리 아이가 자라게 해달라고 기도를 했다. 머리가 벽에 부딪힌 나날들…… 존재가 벽에 부딪힌 나날들이었다. 먼지를 닦아내고 불편한 예감과 불행을 소독하고 날마다 흩어지는 무질서를 통제하고 마지못해 하는 육체의 불감증을 은폐하고 양가의 고집과 관습에 순응하고 보험을 넣고 이웃에게 상냥한 미소를 짓고 아침과 점심과 저녁의 그 단순함과 규칙성에 복종하며 겹겹의 상자 안에 들어앉아 감정을 인내한 나날이었다.

이웃집 여자들의 남편은 이상적이지도 않았지만 그렇다고 해서 매일 술을 마시지는 않았고, 매일 자정 넘어 들어오지도 않았으며, 일요일이면 소파에서 널브러져 종일 텔레비전을 보지도 않았다. 순례의 남편도 마찬가지였다. 평범하게 지쳐갔고 평범하게 알코홀릭이 되었고 평범하게 짜증을 냈고 평범하게 아내의 눈을 피했고 평범하게 의심스러운 짓을 했고 평범하게 폭력적이었다. 그리고 무엇을 하든 마지못해 했다. 이따금 아이와 놀아줄 때도 이따금 쓰레기를 비워줄 때도 이따금 외식을 할 때도 이따금 쇼핑을 할 때도 이따금 몸을 섞을 때도.

처음엔 소화가 되지 않더니, 수독증으로 몸이 부어오르고 심장경련이 일어나고 두통과 발작이 오고 혈압이 걷잡을 수 없이 치솟았다. 각각의 전문의들은 위장과 신장과 심장과 뇌를 촬영하고 각종 검사를 한 뒤에도 병명을 찾지 못했다. 뇌 전문의는 마침내 정신과를 권했고 정신과에서는 폐소공포증이라고 진단했다. 증상은 다양하게 발현되었다. 정신과 의사는 공포가 닥치고 숨이 막히는 장소들을 적어보라고 했다. 엘리베이터, 마트, 공중화장실, 백화점의 탈의실, 시댁과 친정, 부엌과 안방. 그 장소들은 점점 범위를 확장해 일상을 잠식했다. 욕실, 거실, 아파트, 상식, 표준, 공식화된 모든 것. 공식화된 사랑과 미움. 모든 일을 마지못해 하는 단 하나의 남편. 그리고 개별 포장된 순례 자신의 몸 자체. 순례는 자신의 몸안에서 폐소공포증에 빠졌다. 길게 찢겨서라도, 어딘가에 꽝 부딪혀 깨져서라도 몸밖으로 나가고 싶어요.

승객이 되는 꿈을 꾸기 시작한 것은 그즈음이었다. 거대한 기차가 사층 아파트의 거실을 뚫고 들어와 그녀 앞에 서곤 했다. 꿈에서 순례는 소파에 앉아 미동도 없이 버텼다. 남편은 안방에서 일정하게 코를 골고 아이는 현관 쪽 방에서 이따금 잠꼬대를 했다.

부엌엔 열무 물김치가 기포를 터뜨리며 익고 있었다. 꿈은 조금씩 바뀌며 두 계절 동안 반복되었다. 일주일에 한 번, 혹은 두 번씩. 그런 어느 날 순례는 차곡차곡 싼 트렁크를 발치에 세워두고 갈색 가죽소파에 앉아 기차를 기다리고 있었다. 기차가 거실을 뚫고 들어오자 순례는 발딱 일어서서 트렁크를 들고 성큼 기차에 올랐다. 유리 한 장을 통과해 세계의 바깥으로 건너가버린 마음이었다. 저편으로 되돌아갈 수는 없는 것이다. 슬픈 일이었지만 어쩔 수 없었다.

옆자리에 탄 승객은 젊은 남자였다. 차창 밖에 아기를 앞으로 맨 젊은 여자가 아기의 손을 겹쳐 쥐고 승객에게 손을 흔들었다. 화사하고 애절한 눈빛으로 어쩔 줄 모르는 듯 어정쩡하게 미소를 지으며. 승객도 둘에게 손을 흔들었다. 여자의 이마와 속눈썹과 콧날에 남자의 든든한 진심이 달빛처럼 쌓이는 게 보였다. 기차가 움직이자 여자가 몇 걸음 따라 움직이며 더 커다랗게 손을 흔들었다. 아기는 잠이 덜 깬 얼굴이었다. 곧 울음을 터뜨릴 것만 같았다. 순례는 곁눈으로 남자의 입술이 앞으로 쭉 모이는 것을 보며 천장에 달린 텔레비전 화면으로 시선을 돌렸다. 인도의 풍경들이 흘러가고 화면 아래로 뉴스 자막이 흘렀다. 화성에 흰 눈이 내린다…… 사슴이 먹이를 구하기 위해 원숭이들의 대화를 숨어서 엿듣는다…… 원숭이는 다른 무리에 들어가면 그 무리의 말을 새로

배운다…… 죄송해요.

뒷좌석의 여자가 좌석의 틈 사이로 순례에게 말을 거는 것처럼 낮게 속삭였다. 시끄럽죠? 아닙니다. 아직 어려서요. 한번 봐도 되나요? 포메라니안이군요, 한 이 개월이나 되었나봐요. 개 좋아하세요? 뒷좌석에 나란히 앉은 여자와 남자의 낮은 음성이 귓속을 파고들었다. 육체에 스미는 타인들의 숨소리와 밀착감이 당혹스러웠다. 저도 키우는걸요. 아, 무슨 종을…… 속삭이는 여자의 음색은 노래하듯 상냥하고 발음은 분명해 교태를 떠는 느낌이었다. 여자는 스스로 아는지 모르는지, 처음 만난 옆자리 남자에게 전력을 다해 집중하고 있었다. 남자가 자상하게 물었다. 집은 어디세요? 대전이요. 저도 대전인데, 탄방동이에요. 저도 탄방동인데요. 남선공원에 자주 가요. 나도 자주 가는데요. 하 참, 인연이네요. 소곤거리던 여자가 모래를 흩뿌리듯 웃음을 터뜨렸다. 정작 개 소리는 전혀 들리지 않았다. 작년 여름엔 백로떼가 날아와서 숲이 다 망가졌지요. 올해는 백로가 못 오게 해달라고 시에 민원을 넣는다는데, 그게 될까요……

순례는 화장실로 가서 손을 씻었다. 물은 미적지근했다. 가방에서 핸드크림을 꺼내 손에 문질렀다. 그리고 산뜻한 크림의 질감과 코끝까지 번져오는 박하향이 기분을 전환시켜주길 바라며 두 손바닥으로 코와 입을 덮어 깊은숨을 내쉬고 들이쉬었다.

구호가 전화를 걸어 역에 나오겠다고 했다. 순례는 전날 이사하고 지쳤을 텐데 집에서 쉬라고 말렸다. 구호는 광화문 쪽에 다른 볼일이 있어 어차피 나가는 길이라고 했다. 종착역에서 내린 승객들은 플랫폼에 닿자마자 뿔뿔이 흩어져 에스컬레이터로 꾸역꾸역 몰려가거나 떡처럼 뭉쳐 계단을 올랐다. 뒷좌석에서 갑작스럽고 열렬하게 대화를 나눈 탄방동의 남녀도 언제 그랬느냐는 듯이 각각 에스컬레이터와 계단으로 다급하게 갈라졌다. 두 사람의 숨소리와 음성과 웃음이 순례의 몸안을 떠돌았다. 구호는 검정 재킷과 에이치라인 스커트 차림이었다. 구호는 토익 시험을 다시 치고, 직장을 옮길 준비를 하고 있었다.

"이게 뭐야?"

구호는 액자를 받아 안으며 물었다.

"집에 가서 봐."

"사이즈 보니 엄마 거실 벽에 걸려 있던 세밀화인데?"

"민화라니까."

"이 무거운 걸 왜 들고 온 거야?"

"네 침대맡에 걸어주려고."

"왜?"

"너를 돌봐달라고 기원하는 거다."

구호의 눈빛이 흔들렸다. 어쩔 수 없다는 표정이었다.

"혹시 짐 정리 시작한 거야?"

"아직 아니야."

"석우 아저씨와 살 집 알아보는 거 아니었어?"

순례는 아침에 깬 뒤로 단 한 번도 석우를 떠올리지 않았다는 사실을 깨달았다. 석우 역시 연락을 하지 않았다.

"의견 차이로 소강상태야."

석우는 바닷가 주택을 매입해 살자고 고집을 부렸다. 순례는 출퇴근 거리가 짧고 대형 마트와 백화점, 병원이 가까운 도심의 빌라에서 가능한 한 편하게 살고 싶었다. 순례에겐 소도시의 도심이라 해도 전원이나 마찬가지로 한적하게 느껴졌다. 바다는 주말에 가서 지내거나 차창으로 보는 것으로 충분했다. 석우는 이미 집을 보러 다녔고, 파도 소리니 텃밭이니, 정원에서 먹는 점심식사니 낚시니 하며 낭만적인 꿈을 꾸었다. 동거에 대해서도 마찬가지였다. 아마도 순례보다 나이가 적기 때문일 것이다. 순례는 그 부분이 못마땅했다. 순례는 별다른 기대가 없었다. 그저 지극히 현실적으로 생활을 같이하고 싶었다.

"그거, 생각보다 심각한 문제래. 그래서 깨지는 커플들 많아."

"너 토익은 잘 봤니?"

순례는 난처한 대화의 맥을 끊었다.

"전보다 떨어졌어."

"어떻게 떨어지고 그래?"

"언어 감각이란 게 원래 그래. 나갔다 온 지가 좀 되었으니까

듣는 감이 떨어진 거지."

"어제 이사한 애치고는 피곤해 보이지 않네. 짐 정리는 좀 했니?"

"거의."

구호는 이런 게 다 짐이라는 듯이 심드렁한 얼굴로 액자를 추슬러 안았다. 순례는 성가셔하는 구호를 설득해 역의 대형 마트에서 장을 보았다. 마트는 너무 많은 물건과 고객과 점원, 일본인과 중국인 관광객 들로 가득차 카트를 밀고 다니기도 불편할 지경이었다. 순례는 양식 전복과 칼집을 넣은 삼겹살, 밑반찬 몇 가지와 빵, 구호가 아침으로 먹는 오트밀 시리얼과 시음을 한 보르도산 와인, 마늘과 디톡스 음료를 만들 레몬, 천일염과 바나나를 샀다. 순례에게는 구호와 장을 잔뜩 보는 일 자체가 둘 사이의 허기를 메워주는 만남의 의식이었다.

"저녁에 윤제 오라고 해도 되지?"

택시를 타자 구호가 물었다.

"그래."

"그앤 학교생활은 적응했대?"

"엉망인가봐…… 학생들은 그런대로 괜찮은데, 교무실 생활, 교장과 교감에, 동료 교사까지…… 그런 거 엄청 힘들어해."

"어딜 가나 그래. 일 자체가 힘든 게 아니라, 조직과 업무 환경이 문제지. 그래도 윤제 대단하다. 그 어려운 임용시험에 덜커덕 붙고."

"뇌혈관이 터질 것 같다느니, 근육 마비 증세에 부정맥에, 죽을까봐 무섭다고 벌벌 떨면서 공부했어."

"그러니 졸업하고 일 년 만에 된 거지."

"윤제 친구 중에, 고시 공부하다가 잠이 사라지는 병에 걸려 입원한 사람도 있어. 뇌를 혹사해 호르몬에 교란이 왔대."

"윤제는 괜찮니?"

"내가 보기엔 정서 불안이야. 세상이 좀 이상해. 무리해서 한 단계 성공하면 더 쫓겨. 지키기 위해 더 애써야 하고 올라가기 위해 또 애써야 하고. 실패해버리면 차라리 홀가분한데. 한 칸 낮춰서 좀 여유 있는 자리에서 살면 편하지 않나. 차선이란 항상 있는 거니까."

구호는 한 달에 이백만원 이상을 받는 일은 하지 않았고 하루 여덟 시간 이상의 노동도 하지 않았다. 수년 동안 이런저런 일을 배우며 자신이 하고 싶은 일을 찾아 계속 움직이고 있었다. 구호의 표현으로는 일종의 주유천하였다. 구호의 지도에는 런던과 교토, 바르셀로나와 암스테르담과 베를린도 들어 있었다.

"너희들 결혼 이야기도 하니?"

"안 해. 결혼은 무슨."

"왜?"

"이대로 괜찮은데 뭐하러 갑갑한 짓을 하겠어. 둘 다 아직 어찌 될지 모르고. 당장 아이를 낳고 싶은 것도 아니고."

괜찮다는 말은 둘에겐 좋다거나 충분하다가 아니라, 견딜 만하다는 의미였다. 순례는 누가 너를 말리겠느냐는 얼굴로 구호를 쳐다보다가 문득 표정을 풀고 환하게 웃었다.

"왜 웃어?"

순례는 구호의 눈을 가만히 바라보았다. 구호는 말은 건조하게 하지만 눈 속에 물빛이 어려 있다. 막막한 슬픔을 감정이 아니라 생각으로 바꾸는 눈빛이다.

"그냥."

네가 냉정해서 좋아, 라고 말할 수는 없었다.

정리를 한다고 했지만 물건들은 임시방편으로 놓여 있는 듯 들떴고 집안 공기는 어수선했다. 제자리를 잡기 위해서는 물건들 사이로 시간이 고이기를 기다려야 했다. 집들이가 끝나고 윤제는 돌아갔다. 꽤 오래 설거지를 한 뒤 씻고 자리에 누웠을 때 구호가 허리를 펴며 으으으, 신음소리를 냈다.

"이 집 주인은 옆 동네에 살아. 집이 여러 채여서 세입자에게 별 관심이 없어. 그 점이 마음에 들었어. 단발한 생머리에 꽃핀을 찌른 뚱뚱한 여자인데 충청도 출신이래. 젊었을 때 올라와 건축업자들 따라다니며 도배 일부터 했다는데 아들이 은행원이 되면서, 대출이 쉬우니까 십 년 전부터 집을 사기 시작했대. 그 집 딸은 변호사고."

"그런 사적인 이야기를 다 들었어?"

"응, 부동산에서 계약하는 동안 여자가 쉬지 않고 떠들더라고. 어쨌든 주인에게 시달릴 일은 없을 것 같아."

구호는 대학을 다니고 직장생활을 하는 동안 이 년마다 셋집을 옮겨다녔고 다양한 집주인을 만났다. 그중에서도 사 년 전에 세 들었던 집의 주인 남자가 단연코 최악이었다. 평생 옷 수선 가게를 해서 모은 돈으로 다가구주택을 올린 남자였다. 그는 일층에 자기 가게를 넣었고 출입구 앞 좁은 공간에 닭장을 설치해 닭세 마리를 키웠다. 그리고 늘 재봉틀 앞에 앉아 유리문을 통해 들락거리는 세입자들을 관찰했다. 구호가 세 든 오층 옥탑방의 바로 아래층 호실이 그의 살림집이었는데, 옥상에 빨래를 널고 걷거나 야채를 재배해 먹느라 매일 구호의 방 앞을 지나다니며 온갖 간섭과 잔소리를 했다. 당시에 이미 그의 아내는 집을 나갔고 딸과 둘이 살고 있었는데, 고2인 딸을 죄수 지키듯 감시했다. 구호는 그아이가 식물인간 같다고 했다. 한번은 구호와 주인 사이에 생긴분쟁이 도무지 해결이 나지 않고 두 달여를 끈 적이 있었다. 구호가 주인이 고향에 간 사이 의논도 하지 않고 자기 현관문에 번호키를 설치해버린 사건이었다. 주인은 시설을 함부로 훼손했으니, 번호 키를 뜯어내고 새 문을 달라고 했고 구호는 주인이 수시로 사생활을 침해하니 보증금을 받아 당장 집을 나가겠다고 대응했다. 계약을 맡았던 부동산 업자도 두 손을 들어버려 마침내 순례가 중재를 하러 갔었다.

　주인집 문이 열리고 안으로 들어섰을 때, 순례는 오싹한 공포를 느꼈다. 공포는 모든 예상이 빗나갈 때 오는 감각이다. 도심의 새 건물인데도 산간벽지의 농갓집 같았다. 가구 하나 없이 텅 빈 거실 바닥엔 흙가루가 부옇게 덮여 있었다. 달력조차 없는 벽엔 정체를 알 수 없는 갈색 얼룩과 이리저리 쓸린 자국들이 나 있었다. 부엌엔 작은 밥상 위에 큰 사이다 페트병 하나와 흐릿한 유리잔 하나가 놓여 있었다. 인간 각자의 세계는 얼마나 고립무원인가, 하는 절망적인 생각이 들었다. 주인이 권하는 대로 거실 바닥에 앉고 보니 바로 앞에 불그레한 얼룩이 스며 있었다. 다행히 그날 집주인은 합리적으로 대화를 했다. 지방에 사는 보호자가 찾아왔으니 화를 풀겠다는 것이었다. 대신 셋집을 나갈 때 번호 키를 떼어가지 않는다는 조건에 합의하라고 말했다. 순례는 거실 바닥의 불그레한 얼룩을 보며 계약서에 합의 내용을 적어넣었다. 그 붉은 얼룩은 아무리 생각을 돌려보려 해도 김칫국물 자국이 아니라 핏자국 같았다.

　"둥근 의자 위에 저건 뭐니?"
　"머플러 뜨잖아."
　"그러니까, 저게 뭐냐고? 저 알록달록한 실로 짜서 목에 두르고 다닌다는 거니? 계절도 다 지났는데."

"완성하려고 짜는 거 아니야."

"그럼?"

"낮 동안 사무실에서 쌓은 독을 푸는 거야. 밤에 저걸 안 하면 잠을 못 자."

순례는 구호가 퇴근해 빈집에 돌아와 전등 밑에서 완성할 생각이 없는 머플러를 짰다가 풀고, 짰다가 또 푸는 모습을 상상했다. 그것은 알록달록한 실타래가 아니라 낮 동안 들어간 미궁에서 빠져나오는 아리아드네의 실타래였다. 자신을 해쳐온 폭음과 폭식보다는 한결 평화로운 방법이긴 하지만, 그 못지않게 쓸쓸하고 적막했다.

"커튼은 어떻게 해?"

벽을 반이나 차지한 유리창을 보며 순례가 물었다.

"인터넷에 주문해놨어."

"빨리해야겠다. 을씨년스러워."

"엄만 저 가방 오래 드네."

"……"

가방은 보란듯이 책상 위에 놓여 있었다.

"그때 델리에서 심라로 갈 때 기차 안에서 우리 앞에 마주앉아 갔던 그 남자, 정말 좀도둑이었을까?"

예전엔 백 퍼센트 확신했지만, 이젠 순례도 모호했다.

키가 훌쩍 큰 인도 남자는 옷차림이 깔끔했다. 그 승객은 구호에게 자연스럽게 말을 걸었고 구호는 처음으로 대화다운 대화를 하게 된 본토인에게 이내 경계를 풀었다. 웨이브 진 검은 머리카락이 어깨에 닿았고 동공이 커다란 눈이 맑고 감미로웠다. 그는 인도 남쪽 함피 출신이고 다람살라에서 주로 활동하는 여행 가이드라고 했다. 여행 가이드라는 말을 들었을 때, 순례는 불길했었다. 순례는 구호에게 눈치껏 주의를 주었지만 구호는 모르는 척 대화에 열중했다. 말이 빨라 순례는 거의 알아들을 수도 없었다. 대략 여행 일정에 대해 말을 나누었는데, 다람살라, 파키스탄, 오로빌 같은 말이 들렸다. 순례는 여행에 필요한 정보는 론리플래닛에 다 있다고 생각했지만, 중간에 내려 환승할 때는 인도 남자의 도움을 받았다. 남자가 플랫폼에서 파는 튀김 종류의 간식을 사와 나누어 먹기도 했다. 속에 커리를 버무린 다진 야채가 들어 있었다.

그러나 심라역에서 내렸을 때, 남자는 YMCA 근처에 예약해둔 게스트하우스로 가려던 순례와 구호를 언덕 위로 올라가는 엘리베이터로 바로 안내하지 않고, 현지인이 이용하는 혼잡한 버스를 타도록 안내해 혼란에 빠뜨렸다. 남자가 둘을 데려간 곳은 엉뚱하게도 언덕 아래의 관광호텔이었다. 순례는 호객꾼이 틀림없다고 짐작해 남자에게 호통을 쳤다. 그런데 남자를 보내고 로비의 소파에 주저앉았을 때는 짐 가방 하나가 사라진 뒤였다. 그 짐 가방 안에는 공항 면세점에서 샀던 체크무늬 명품 가방이 들어 있었다.

순례는 좀도둑을 끌어들인 구호에게 화를 냈고, 구호는 처음 사
권 인도인 친구를 모욕한다고 분통을 터뜨렸다. 순례는 그 좀도
둑이 자기 패거리와 짜고 버스를 타게 한 다음, 혼잡한 틈에 가방
을 빼돌린 거라고 확신했다. 구호는 단지 순례가 부주의해서 버
스 안에 놓고 내렸을 뿐이라고 생각했다. 그 여행의 첫 싸움이었
다. 여행에서 돌아올 때는 비행기가 결항되어 델리공항에서 다섯
시간을 기다려 도쿄를 경유하는 다른 비행기를 타게 되었다. 순례
는 도쿄공항 면세점에서 같은 가방을 다시 구입했다. 그로 인해
그 첫 싸움은 도돌이표처럼 되돌아와 여행의 대미를 장식했다. 구
호는 그 가방을 볼 때마다 불편해했고, 다분히 고의적으로 순례를
건드렸다.

"리시케시를 떠올리면 소 냄새부터 나. 길바닥에 깔린 침과 소
똥과 쓰레기 들을 밟을까봐 고개를 처박고 온갖 오물을 살살이 다
보면서 다녀야 했지…… 람줄라, 락슈만줄라 다리, 강가강의 모
래, 매일 새벽의 명상과 요가, 다리 앞의 서점, 강가의 가게와 카
페들…… 그 이상한 채식 요리들도 전부 다시 먹고 싶어. 우리가
늘 갔던 강가 카페의 전경, 그 앞에서 이스라엘 청년들이 천사 미
카엘 같은 얼굴로 입수하는 의식을 했지. 매일 정오 무렵 게스트
하우스 아래를 줄지어 지나가던 성지순례 행렬들…… 원색 사리
들과 대비되는 인도 여자들의 검고 깡마른 얼굴…… 폭포로 가
던 시골길과 원숭이들, 진주 구슬처럼 떨어지던 폭포의 물방울

들…… 새벽의 차이맛과 한낮의 라임주스맛, 너무 생생하게 한꺼번에 떠올라."

여행의 기억을 떠올리기 시작하면 끝이 없어서 늘 감당할 수 있는 만큼만 열거한 뒤 어딘가에서 끊어야 했다. 지나간 순간들이 사라진다는 것은 거짓말이다. 기억들은 날이 갈수록 더 세밀해지고 부피가 커져 결코 현재에 담을 수 없다. 순례는 햇볕이 뜨거운 오후엔 게스트하우스의 이층 발코니에서 붓다와 아소카왕의 일대기를 번갈아 읽었다. 앞엔 강가강이 흐르고, 등뒤에선 원숭이들이 느릿느릿 쓰레기통을 뒤졌다. 이웃 요기의 집에선 인도 전통 악기인 사랑기 교습을 했고, 구호는 데이트를 하며 돌아다녔다.

"넌 요가 선생과도 사귀었지. 그 남자 모터바이크 뒤에 타고 쏘다녔어."

"요가 선생 댁에 초대받아 현지인 요리도 먹었어. 이스라엘 팀에 끼어 트레킹도 하고 래프팅도 했어."

"말렸는데도 어울려 다니더니 그 요가 선생, 나중에 보니 리시케시에 여행 온 젊은 여자들 게스트하우스를 죄다 드나들더라."

"……"

"그렇게 사는 남자였어."

"그게 뭐 어때서? 나쁜 사람은 아니었어. 여행객들은 끊임없이 왔다가 떠나가고…… 환경이 그러니까 그렇게 살게 된 거지."

구호는 나쁨에 대한 기준이 턱없이 관대해서 다툼이 자주 일어났다. 구호에게 화가 나면 순례는 구호와 싸우지 않고, 자신 속의 홧덩어리와 씨름을 해 멀리 메다꽂곤 했다. 그로 인해 유독 구호에게만은 턱없이 관대한 습관을 가지게 되었다. 그리고 구호 역시 스스로와 씨름을 하며 다시 말을 건다는 사실을 순례는 알고 있었다.

"그때 엄마에게 관심 보였던 영국 남자와 데이트를 해봤어야 했어. 그렇게나 샤이해가지고는."

"그 남자 나한테 원하는 것이 뻔하더라."

"그럼 어때? 그리고 뻔하기는 뭘, 어떻게 되었을지 아무도 모르는 일이잖아."

"그래. 샤이하기나 하고, 영국 남자가 따라다니는데도 어쩔 줄 몰라 도망이나 다니고. 한심한 여자였어."

구호는 일어나 전등 스위치를 내리고 침대로 올라갔다.

"석우 아저씨 만났으니 됐어."

일 년 동안 교제하며 제품에 대한 매뉴얼을 설명하듯 서로의 과거를 드문드문 꺼내놓고, 식성과 취향과 라이프스타일을 고려하고 아이들과의 거리를 어떻게 할지 정하고 앞으로 다닐 여행 계획을 세우고 생활비 문제도 합의했으면서, 생각지도 않았던 집 문제로 마지막에 와서 서걱거리고 있었다. 둘은 바다를 자주 찾아다녔고 주말이면 해변에서 이박으로 글램핑을 하거나 펜션에서 지내는 것을 즐겼다. 해안의 암자를 찾아가 템플스테이나 민박에서 묵기도 했다. 순례는 자신이 산과 바다와 들판을 항상 그리워하면서

도 막상 가서 살기를 두려워하는 모순을 설명할 길이 없었다. 그
것은 아마도 그리움과 두려움 자체의 속성이고 비밀일 것이다. 좋
은 방법은 이 년씩 서로가 원하는 곳에서 살아보는 것이다. 이 년
은 도심의 빌라에서 이 년은 바닷가의 주택에서. 하지만 석우는
그에 따르는 정신적, 경제적 비용을 문제삼았다. 그의 속내는 바
닷가에 아예 자리를 잡자는 것이었다. 석우는 이미 결정한 듯 양
보하지 않았고, 순례에겐 그것이 의외였다. 순례는 돌아누웠다.
엄마 잘장…… 구호가 특유의 생뚱맞은 애교를 부리며 밤 인사를
했다.

"신경쓰지 마."
결국 구호 입에서 그 말이 나왔다.
"매일 아침 나 혼자 하는 일이야."
순례는 아침을 차리다 말고 화장대 거울 앞에서 머리를 빗는 구
호를 바라보았다.
"알아? 엄만 내가 일어나기 직전에 나를 깨우고, 내가 일어나서
욕실로 가기 직전에 씻으라고 떠밀고, 오트밀 시리얼과 우유만 꺼
내면 될 것을, 아침부터 밥을 차리고 있잖아. 아침 시간은 너무나
짧아. 늘 하던 대로 할 거야. 그러니 하지 마."
순례는 식탁을 도로 치웠다. 구호에게 수많은 아침이 순례 없이
지나갔고 앞으로도 지나갈 것이다. 순례는 손을 닦고 책장이 있는

부엌 옆방으로 들어갔다. 옷을 차려입은 구호는 우유와 시리얼을 꺼내 식탁 위에 놓고 앉았다.

"늘 하던 대로 해야 그나마 순간순간 짬이 생긴다구. 난 그게 꼭 필요해, 엄마."

그것이 무엇을 의미하는지 순례는 이해했다. 순례는 나무의자에 앉아 책장에 꽂힌 책을 종횡으로 살폈다. 그리고 다가가 엄지 손가락으로 책등을 하나하나 훑었다.

프리드리히 니체, 아르투어 쇼펜하우어, 프란츠 카프카, 카를 융, 시몬 드 보부아르, 레이먼드 카버, 볼프강 보르헤르트, 폴 오스터, 줄리아 크리스테바, 주디스 버틀러. 순례는 보르헤르트를 꺼내 펼쳤다.

우리는 스몰렌스크의 성당 아래서 만나 부부가 된다. 그러다 우리는 슬그머니 떠나간다. 우리는 노르망디에서 만나서 부모와 자식 같은 관계가 된다. 그러다가 슬그머니 떠나간다. 우리는 베스트팔렌의 한 농장에서 요양객으로 서로 만나서 회복된다. 그러다 우리는 슬그머니 떠나간다. 우리는 도시의 어느 지하실에서 배고프고 지친 사람으로 만난다. 그래서 실컷 잠만 자다 슬그머니 떠나간다……*

글자의 행간으로 구호가 혼자 맞이한 무수한 날이 지나갔다.

"아빠가 이번에 만난 여자는 부자인가봐."

구호가 시리얼을 씹으며 말했다.

"어떻게 알아?"

"얼마 전에 셋이 식사를 했어. 보니까 알겠더라."

"잘됐네."

몇번째 여자인지 알 수 없었다. 두번째까진 세었지만, 관심이 없어졌다. 구호는 그새 가방을 메고 현관에서 신발을 신었다.

"몇시에 갈 거야?"

"세시 표야."

"점심 약속 있어? 없으면 같이 먹을까?"

"업무 겸해서 약속이 있어."

현관문을 열고 나간 구호는 손을 짧게 흔들고 문을 닫았다. 순례는 책을 읽던 방으로 가 창문을 열고 아래 거리를 내려다보았다. 잠시 뒤에 구호가 자전거를 타고 지나갔다. 구호의 머리카락과 옷자락이 바람에 날렸다. 가방을 뒤로 돌려 멘 구호는 경쾌하고 단단해 보였다. 구호는 당분간 직장을 옮겨다니고 소소한 기쁨을 즐기고 이런저런 시련을 겪고 불안을 느끼고 관계들을 염려하고 어쩔 수 없는 것들에 대한 우수를 거느리고 살아갈 것이다. 순례는 신발장 서랍에서 골라낸 콘크리트용 못 하나를 입에 물고 펜치와 망치를 들어 구호의 침대로 올라갔다. 침대 머리 위 적당한 높이에 못을 대고 망치로 땅땅 두드렸다. 펜치로 고정시킨 못 머리는 불꽃을 몇 번 일으키다가 수직으로 벽을 뚫고 들어갔다. 순례는 방 한구석에 세워두었던 보자기를 풀고 액자를 걸었다. 일곱 가지 무지갯빛을 품은 물결이 굽이굽이 반짝이고 푸른 연잎이 넘실댔다. 커다란 연꽃들이 피어나고, 잉어들은 흰 조각구름이 흐르는 하늘을 향해 금빛 광휘를 일으키며 튀어올랐다.

점심 약속은 삼청동에서 있었다. 순례는 약사인 저자와 식사를 하며 책 구성을 의논한 뒤 계약을 마치고 헤어져 거리를 천천히 걸었다. 기차 시간이 넉넉하게 남아 있었다. 가게를 기웃거리던 순례는 총리공관 앞에서 현을 마주쳤다. 현은 맞은편 카페 앞에서 일행과 헤어지는 중이었다. 현은 순례를 발견하고, 헤어지느라 들었던 오른손을 그대로 든 채 도로를 건너왔다.

"서울로 돌아온 거예요?"

이상하게 우연히 종종 만나게 되는 사람이 있는데, 순례에게는 그 사람이 현이었다. 십여 년 전 제주도에서 처음 만났을 때도 그는 함께 갔던 일행의 친구였는데, 아침에 성산포에서 우연히 만났다. 현은 그대로 순례 일행에 합류해 비자림으로 갔다. 그의 일행은 전날 마신 술로 아직 숙소에 뻗어 있다고 했다. 그날 현은 밤늦게까지 함께 움직였다. 그렇지만 같은 업계 사람이니 우연한 만남이 이상할 건 없었다.

"아뇨."

순례는 십 년이나 다닌 출판사가 월세와 운영비에 쫓겨 지방 도시로 이전하자, 그대로 따라 내려갔다. 새 직장을 구하기엔 어려운 나이였다. 사장은 최근엔 온라인에서만 활동할 다양한 방면의 작가들을 발굴하고 섭외하는 중이었다.

"거기서 완전 자리잡을 거예요?"

현의 눈빛은 이제 막 잠에서 깬 사람이 세상과 다시 초점을 맞추는 것같이 수줍고 순수했다. 언제나 그런 눈빛이었다. 현의 눈을 마주보자 순례는 자신이 무언가를 놓친 느낌이 들었다.

"별수가 없는걸요."

"완전 낯선 곳이잖아요."

현은 여전히 완전이라는 단어를 자주 썼다.

"낯설어서 완전 좋아요."

순례는 흉내를 냈다. 나란히 걸어서 국립현대미술관 가까이 갔을 때, 현이 물었다.

"시간 있어요?"

"삼십 분 정도."

"잘되었네요. 저기 어때요?"

현이 가리키는 거대한 현수막에는 '예스퍼 유스트: 욕망의 풍경'이라고 쓰여 있었고 비만한 여자 하나가 바위산 꼭대기 아래 숲길을 내려오는 사진이 프린트되어 있었다. 얇은 블라우스 차림으로 보아 여자는 산속에서 헤매는 것 같았다. 그러나 길을 잃었는지, 길을 버렸는지는 알 수 없었다.

순례는 현을 뒤따라, 전시를 위해 의도적으로 구성한 것 같은 좁고 긴 계단을 내려갔다. 접촉하고 싶은 욕망과 좁혀지지 않는 거리로 인한 좌절, 남자와 여자, 보는 자와 보이는 자 등의 수없이 많은 대립적 요소가 실내와 실외로 분리되고 중첩되며 동시다발적으로 전개된다는 설명이 전시실 입구 벽면에 붙어 있었다. 들어가보니 긴 벽면이 서로 마주보며, 같은 장면의 영상을 다른 관점으로 펼쳐놓고 있었다.

순례와 현은 한때 집중적으로 만난 적이 있었다. 제주도 이후 두 번 더 예기치 못한 자리에서 만나고, 현이 순례를 집까지 바래다주면서부터였다. 매주 주말마다 연이어 세 번을 만나 밥을 먹고 영화를 보거나, 영화를 보고 술을 마셨다. 네번째 주엔 둘 다 만취해 현이 순례를 바래다준다고 함께 택시를 탔고, 그대로 순례의 집으로 얽혀 들어갔다. 아침에 깨어보니 그녀는 스타킹에 겉옷까지 그대로 입고 있는데, 현은 실오라기 하나 걸치지 않고 야윈 몸통을 온전히 드러낸 채 옆자리에 누워 있었다. 순례는 현의 성기를 정확히 보고 말았다.

청소년기에 시작된 피부 알레르기로 인한 습관이라고 했다. 열과 자극, 가려움증과 강박증을 다스리는 방편이 습관으로 굳어진 것이었다. 현은 벗고 자는 건 물론이고 낮에도 집에 있을 땐 다 벗고 지낸다고 했다. 그날 둘은 해장국을 먹고 헤어졌다. 둘 사이에 뭔가 될 듯한 분위기가 있었지만 더이상 진도가 나가지 않았다. 현을 생각하면 나선형 암모나이트 화석이 대신 떠올랐다. 백악기에 절멸한 연체동물이 현과 무슨 상관인지 알 수 없는 일이었다. 그뒤론 다른 사람들 틈에서 다시 만났고, 얼마 지나지 않아 순례는 회사를 따라 지방으로 떠났다.

둘은 이 방 저 방 다니며 나란히 서서 비디오 작품을 보고 작품 해석을 읽었다. "예스퍼 유스트는 (……) 사람과 사람 사이의, 혹은 사람과 그를 둘러싼 환경 사이의 미묘한 교감을 섬세하게 추적하여 그 불편할 정도로 모순적인 느낌을 극대화하여 드러낸다**……"

"요즘도 집에선 다 벗고 지내요?"

순례가 불쑥 물었다.

현은 당연한 걸 왜 묻느냐는 표정을 지었다.

"알레르기는 잠복과 발현을 거듭할 뿐 완치되지 않아요. 그 습관 때문에 집에 누가 오는 것이 싫어요. 다른 사람 집에 가는 것도 힘들고요. 혼자 있는 게 제일 나은 거죠."

현은 공허하게 웃었다. 그는 막다른 곳에 기대 사는 사람 같았다.

"옷뿐만 아니라 무엇이든, 닿는 것을 못 견뎌요. 그러니 아마도, 마지막 순간에도 난 혼자 죽겠지요. 그게 좀 걸리는 일이었지만, 이젠 아무렇지도 않아요. 모든 죽음은 아무리 포장해도 결국 자연이 되는 일이니까요. 혼자 죽든 가족에 둘러싸여 죽든, 중환자실에서 산소호흡기를 매달고 죽든 마찬가지예요. 속일 수 없는 건 자연으로서의 죽음 그 자체지요."

그리고 우리가 할 수 있는 것은, 하루에 한 번씩 또박또박 사는 일뿐이다. 석우는 전화하지 않았다. 순례도 어제처럼 아침에 일어난 뒤로 이제야 석우를 처음 떠올렸다. 두 사람은 서로에게 감정을 드러낸 적이 없었다. 감정은 식성이나 라이프스타일이나 반씩 내기로 한 생활비보다, 예의나 여행 계획이나 집의 위치보다 중요하지 않았다. 감정이란 그에 비하면 추상적인 것일 뿐이었다.

이 미터 길이의 거대한 화면 안에서, 내내 긴장된 표정으로 자동차를 운전하던 정장 차림의 여자가 LA 외곽의 어느 고속도로 인터체인지 부근에서 돌연히 차를 세우더니 윗도리를 벗고 차에서 내렸다. 여자는 다급하게 풀숲을 헤치고 내려가 교각 아래의 벌판을 지나 숲으로 들어갔다. 숲의 무언가가 여자의 이름을 부르는 것 같았다. 혹은 여자가 누군가의 이름을 부르는 것 같기도 했다. 하지만 무언가를 찾는 것인지 무언가에 쫓기는 것인지, 황홀한 것인지 두려운 것인지 알 수 없었다. 여자가 제 이름을 부르면, 숲은 돌아서며 그녀의 얼굴을 보여줄까…… 여자가 마주치게 될 심연을 상상하며 순례는 자연이면서 자연이 아닌, 문화이면서 문화가 아닌 존재의 외줄기 길을 떠올렸다.

"이제 나가야겠어요."

순례는 손목시계를 확인했다. 기차 시간까지 삼십오 분 남아 있었다.

미술관 앞에서 현이 재빠르게 택시를 잡아주었다. 순례는 택시에 올라 현을 쳐다보았다. 현의 허리쯤이 보였다. 고개를 숙이고 올려보니 현은 예의 그 눈빛으로 택시의 지붕쯤을 보고 있었다. 그는 이제 막 잠에서 깬 사람이 세상과 다시 초점을 맞추는 것같이 수줍고 순수한 눈빛으로, 이따금 혼자 맞이할 죽음을 염려하면서도 스스로 자연이 되는 것이라고 달랠 것이다. 택시가 그를 비켜갈 때 순례는 오래전에 자신이 꾼 꿈속의 승객을 떠올렸다. 때론 히잡을 둘러쓰고 웅크리고 앉은 여자, 때론 비밀을 담고 흐느끼는 서랍장, 때론 출입문이 없는 쇳덩이 같은 성채, 때론 허기진 맹수 같고, 때론 기체 같고 때론 얼룩 같고, 때론 그저 노란 레몬 같은 존재. 순례는 꿈속의 승객을 몸안에 싣고 가며, 간혹 자신의 존재가 시간이 선택한 여러 개의 방법이고 여러 개의 목적이라고 느꼈다. 그리고 마지막 환승역에서, 자기 속의 승객이 거꾸로 자신을 태우고 이 세계를 넘어서 가는 것이다.

택시는 경복궁 동문 앞을 지나 광화문로로 달렸다. 이어 시청을 지나 남대문을 지나갈 것이다. 순례는 체크무늬 가방 안에서 기차표를 꺼내 무심한 얼굴로 확인했다. 세시 십분 출발, 13호차 6A 좌석이었다.

---

* 볼프강 보르헤르트, 『5월에, 5월에 뻐꾸기가 울었다』, 김길웅 옮김, 강, 1996, 73쪽.
** 국립현대미술관 작가 소개.

붓꽃

윤재는 이따금 다른 세계로 넘어가 벽에 귀를 대고 자신의 삶을 엿듣는 것 같았다. 욕실에서 손을 씻고 나오거나 찻물이 끓어 가스불을 끌 때, 냉장고 문을 열고 안을 들여다볼 때나 소파에 누워 낮잠이 들려고 할 때, 혹은 이제 막 전화를 끊었을 때, 알 수 없는 틈들이 교차하듯 어디선가 새 울음소리가 들려왔다. 대개 오후 네시경이었다. 현실의 음계를 살짝 이탈한 기묘한 음률이 지나가면, 시간이 고운 분말같이 가라앉고 공간이 유적처럼 황폐해졌다. 주위는 어찌나 적요한지, 자신이 어떤 벽 너머의 세계에서 얼굴을 씻고, 찻물을 끓이고, 전화통화를 하며 사는 것 같았다.

윤재는 그날 밤에 정혜를 따라가 붓꽃을 보게 될 줄은 까맣게 몰랐지만, 정혜가 말을 시작하자마자 오후 네시의 새 울음소리를 떠올렸다. 새들이 접힌 시간의 저편과 이편에서 처음 울음 그대로 운다고 생각하면 늘 아득했다. 사람도 처음 울음 그대로 운다.

정혜는 낭독하듯 말했는데, 미각을 잃은 사람이 음식을 씹는 것 같았다. 정혜의 오른쪽 귀는 청력을 완전히 잃었고 왼쪽 귀엔 매미 울음소리와 바람소리, 그리고 물소리에 더해 쇠붙이가 부딪치며 공기를 찢는 소리 같은 이명이 가득차 있다고 했다.

정혜는 말을 꺼내기 전에, 어떻게 이야기해야 할지, 라는 말을 몇 번이나 했다. 남의 이야기를 여기서 해도 되는지, 하며 망설이다가 손바닥으로 왼쪽 귀를 꾹 눌렀다. 소양이 소문을 대강 들었다고 거든 뒤에야 정혜는 입을 뗐다.

"선주 개, 남편이 사표 낸다고 한 지가 한 이 년 되었나봐. 지난해 이월에도 그만두겠다고 한 것을 말렸대. 제발 이 년만 더 참으라고. 큰애 대학 졸업할 때까지만 다니라고. 그러다 구조조정이 시작됐고, 회사에서 나온 지 삼 개월 만에……"

탁자를 가운데 두고 소양과 정혜는 거실 바닥에 앉고 윤재와 유미는 소파에 앉아 있었다.

"선주 생일날 밤에 그랬대. 몸이 안 좋다고 아이들만 데리고 저녁 외식을 하고 오라고 하더래. 늘 시큰둥한 사람이라, 좀 서운해도 예사롭게 여겼다고 하더라. 그런데 돌아와보니……"

자살률 1위인 나라인데다 어디서나 구조조정이 이루어지는 때라 뉴스거리도 되지 않는 흔한 사건이지만, 지인의 이야기라면 다르다. 다만 정혜와 소양과 중학교 친구라는 선주는 윤재가 모르는 사람이었다. 리클라이너 소파의 등판을 젖혀 윤재 곁에 비스듬히 누운 유미도 선주를 모르기는 마찬가지였다. 집주인 소양에게 윤재와 유미는 각각 고등학교와 대학 때 알게 된 친구들이었다.

"선주가 꼭 세 사람에게만 전화를 해 장례식장에 불러서 그 이야기를 하더래. 셋은 서로 모르는 사이지만, 기운이 없어 한 명씩 따로 만나 알릴 수가 없었다고. 그래서 세 사람이 각자 몇 사람에게만 전한 거야. 그래서 나도 알게 되어 장례식에 다녀왔어."

정혜는 어떻게 자살했다는 말을 건너뛰었다. 아무래도 목을 맨 것 같았다. 뛰어내리지는 않았을 것이다. 약을 먹었을지도 모르지만 어차피 참혹하기는 마찬가지였다. 윤재는 그런 이야기에 쉽게 동요되었다. 윤재도 수면제를 모은 적이 있고 목맬 줄을 구해 팽팽하게 당겨보거나, 한낮에 베란다 끝에 서서 새하얀 시멘트 바닥을 노려보고 서 있어도 봤다. 한번은 사석에서 만난 정신과 의사로부터 가장 신속하게 끝난다는 정보를 듣고, 유통이 금지된 맹독성 복어알을 구하려고 한 적도 있었다. 의사는 복어알을 냉동실에 보관하고 살면 좀 안심이 된다고 했다. 윤재는 안심이 된다는 말에 동감했다. '한번 더'가 안 되는 날이 누구에게나 오는 것이다.

"버티고 버티다가 결국 구조조정으로 내밀리기까지 참 힘들었겠지. 선주는 남편이 그렇게까지 힘든지 몰랐는데, 어쩌면 알고 있었던 것 같기도 하다고 하더라. 알면서 모르는 척했다고, 부부가 그런 거라고."

남의 비극에 대해 정혜는 다른 말을 덧붙이지 않았다. 그때 윤재는 왼쪽 귀와 뺨에 빛이 겹쳐지는 것을 느꼈다. 그것은 단순한 온기나 명암과는 달랐다. 정밀한 부피를 가진 빛의 체적이 귀를 살짝 밀며 뺨에 와닿았다. 문장으로 빼곡한 책의 페이지가 뺨에 닿은 것처럼 확실한 감각이었다. 윤재는 겹쳐지는 빛 너머로 이야기를 주고받는 정혜와 소양과 유미를 바라보았다.

모임을 주도한 소양은 회와 매운 부추전을 냈고 초대받은 사람들은 과일과 술을 사왔다. 윤재는 생일 케이크를 샀다. 유미의 생일에다 소양의 집들이를 겸했다. 윤재는 택시를 빵집 앞에 세워두고 신중하게 케이크를 골랐고 초 때문에 좀 머뭇거렸다. 처음에는 큰 초 하나만 달라고 할 생각이었지만 나중엔 정확하게 초를 꽂고 유미와 동갑인 자신이 처한 나이가 무엇인지 신랄하게 확인하고 싶어졌다. 윤재는 유미의 나이대로 초를 전부 챙겼다.

촛불을 끈 뒤에 유미는 친구들을 둘러보며 말했다.

"삶의 전쟁터에서 살아남은 기분이야. 생존자인 거지. 너도 나도, 우린 살아남았어."

다른 사람도 아닌 유미가 특유의 평온한 얼굴로 그런 말을 해서 의외였다. 유미는 한 단계 한 단계 더 좋은 차와 더 큰 집으로 바꾸며 굴곡 없이 살아왔고, 남편은 명퇴 직전에 임원으로 승진했

다. 아들은 비록 지방대학을 갔지만, 대신 딸은 명문대에 장학생
으로 들어갔다. 윤재는 한 단계 한 단계와, 굴곡과 명퇴 직전, 그
리고 비록과 대신, 이라는 단어가 주는 아슬아슬함을 되씹었다.
그런 것을 얻기 위해 유미가 얼마나 힘겹게 세월을 버티며 인내했
을지 짐작할 수 있었다.

　윤재는 다른 친구들과 함께 소양의 부엌과 침실, 욕실과 베란다
를 살폈고 냉장고까지 열어보았다. 레이스를 촘촘하게 짜서 씌운
낯익은 소파는 묻히고 새로 들인 대리석 테이블이 화제가 되었지
만 너른 아파트 평수에 비하면 전체적으로 소박하고 실용적인 살
림이었다. 소양은 일도 많고 손님도 많았다. 지난 주말에는 시골
에 있는 시댁에 가서 깻잎을 따 양념에 재우고, 그날 얻어온 지난
해 호박으로 죽을 끓여 냉장고에 넣어두었다. 최근에는 클래식 기
타를 배우기 시작했고 레이스 뜨기 모임도 계속하고 있었다. 지난
달에는 친목계 계원들과 홍콩 여행을 다녀왔고, 그전 달에는 시어
머니가 입원해 이 주 동안 병원으로 출퇴근을 했으며, 그전 달에
는 친정 식구들과 태국을 여행했다. 소양에겐 여전히 삶이 넘쳐나
고 있었다.

　소양은 예전부터 세균을 박멸하듯, 외로움에 단호하게 대처했
다. 소양에게 외로움은 일차원적인 것이고, 유치하고 저질이며 누
추한데다 심지어 선정적인 감정이어서 소독해야 할 세균이었다.

그것은 입에 올리기도 거북한 수치였다. 하지만 윤재에게 외로움은 자신이라는 어항 속에서 살아가는 한 마리 물고기 같은 것이었다. 외로움은 조금 비리고, 목적 없이 흐느작거리며, 아무런 허구도 만들지 않는 진리였다. 윤재는 다른 사람들도 다 어항 속의 한 마리 물고기와 함께 사는 줄로 알았다. 문득 자신을 의식하면, 자기 속의 물고기가 지느러미를 흔들며 고요히 유영하는 것이다. 윤재가 제 속의 물고기와 유영하고 있을 때 소양은 기타를 치고 사람들을 만나고 뜨개질을 하고 음식을 만들고 여행을 갈 것이다. 그러나 소양 역시, 몇 년 전부터 서너 달에 한 달씩은 불면증을 겪어온데다 요즘 들어서는 한 달에 열흘은 원인 모를 우울증을 앓고 매일 오후의 한가운데서 무력증에 눌려 소파에 드러눕는다는 은밀한 근황을 윤재는 알고 있었다. 비밀도 나누는 사이지만, 외로움에 대한 소양의 단호한 표명이 있고 난 뒤에, 윤재는 소양의 근황이 다른 친구들 앞에서 비어져나오지 않도록 잘 단속했다. 소양도 윤재가 처음 만난 사람이든 오랫동안 알아온 사람이든, 타인을 항상 낯설어한다는 것을 알고 적절한 간격을 유지해주었다.

"정혜와 갑자기 연락이 닿아 불렀어. 너도 아는 사이지, 한 해 동안 같은 반을 했다던데. 괜찮니?"

부엌에 둘만 있게 되었을 때 소양이 속삭였다. 윤재는 당혹스러운 만남이었지만 내색하지 않았다.

디저트를 먹은 손님들은 자연스럽게 여행 앨범을 돌려가며 구경했다. 관광명소를 배경으로 찍힌 소양이 너무 젊어 보여서 다들 탄성을 내질렀다. 반복된 살림과 치렁치렁 얽힌 관계의 끈에서 풀려난 소양은 삶의 중력 밖에서 젊은 시절처럼 싱그럽게 웃고 있었다. 거실장 한쪽에 놓인 액자 속에는 소양의 부모님 사진이 들어 있었다. 칠순이 넘은 소양의 어머니는 남편을 닮은 조금 딱딱한 골격을 드러내고, 아버지는 아내를 닮은 부드러운 피하지방에 감싸여 서로 어깨를 붙이고 은은하게 미소 짓고 있었다. 세월을 정갈하게 숙성한 그런 미소는 인생을 바쳐 교환할 만한 성취였다. 윤재는 두런두런 뒤섞이는 음성들이 빛으로 바뀌며 서로에게 겹쳐지는 것을 또다시 느꼈다. 이른 아침에 한적하고 청결한 대중목욕탕의 습기와 따스함 속에 맨몸으로 앉아 있을 때와 비슷한 느낌이었다. 누군가 물을 끼얹는 소리, 대야를 놓는 소리, 천장에서 떨어지는 물방울 소리 들이 젖은 귀를 채우며 더욱 부드럽고 커다랗게 증폭되어 울리는 것이다. 모임은 열한시가 넘어서 끝났다. 소양의 남편이 귀가 전화를 한 것이 신호였다.

택시를 부르려는 윤재를 소양이 말리며 정혜의 차에 타게 했다.

"너희 둘은 가는 길이 같아."

알고 보니 둘은 길 하나 건너 아파트에 마주보며 살고 있어서 동승을 피하기가 어려웠다. 윤재가 조수석 문을 열자, 정혜는 시트에 있던 옷을 뒷좌석으로 옮겼다. 누런색 바탕에 큰 꽃무늬가 있는 싸구려 천이었다. 삶의 자락을 언뜻 훔쳐본 기분이었다. 윤재는 차 안에 흐르는 불편한 기류를 어쩌지 못해 몸이 경직되었다. 둘이 마지막으로 본 것은 소양의 결혼식장이었다. 정혜는 그때 결혼식과 피로연이 끝나고 신혼여행을 떠날 때까지 신부 바로 곁에 붙어 모든 절차와 동선과 옷과 물건 들을 챙겼었다. 정혜는 그 일을 전문가처럼 잘 해내서 다른 친구들에게도 부탁을 받았었다. 그러나 정혜의 결혼식에 대해서는 윤재는 아는 것이 없었다. 정혜는 아파트 단지를 빠져나가 큰 도로를 좀 달린 뒤 혼잣말처럼 말했다.

"엄마가 바지를 사다달라고 해서."

그것은 할머니들이 흔히 입는 일 바지 같았다. 두어 번 정혜의 집에 갔지만 어른들을 본 기억은 없었다.

"어머니 건강하시니?"

윤재는 형식적으로 들릴 줄 알면서도 안부를 물었다.

"요양병원에 계셔. 일 년쯤 되었지."

윤재가 속으로 아, 하는 사이에 정혜가 말했다.

"오빠 형편이 안 좋아서 우리집에 모시려고 했는데 엄마가 거절했어. 내가 시부모와 시할머니까지 노인 셋을 돌아가실 때까지 모셨거든. 또 그 일을 하게 할 수 없다고 고집을 부리더라. 난 괜찮은데."

윤재는 정혜의 청력 상실과 이명을 떠올렸다. 그것은 한계량을 초과한 스트레스의 증거였다.

"괜찮다고, 정말?"

정면을 주시하던 정혜가 고개를 돌려 윤재를 물끄러미 쳐다보았다.

"사람들은 내가 억지로 모셨을 거라고 쉽게 상상하지만 그게 아니야. 실제로 그분들은 내 아이들을 키워주셨고 살림을 다 맡아주셨어. 덕분에 난 직장생활을 계속할 수 있었고. 하지만 그보다 중요한 것은 그분들이 자신의 마지막 사랑을 내게 주셨다는 거야. 난 너무 많은 것을 얻었어. 사람 사이엔 그런 게 있어."

윤재는 사람 사이에 있다는 그것을 가늠조차 할 수 없었다.

"우리 엄마도 요양병원에 계셔."

윤재는 늘 그래왔듯이 새엄마라는 사실은 말하지 않았다. 요즘 새엄마는 윤재에게 전화를 걸어 같은 말을 반복하고 있었다. 보고 싶다. 좀 다녀가렴…… 윤재로서는 이해할 수 없는 말이었다. 그런데 이해할 수 없는 그 말이 반복되자 슬며시 달라붙어 떨어지지 않았다. 보고 싶다. 좀 다녀가렴……

근원이 없이 별안간 어른이 된 사람처럼 살아가던 윤재는 새엄마가 의식에 끼어드는 순간 과거의 계단으로 굴러떨어지곤 했다. 구덩이에 빠진 사람처럼 가지도 오지도 못한 채 수고하는 꼴이 스스로 한심했다. 무슨 일 있어요? 윤재는 근육에 힘을 주고 전화기가 미끄러운 생물이라도 되는 것처럼 꽉 쥐었다. 전화기의 액정 화면에는 한빛요양병원이라는 안내가 떠 있었다. 무슨 일은 없다. 보고 싶어서 전화했다. 한번 다녀가렴. 새엄마는 태연하게 말했다. 그 태연함은 흉물스러운 상처의 형상으로 굳어버린 과거를 거느리고 끊임없이 돌아오는 새엄마의 존재만큼이나 불가사의였다. 수돗가에서 이제 막 숫돌에 간 부엌칼을 하필이면 어린 자신을 불러 부엌에 가져다두라고 시키던 사람이었다. 커다란 부엌칼을 잡는 순간부터 시퍼런 칼날이 발등에 수직으로 떨어질지 모른다는 공포를 맛보며 걸어야 했다. 빨리빨리 못하니? 새엄마는 뒤에서 재촉까지 했었다. 겨울이면 뜨거운 물을 별채에 있는 욕실로 나르게도 했는데, 결국은 넘어지며 다리와 팔을 넓게 데었고 반년 넘게 붕대를 갈아가며 치료를 받았다. 붕대를 갈 때마다 살점이 함께 뜯겨나가던 그때의 통증은 잊었지만 화상은 불퉁불퉁한 흉터로 남아 있었다.

　내가 왜 보고 싶은데요? 윤재가 되물으면 새엄마는 가만히 숨을 내쉬었다. 그리고 이제 막 전화가 연결된 것처럼 시치미를 떼고 다시 시작했다. 보고 싶다. 좀 다녀가렴…… 이제 와서 새엄마가 할 말은 아니었다. 단 한 번도 눈을 맞추고 웃어주지 않았고, 단 한 번도 맛있는 것을 나누어 먹지도 않았고, 단 한 번도 함께 나들이한 적 없는 사이였다. 잘 간 칼날과 뜨거운 물을 안겨줄 때만이 아니고 빗자루나 걸레, 국자 같은 것으로 느닷없이 등을 후려칠 때만도 아니라 매일 매 순간 새된 목소리와 쏘아보던 눈길만으로도 살을 후벼파듯 상처를 입혔던 사람이었다. 윤재는 말이 멈춘 전화기를 쥐고 새엄마가 만족할 때까지 거친 숨소리를 참고 들었다. 섣불리 끊으면 이내 다시 벨이 울리기 때문이었다. 내가 그때는 철이 없고 정신이 없어서, 나도 너무 힘들게 살다보니 네게 잘못했어. 미안하다…… 새엄마의 흐느낌이 새어나오다가 마침내 전화가 끊길 때면 새 울음소리가 들려왔다. 새는 접힌 시간의 저편과 이편에서 맨 처음 울음 그대로 운다. 사람도 처음 울음 그대로 운다. 나도 그렇다. 윤재야, 너는 어디에 있니? 너는 어디에서 그 많은 벽에 기대어 네 삶을 엿들으며 울고 있니.

"요양병원에 들어가면 노환이 가파르게 진행돼. 반신불수, 치매, 우울증 같은 것이 덮치지. 일요일마다 엄마를 찾아가는데, 갈 때마다 급격히 무너져. 죽어가는 사람의 완전무결한 고독 곁에서 내가 할 수 있는 건 없어. 몇 번을 겪어도 마찬가지야. 찾아가서 잠시 그 시간을 같이 들어주는 것 외엔 해줄 수 있는 게 없어."

차는 큰 도로에서 우회전해 작은 샛길로 들어섰다.

"어딘가 갔다가 돌아올 때면, 늘 이 길로 가게 돼. 내가 일하는 장애인 복지센터를 지나가는 거야."

윤재는 정혜의 옆얼굴을 바라보았다. 뺨이 볼록하고 가슴과 배는 두툼하고 둥글었다. 길에서 마주쳤다면 못 알아보고 지나쳤을 것이다.

"실은 복지센터 뒷마당에 가꾼 화단에 며칠 전부터 붓꽃이 피었어."

오월 중순이었다. 붓꽃이 피는 계절이었다.

"자투리땅이 생겨서 삼 년 전부터 붓꽃을 가꾸는데, 생각보다 어렵지 않더라. 각시붓꽃이 먼저 피고 진 다음에 타래붓꽃과 독일붓꽃이 동시에 피기 시작해. 독일붓꽃은 어렵게 구했지만 막상 개화해서는 며칠도 못 가. 이내 꽃잎이 검게 오므라들어 떨어지지. 잠깐 내려서 볼래?"

열두시 오분 전이었다. 뜻밖의 제안에 윤재는 미처 대응할 수 없었다. 장애인 복지센터 건물은 캄캄했다. 농담하는 걸까, 하는 사이에 정혜가 차를 주차장에 세우고 내렸다. 조명등이 켜져 있었지만 사방이 침침했다. 자정인데도 경비실 안에 앉아 있던 근무복 차림의 노인은 예사롭게 정혜와 인사했다. 정혜가 부탁하자 경비원이 건물 외등 스위치를 올렸다.

본관과 별관 사이를 통과해 나가니 시멘트 담을 따라 한눈에도 늙어 보이는 우람한 나무 세 그루가 서 있고 그 앞으로 벤치들이 나란히 놓여 있었다. 바닥은 고무 칩으로 포장되어 탄성이 있었다. 뒷마당 구석에 흰색 펜스를 댄 삼각형 땅이 정혜의 화단이었다. 모퉁이인데다 조명도 미치지 않아 뾰족한 잎들과 줄기와 꽃의 실루엣이 혼탁한 액상 같은 어둠에 잠겨 있었다.

"예전에 성모마리아 상이 있던 자리야. 장애인들의 종교가 다양하니까, 성모상이 여기 있는 게 불편하다는 의견이 계속 접수되어서 삼 년 전에 철거를 했지."

정혜는 붓꽃은 둘러보지도 않고 나무 아래 벤치에 가 앉았다. 삼각형의 화단이 사선으로 보이는 자리였다. 정혜는 몸을 숙이고 천천히 팔을 뻗어 바닥에 떨어진 나뭇잎 한 장을 주워들었다.

"이거 미루나무야. 봐, 잎사귀가 하트 모양이지. 잎자루가 이렇게 길어서 바람이 불면 이 많은 나뭇잎이 팔랑팔랑 흔들리며 서로 두드려. 고요할 땐 정말 소고를 치는 듯한 소리가 들리지. 보리수 잎사귀와 비슷하지? 성모상을 철거한 뒤로 일부 기독교인 장애인과 직원들이 이 나무를 베어내야 한다고 주장하고 있어. 건물에 퀴퀴한 그늘을 드리우는데다 바닥에 낙엽이 너무 많이 떨어져 들러붙으니 미끄럽다는 핑계도 있고."

윤재는 본관 모서리에 걸린 반달을 올려다보았다.

"이 장소가 없었으면 난 이십오 년이나 근무하지 못했을 거야."

담 아래로 개울이 흐르는지 물소리가 들렸다.

"이곳에 온 사람들도 여기를 가장 좋아해. 어떤 일로 찾아오든, 떠나기 전엔 꼭 이 뒷마당 벤치에 앉았다가 가는 거야. 성모상이 철거된 후, 파인 빈자리가 너무 황폐하더라. 사무실 이층 내 자리에선 유독 바로 보이거든. 그래서 흙을 다듬어 붓꽃을 심었어. 꽃이 피니까 사람들이 뭐라고 했는지 아니?"

답을 알 길 없는 질문이었다.

"성모상 같다고 해."

어느새 어둠이 맑아져서 꽃대가 높은 붓꽃의 실루엣이 선명하게 보였다. 흑색 물을 들인 비단 천을 누가 갈래갈래 찢어서 꽃대 위에 걸쳐둔 것 같았다.

"볼래?"

정혜는 바닥에 가라앉은 어둠의 앙금을 밟아 먼지라도 일으킬까봐 조심하듯 살금살금 다가가 쪼그려앉았다. 윤재도 따라서 했다. 꽃대를 둘러싼 뾰족한 잎사귀가 단단하고 싱싱했다. 윤재는 타래붓꽃을 망연자실하게 바라보았다. 붓꽃을 그렇게 가까이서 보는 것은 처음이었다. 꽃잎에 손이 닿으면 흑보라색 가루가 묻을 것만 같았다. 붓꽃들은 민감하고 비밀스러우면서도 곤경을 자초할 만큼 화려했다. 장미에겐 장미의 이유가 있고 연꽃에겐 연꽃의 이유가 있고 붓꽃에겐 붓꽃의 이유가 있겠지만, 윤재에게 모든 꽃은 반복과 중첩과 영원의 미로를 가진 미궁 같았다. 윤재가 어딘가 다른 벽에 기대 자기 삶의 이야기를 엿들으며 울듯, 꽃들은 다른 꽃들에게 기대 자기 삶의 이야기를 엿들으며 흔들릴 것이다.

"정혜야, 그때, 해변에서 우리 마주쳤을 때 말이야……"

그 일 이후로 둘은 서로 피하다가 말없이 멀어졌다. 정혜가 고개를 돌려 윤재를 보았다. 불빛을 등진 정혜의 얼굴이 붓꽃 같다는 생각이 들었다.

"나와 함께 있었던 남자, 고향집에 세 들어 살던 사람이었어."

"그랬구나."

정혜는 고등학교 때의 까마득한 기억에 대해 마치 어제 일처럼 심상하게 대꾸했다. 무관심인지 관대함인지 모를 편안함에 윤재는 가슴이 뭉클했다. 그 당시에 나누었으면 좋았을 이야기였다. 그 이야기를 삼키는 바람에 둘은 서로 등을 돌리고 멀어져버린 셈이었다.

십이월 초순, 어느 일요일 정오 무렵에 윤재의 하숙집으로 손님이 찾아왔었다. 방안에서 책상 서랍을 정리하던 윤재는, 누군가 대문을 밀고 들어와 정원을 지나 축담에 서서 하숙집 할머니에게 자신의 이름을 대는 것을 들었다. 할머니는 연탄 화로에 석쇠를 올리고 생선을 굽느라 고소한 냄새와 연기를 피우고 있었다. 윤재는 벽 속으로 사라지고 싶은 심정이었다. 그는 양손에 과일 바구니와 쇼핑 가방을 들고 있었다. 중간 키에 피부가 희고 얄팍하게 생긴 그는 한집에 살 때도 별말이 없었다. 윤재는 그가 왜 찾아왔는지 도무지 짐작할 수 없었다.

"늘 춥게 지내는 거 같아서……"

쇼핑 가방에 든 것은 은은한 광택이 나는 검은색 여학생 코트였다.

"같이 좀 나갔다 와도 되니?"

윤재는 쇼핑 가방을 책상 위에 올려두고 머리를 오래 빗었다.

그가 문간방에 세를 들어 왔을 때는 다행히 새엄마에게 학대받던 시기가 막 지났을 때였다. 아버지는 전자제품 점포에서 일했고 새엄마는 술을 입에 대기 시작했다. 윤재는 키가 다 자랐고 생리를 시작했으며 공부를 제법 했다. 얼굴이 희어지고 입술이 붉어지면서 이따금 남자 고등학생이 뒤따라오기도 했다. 그러나 사철 불을 넣지 않은 냉방에서 잤고 장갑이나 변변한 외투도 없이 한겨울을 넘겼다. 남자는 직장 일 외에는 거의 외출하지 않았다. 주중에는 사무실에 출퇴근하는 규칙적인 생활을 했고 일요일에는 일본어 회화 테이프를 듣거나 에너지에 관한 두꺼운 하드커버의 책들을 읽으며 보내다 저녁 무렵 산책을 나가 식당에서 밥을 먹고 들어왔다. 그는 윤재와 대문간이나 화장실 앞, 마당 가운데서 스쳤고, 간혹 수돗가에서 잠시 같이 머물기도 했지만 말을 거는 법은 없었다.

"그 남자는 한전에 근무했는데, 다른 데로 발령을 받아 떠나면서 나를 찾아온 거였어."

"왜 온 거야?"

"여학생 코트를 사 왔었어. 떠나기 전에 꼭 한번 보고 싶었다더라. 처음엔 빵집에 들어갔었는데 자리에 앉기도 전에 갑자기 내 손을 잡고 나가더니 다짜고짜 택시를 잡고 그 해변으로 간 거야."

해변은 여학생들에게 금지된 구역이었다. 물론 영화관과 탁구장도 금지 구역이었고, 분식집과 빵집도 남학생과 동반하는 행위는 금지였지만 그런 장소에서 남학생과 있다가 근신이나 정학을 받는 사례가 반마다 한 학기에 두어 번은 꼭 생겼다. 그런 일에 대해 여학생들은 양가적인 반응을 보였다. 선망하면서 속으로 혐오하거나, 혐오를 드러내면서 속으로 질투하는 것이다. 어쨌든 처벌을 받은 여학생은 교내에서 유명해지곤 했다. 윤재는 영문도 모르는 채 해변 분식집에서 우동을 먹고 남자와 나란히 파도의 자락을 따라 해변을 걸으며 누군가를 마주칠까봐 두리번거렸다.

정혜와 마주쳤을 때는 조마조마했던 긴장이 풀리며 참담하게 실패한 기분이 들었다. 윤재는 나이든 남자와 함께, 정혜는 또래 남학생과 함께였다.

"나도 첫 데이트였어. 오빠 친구였고 내가 먼저 좋아했어. 참 오래 기다렸고 기대도 컸는데, 그날 단 한 번의 데이트로 끝났어."

"우리가 만나지 않았더라면 너의 데이트가 이어졌을까?"

"모르겠어."

"난 해변에서 너를 본 일을 아무에게도 말하지 않았어."

"나도 그래. 그런데도 우린 서로 걱정하고 불안해했던 거 같아."

"그래."

"너는 그뒤에 아저씨를 다시 만났니?"

"대학을 입학한 뒤에 학교로 찾아왔었어. 그뒤로 한 해에 몇 번씩 만났어."

"별일도 없이?"

윤재는 멈칫했지만, 정혜에게 다 말하고 싶어졌다.

"마지막 해엔 같이 잤어."

"……"

"내가 대학을 졸업하고 그 사람은 일본의 에너지 회사로 떠났어. 그게 끝이야."

미루나무 잎 한 장이 천천히 떨어졌다. 헤어지던 날, 남자가 했던 말이 떠올랐다. 네 아버지가 새엄마를 자주 때렸어. 그 여자의 얽은 얼굴과 팔다리에 늘 멍이 들어 있었어. 그럴 리 없었다. 윤재는 그런 장면을 본 적도 없고 들은 바도 없었다. 늘 멍이 들어 있긴 했지만 자기 성질을 못 이긴 새엄마가 스스로 벽에 부딪치고 구른 거였다. 윤재는 고집을 부리며 그 말을 부정했다.

"그 남자가 좋았니?"

"난 좋아하는 남자를 만난 적이 없어. 수년에 한 번씩 비슷한 패턴이 반복되는 거 같아. 내가 부주의할 때 우발적으로 남자를 만나게 되는 거야. 좋아하지도 않고 싫어하지도 않는 정도의 남자들. 이상한 건 내가 가장 필요로 하지 않을 때에, 방심한 순간에 온다는 거야. 남자들은 내가 의심하고 회의할수록 더욱 순수해지고 격렬해져. 나는 별다른 기대도 없으면서 남자들의 그런 힘을 차차 즐기게 돼. 그러다 결국은 어느 모퉁이에선가 딱 끝나는 거야."

처음엔 예정에 없이 세상의 다른 도시에 도착한 것처럼 모든 것이 코끝에 부딪칠 듯 생생하고 공기마저 반짝거린다. 동네 카페에서 커피를 마시거나 공원을 걷는 일상, 심지어 감기가 들어 함께 병원 로비에서 진료를 기다릴 때도 감미롭다. 둘이 같이 신문을 읽는 것조차 재미있다. 전과 달라진 색채 속에서 시장에 가고 영화를 보고 중국 음식을 먹고 요리를 만들고 커튼을 바꾸어 단다. 남자가 욕실의 침침한 전구를 갈아주고, 신발 밑창을 본드로 붙여주기도 한다. 그러니 서로의 고향을 찾아가거나, 옛날 앨범을 보여주거나, 돈을 모아 외국여행을 가거나, 반지를 주고받거나, 생일이나 크리스마스와 여름휴가를 함께 보내는 일들은 어떻겠는가. 머리카락이 빠르게 자라고 손가락 사이에서 엑스터시가 흐르며 동공의 점액질이 부풀어오른다.

"그 안에서 일어나는 드라마란 늘 이상해. 둘만의 상황에 빠져 걷잡을 수 없는 방향으로 흘러가지. 내게 행복은 그럴 때뿐이야."

"그런데 결혼은 안 했구나."

"결혼이나 가정에 대한 상상이 생기지 않아. 누굴 만나든 결혼을 피하며 사계절을 보내면 결국 그저 그런 때가 와. 싸우지도 않고 다정하지만, 그저 좋아하는 마음뿐이어서 차차 지치는 거야. 그러면 매사가 반복되면서 이완되고, 체온이 미지근하게 식고, 눈빛은 집중력을 잃고 입에서 전에 나지 않던 비린내가 나기 시작해. 전에 보이지 않던 작은 단점들이 보이고, 혀가 얇아지고, 말이 없어지지. 마음은 있지만 서로 쓸모는 없어. 인류애 같은 묵직한 연민만 남게 되지. 연민이란 묵직하고 거추장스러운 감정이야. 상한 음식을 가운데 둔 것처럼 세상이 다 퇴색되어버리는 거야. 그러면 그를 만나기 전의 신선한 고독이 그리워져. 나만의 중심점 위에서 주변을 제어하며 아무도 모를 궤도를 돌던 고요한 날들을 떠올리는 거야. 그렇게 끝이 나. 예전엔 헤어질 때마다 매번 절벽 끝에서 떨어지는 것 같았지만, 이젠 안 그래. 가방을 들고 건너편 플랫폼으로 가서 환승하듯 익숙해졌어."

"천하무적이구나."

정혜가 킥 웃었다. 그리고 사과를 했다.

"미안, 뭔가 통렬해서."

"이별도 자기 한계를 감당하는 하나의 방법이지. 하지만 슬픔은 오래 계속돼. 돌아보면 그때의 마음과 풍경들이 너무 아름다워서, 현실에 담을 수 없는 것을 납득하게 돼. 난 사람들이 어떻게 가정을 가지고 오랜 세월을 함께하는지 이해할 수가 없어. 차라리 송곳 같은 현실 위에 나 혼자 살아가는 일을 이해하기가 더 쉬워."

"서로가 쓸모없어지는 것에 익숙해질 때까지만 견디면 돼. 그러면 면적이 생겨. 같이 있어도 존재감이 안 느껴질 정도로 편안해지는 게 진짜 관계의 묘미라고 생각해. 난 그런 경지를 바라."

정혜는 뭔가 견딜 수 없다는 듯 손바닥으로 왼쪽 귀를 꾹 눌렀다.

"남편은 지금 다른 여자와 살고 있어."

윤재는 자신과 정혜가 예전에 서로 말하지 못하고 멀어진 한풀이라도 하듯 모든 말을 다 할 것 같아 불쑥 두려워졌다.

"노인들이 모두 돌아가신 직후에 집에서 나가더라. 이혼하자고
는 안 해. 돌아가신 노인들 생각해서 그러나봐."

왼쪽 귀를 손바닥으로 누르고 있는 정혜는 자신의 말을 듣지 않
는 것 같았다.

"자기 할머니와 부모가 돌아가신 뒤에 말하기를, 평생 남들 뒤
치다꺼리나 했지 단 한 번도 자신의 삶을 산 적이 없다고 하더라.
다른 여자와 사는 것이 자기 삶인 건가. 이상하지, 난 언제나 내
삶을 살았다고 생각하는데. 내 삶 말이야, 그건……"

정혜는 말을 멈추었다. 윤재는 참지 못하고 물었다.

"너는 남편이 돌아오길 기다리는 거니?"

정혜가 귀에서 손바닥을 떼고 말했다.

"누구에게 해명하고 싶진 않아. 내 삶은, 오직 나의 예술이야."

윤재는 정혜의 왼쪽 귀 안에 가득차 있는 소리를 상상했다. 매
미 울음소리와 바람소리, 물소리, 그리고 쇠붙이가 부딪치며 공기
를 찢는 소리…… 정혜가 예전에도 그런 어투로 말했는지 기억해
보려고 했다. 예전에도 그랬던 것 같았다. 결코 흥분하는 법 없이
뭔가 제어하듯 낮은 음성과 일정한 톤으로 말했다. 지극히 평범한
외모지만, 고집이 세고 어딘가 색다른 취향이 있던 까다로운 소녀
였다. 그리고 어느 순간엔 문득 소년 같기도 했다. 그 무렵은 성호

르몬이 안정되지 않아 몸속에서 엎치락뒤치락할 때였다. 그때에도 지금의 정혜가 몸안에 있었던 것 같고, 지금도 그때의 정혜가 몸안에 있는 것 같았다. 윤재는 빛의 체적들이 서로 겹치며 얼굴을 미는 듯 감싸안는 것을 느꼈다. 처음으로 한빛요양병원이 어디에 있는지 궁금해졌다.

"귀는 견딜 만하니?"
집 앞 도로에 도착했을 때 윤재가 물었다.
"꽤 익숙해졌어, 쇠붙이 부딪치는 소리만 빼면. 여름밤에 냇가에 혼자 나간 느낌이거든. 어느 땐 귓속에 반딧불이 깜박깜박 보이기도 해. 말이 안 되지?"
정혜는 희미하게 웃었다.
다시 보자는 인사는 하지 않았다. 앞으로도 계속 도로를 사이에 두고 나란히 살아가겠지만 굳이 일부러 만나는 일은 없을 것이다. 벽 저편 다른 세계에 사는 사람처럼 지내다가 또다시 십 년이나 이십 년이 흐른 뒤에 어느 집 아이의 결혼식이나, 케이크가 비좁도록 초를 꽂아야 하는 누군가의 생일이나, 장례식에서 우연히 만나 몇 시간을 함께 보낼 것이다. 어쩌면 한밤중에 다시 붓꽃을 볼지도 모른다. 윤재가 차에서 내려 헤드라이트 빛을 받으며 도로를 건너다가 돌아보니 정혜는 다른 생각에 빠진 얼굴로 손을 흔들고 있었다. 귓속에 반딧불이 깜박이는 것을 보고 있는 것 같았다.

합

그것은 얌얌얌얌과 양양양양, 사이에서 조금씩 다른 소리를 낸다. 혀로 입술을 적시며 무언가를 먹는 소리 같기도 하고, 배가 고파 빈 입을 다시며 애달프게 요구하는 소리 같기도 했다. 혹은 포만감으로 흡족해서 바닥을 이리저리 뒹굴며 노래하는 소리 같기도 했다. 명랑하고 다정하지만 어딘가 원망과 그리움과 분노가 섞인 슬프고 외로운 소리. 짧은 포만의 안도감과 기나긴 굶주림의 공포 사이의 모든 것이 담긴 소리였다.

그것의 몸집은 끝도 없이 길다. 마치 공기처럼 극히 일부만 집 안으로 들어와 있는 것 같았다. 그것의 시작은 어디이고 끝이 어디인지는 알 수 없다. 외피는 단단하지 않지만 미끄럽지도 않으며 축축하지도 않았다. 오히려 건조하고, 긁히면 찢어질 듯 연약하고 물렀다. 소연은 그것에 닿지 않기 위해 무척 조심했다. 그것도 마찬가지인 것 같았다. 무심코 닿기라도 하면 서로 화들짝 놀라 떨어졌다.

외피가 닿을 때면 그 느낌이 의외로 따스하고 뭉클했다. 해석할 수 없는 여운이 길게 남았다. 하루쯤은 완전히 방심한 채 소파에 나란히 앉아 살을 붙이고 그것이 좋아하는 〈쇼미더머니〉 같은 텔레비전 프로그램을 보며 부드럽게 정들고 싶기도 했다. 거북하지만 끌리고, 좋지만 두려우며, 이상하지만 몹시 낯익은 느낌이었다. 그것은 자신의 이름을 합이라고 했다.

합이 온 것은 자전거 사고가 났을 무렵이다. 그날 소연은 평소와 다르게 일찍 잠에서 깨 커피를 마시며 날이 밝기를 기다렸다. 마침내 희부윰한 새벽 속으로 첫 햇살이 비쳤을 때 소연은 무슨 계시라도 받은 듯 허둥지둥 옷을 갈아입고 모자를 눌러썼다. 자전거를 타고 도로로 나갔을 때 자전거가 왼쪽으로 약간 비뚤어진 느낌을 받았다. 안장이 돌아간 것 같았다. 평소보다 높기도 했다. 기어도 바뀌었는지 바퀴가 헐겁게 휘휘 돌아갔다. 하지만 기어는 평소와 같은 숫자에 맞추어져 있었다. 늘 타던 자전거였는데, 꼭 남의 자전거 같았다. 이게 왜 이렇지, 이 느낌이 뭐지, 하며 안장과 앞바퀴가 연결된 프레임을 살폈는데 한순간 알 수 없는 심연에 빨려들었다가 나온 것처럼, 눈을 들었을 때는 도로와 인도를 가르는 분리 기둥들이 갑자기 코앞에 닥쳐와 있었다. 하필 왼쪽으로 약간 굽은 내리막길이 시작되는 지점이었다. 본능적으로 핸들을 꺾는 순간 소연은 자전거와 함께 도로 바닥에 팽개쳐지고 말았다. 소연이 떨어진 게 아니라 흡사 아스팔트 포장도로 전체가 벌떡 일어나 왼쪽 얼굴과 몸을 후려친 것 같았다. 얼굴로 충돌하다니, 최악이다. 소연의 몸안에서 누군가 침착하게 중얼거리는 소리가 들렸다. 본능적으로 일어나 앉았지만 충격으로 온몸이 와들와들 떨렸다. 뒤따라오던 자동차가 서고 두 여자가 차에서 내려 다가왔다. 한 여자는 소연에게 다가오고 다른 여자는 도로 가운데 팽개쳐진 자전거를 길 가장자리로 치웠다. 구급차를 부를까요? 소연을 길가에 앉히고 상태를 살피던 여자가 물었다. 소연은 아직 잠이 덜 깬 기분이었다. 평소라면 아직 자고 있을 시간이었다. 꿈이라면 좋겠다고 생각했다.

병원 응급실로 실려가 엑스레이를 찍고 진정제를 맞은 뒤로 소연은 꼼짝도 못하고 집안에서 지냈다. 왼쪽 겨드랑이 앞부분에 자전거 핸들이 박힌 듯했다. 의사는 엑스레이 사진을 판독하며 부러진 건 아니고 미세하게 금이 갔으니 당분간 무리하지 말라고 했다. 몸을 돌리거나 숙일 때, 그리고 무언가를 들어올릴 때 세번째 갈비뼈쯤에서 날카로운 통증이 일었다. 왼쪽 무릎은 피부가 파였고 오른쪽 발목은 마치 족쇄에 묶였다가 풀려난 것처럼 빙 돌려서 찍힌 상처가 나 있었다. 바닥을 짚었던 두 팔의 어깨뼈 쪽 인대가 늘어났는지 팔을 들어올리기가 어려웠다. 얼굴은 광대뼈와 코뼈가 뻐근한 통증을 일으키며 부어올랐다. 왼쪽 얼굴과 함께 두 팔과 다리와 가슴으로 고루 충격을 나누며 순간적으로 한 바퀴 구른 것 같았다. 얼굴을 부딪친 것이 애석했지만 도로에 뾰족한 조각이 없었으니 불행 중 다행이었다. 사고가 나면 그런 식으로 생각이 돌아가는 모양이었다.

소연은 병원에서 처방받은 연고를 하루에도 몇 번씩 상처에 바르고 부어오른 얼굴에는 얼음찜질을 하며 종일 선풍기와 텔레비전을 켜놓은 채 소파에 누워지냈다. 연일 폭염이었다. 아침부터 목이 뜨겁고 등에서 땀이 흘러내렸다. 사흘째 되는 날엔 식욕도 잃었다. 야채죽을 끓여놓고도 종일 아이스커피만 마셨는데 어느 순간, 얌얌얌얌, 양양양양 하는 소리가 들렸다. 소연은 방안을 휘둘러보았다. 당연히 아무것도 없었다. 하지만 창문 밖에서 나는 소리라고 하기엔 너무 가까웠다.

옆집이나 앞집, 혹은 허공 어디에선가 소음은 끊임없이 생산되었다. 아이들의 외침 소리, 자동차 지나가는 소리, 무언가가 바닥에 팽개쳐지는 소리, 어느 남자가 내지르는 고함소리…… 어느 집에서는 닭을 키우는지 새벽마다 닭 울음소리가 들렸고, 나무로 둘러싸인 앞집에 아침저녁 날아드는 까치와 참새 소리도 꽤나 극성스러웠다. 새들이 부리로 공기를 찢어 속엣것을 파먹기라도 하는 것 같았다. 심지어 그 집 마당에 묶여 사는 어린 개는 고무로

된 오리 장난감을 가지고 놀며 시도 때도 없이 빽빽거리는 소음을 냈다. 그리고 옆집 아이가 유치원에서 돌아오면 영어 동요가 반복적으로 울렸다. 하지만 얌얌얌얌, 양양양양 소리는 그 모든 소리와 달리 바로 곁에서 들리는 것처럼 가까웠다. 소연은 상처에 연고를 바르다가, 텔레비전을 보다가, 꼬박꼬박 졸다가도 고개를 획 치켜들고 바로 곁 허공을 쳐다보곤 했다.

B가 보낸 엽서의 사진은 피커딜리서커스에 있는 안테로스상이었다. 혼자 소규모 출판사를 운영하던 B는 십 년 동안 밤낮없이 일하더니 두 달 전 갑자기 여행을 떠나 돌아오지 않았다. 말은 안 했지만 업계의 불황을 더는 버티지 못하고 폐업한 것 같았다. 조기 퇴직은 자영업자와 프리랜서들도 예외가 아니었다. B가 쓴 문장은 단 한 줄뿐이었다. 물고기자리는 요즘 어떻게 지내나?

B와 소연은 같은 물고기자리였다. 물고기자리 성좌는 아프로디테와 에로스가 리본으로 발목을 묶은 형상이다. 아프로디테는 자라지 않고 언제까지나 아이처럼 구는 에로스를 성장시키기 위해 둘째 아들 안테로스를 낳았다. 에로스가 일방적인 동경과 자기중심적인 욕망의 사랑을 관장하는 데 비해 안테로스는 개인 간의 상호적인 사랑을 관장하는 신이다. 소연은 자신이 아프로디테이기라도 한 것처럼 철부지 에로스와 발목을 묶은 것을 후회했다. 에로스의 사랑은 집단 속에 익명으로 함몰되는 본능의 덫일 뿐이었다.

소연은 잠시 자신의 근황을 생각했다. B, 다음 학기엔 기간제 교사를 신청하지 않았어. 난 이제 실업자야, 라고 썼다가 지웠다. 소연은 이 년 전부터 젊은 신청자들에게 우선순위가 밀려 학교를 배정받지 못했다. 어쩌다 배정을 받으면 출퇴근 시간이 왕복 네 시간씩 걸리는 먼 학교였다. 그마저도 수입이 얼마 되지 않아 사실상 실업자가 된 지 오래였다. 그동안은 도심에 있던 아파트를 팔고 신도시의 빌라로 이사해 남긴 차액을 야금야금 파먹으며 살아온 것이었다.

B…… 소연은 두 아이를 떠나보낸 뒤에 찾아온 뜻밖의 허탈감에 대해 말하고 싶었으나 문장이 되지 않았다. 이혼한 뒤로도 기간제 교사 일을 하며 전남편의 도움을 받아 두 아이를 키웠으니 그야말로 학수고대해온 독립인데도 성취의 뿌듯함은 추상적인 관념에 지나지 않고 표적을 상실한 허탈감만이 선명했다. 아이들이 독립했다는 건 현실적으로 더이상 자신을 필요로 하지 않는다는 의미였다. 의존의 상실은 애정의 상실이었다. 그것을 증명이라도 하듯 딸은 홍콩으로 발령을 받아 떠났고 아들은 입사하자마자 경기도 외곽에 자리한 회사 근처 원룸으로 이사해 반년이 지나도록 한 번도 찾아오지 않았다. 아침 여덟시까지 출근해 밤 열한시에 퇴근을 하는데 일요일에도 사무실에 나간다니 아들을 독립시킨 것이 아니라 회사에 입양 보낸 셈이었다.

소연은 그즈음 물건을 사면 번번이 환불했다. 장롱 속의 옷들이 갑자기 낡아버렸고, 어쩌다 새 옷을 사 입어도 전혀 어울리지 않았다. 사소한 일조차 해내기가 어려워 시간에 치이며 허둥댔다. 누군가를 만나도 그때뿐, 유대감이 생겨나지는 않았다. 애써 전시장이나 공연장을 찾아가도 피곤하기만 하고 공허했다. 무엇을 하든 현실감이 없었다. 사람들은 바다에서 서핑을 하고 보트를 타고 수영을 하며 파도를 즐기는데 혼자 물 한 방울 묻히지 못하고 해변에 앉아 있는 심정이었다. 그 바다에서 소연이 할 수 있는 일은 아무것도 없었다. 누군가 자신 앞에 금을 그어버린 느낌이었다.

앙앙앙앙, 양양양양…… B에게 회신을 쓰다가 고개를 돌렸을 때 처음으로 그것의 얼굴이 선명하게 보였다. 눈이 둥글고 뺨은 편평하며 눈썹이 짙으면서 가지런하고 입술 선이 또렷했다. 얼굴은 이내 더 커지더니 눈이 길고 가늘어지다가 연기처럼 흩어졌다. 그것이 원래 집에 있었는데 이제야 보이는 것인지, 아니면 최근에 어딘가에서 들어온 것인지 소연은 알 수 없었다. 집안에 숨어 있을 만한 곳이라면 아들이 취직해 떠난 뒤로 비어 있는 현관 쪽 방 정도였다. 하긴 그것이 싱크대 아래나 냉장고 뒤편, 혹은 이불장 안과 책상 서랍의 마지막 칸이나 침대 밑에 숨어 서식한다 해도 이상한 일은 아니었다. 그것은 혼자 사는 소연 하나쯤은 얼마든지 비켜다니며 지낼 수 있었을 것이다.

처음에 합은 조심스럽고 예의바르게 지냈지만 점점 식탐이 많고 고집스러우며 어딘가 대담한 성정을 품고 있는 것이 느껴졌다. 소연이 아직 불편한 몸으로 마트에 갈 때면 합은 카트에 소시지와 고기와 생선을 탐욕스럽게 담고 맥주도 종류별로 다 담았다. 그 탓에 소연이 장바구니를 차에 싣거나 내릴 때면 갈비뼈에 날카로운 통증이 전류처럼 지나갔다.

합은 맥주를 좋아해서 밤낮없이 마셨다. 합의 말대로 열대야 탓이기도 했다. 합이 얌얌얌얌, 양양양양거리며 마셔대니 꽤나 금욕적으로 살아온 소연도 따라서 마시게 되었다. 한여름에 거품이 뜬 차가운 맥주를 마시는 것보다 상쾌한 위로가 또 있을까. 맥주가 뜨거운 목구멍을 넘어 몸속으로 내려가면 등에 흐르던 땀이 식고 두피가 시원해지며 피부에 진득하게 달라붙던 소파까지도 서늘해졌다. 맥주를 마시다보면 굳이 그러지 않으려고 해도 분위기가 화기애애해져 마음이 열렸다. 합은 여성 같지도 남성 같지도 않았다. 결여된 중성인지 포괄하는 자웅동체인지 짐작하기 어려웠다. 소연은 궁금하긴 했지만 실례인 것 같아 묻지 않았다.

"전엔 어디에 있었어?"

한번은 이렇게 묻자 합이 큰 구렁이 같은 표정을 짓더니 얼굴이 푸른빛에서 노란빛으로 바뀌었다. 합은 얼굴 색깔이 시시각각 변하고 몸은 일부만 나타났다가 사라지기도 해서 어디가 시작이고 끝인지 전혀 알 수 없었다.

"수없이 많은 곳에 있었어. 주민등록초본을 뗀다면 열다섯 페이지는 나올걸."

소연은 합이 구렁이처럼 사람들 곁에서 살아왔을 거라고 짐작했다. 구렁이는 독이 필요 없을 정도로 힘이 세고 참새나 쥐 같은 것을 잡아먹으면서도 사람을 좋아해서 마루나 지붕 밑에서 숨어 산다.

"여기 오기 직전에 말이야."

"좁은 골목의 낡은 다가구주택에 살았어. 그곳엔 똑같이 생긴 다가구주택이 수십 채 늘어서 있었지. 반지하가 있는 구조여서 일층이지만 일곱 계단을 올라가. 거긴 더할 나위 없이 포근하고 따스하고 편안했어. 좁은 부엌과 라면 상자만한 식탁, 씻을 땐 타일 벽에 엉덩이를 부딪치게 되는 작은 욕실과 두꺼운 커튼으로 창문을 막은 북향 침실, 그리고 책상과 책장을 넣은 길쭉한 거실과 햇살이 잘 드는 베란다가 있었지. 내게 필요한 것이 다 있는 곳이었어. 내 몸과 생각의 굴곡에 꼭 맞는 곳, 그렇게 되기까지 몇 년이나 걸렸어. 지금 이 순간에도 그 방이 그리워. 밤에 눈을 감으면 언제나 그곳이 떠올라. 벗고 나온 다정한 허물처럼 말이야. 뒷길로 나가면 바로 큰 시장이 있어. 먹을 게 넘쳐났지. 먹을 거라면 정말 뭐든 있었어. 값도 싸고 양도 많았지. 앞쪽으로 나가면 최신 트렌드의 카페와 레스토랑들이 즐비하고, 순댓국집과 중국집, 기사식당같이 값싸고 오래된 식당들도 많았어. 강 쪽으로 나가는 길엔 작은 맥줏집과 칵테일 바들이 있었지. 여름 저녁엔 거의 매일 칵테일을 비닐 팩에 테이크아웃해 빨대로 빨며 강으로 나갔어. 비가 내리던 날도 나갔지. 강물은 탁하고 미지근하고 비렸어. 그 강물 어딘가에서 매일 한 명씩 삶을 비관해 몸을 던진다는 사실은 모두 함구했지."

그 집은 딸이 홍콩으로 떠나기 전에 살았던 집과도 비슷했다.

"그렇게 그리우면 돌아가지 그래?"

"바보. 과거로 갈 순 없어. 영영 잃어버린 곳이야, 다신 돌아갈 수 없는 곳이라고. 그걸 알아야 해."

딸도 예전에 살던 집이 그리워 눈물이 날 때가 있다고 했었다. 밤에 눈을 감으면 그곳에서 잠을 자는 꿈을 꾼다고 했다. 딸은 그 집과 동네가 더할 나위 없이 좋았다고 말했다. 홍콩의 월세는 가히 살인적이어서 딸은 리모델링한 낡은 아파트에서 동료와 함께 살고 있었다. 고층인데도 바퀴벌레가 꼬이는 것이 두려워 음식을 만들어 먹지 않았다. 도시 전체가 낡은데다 추운 겨울이 없으니 벌레와 쥐의 천국이라고 했다. 천국이야, 그것들의 천국. 딸의 전화는 늘 놀러오라는 말로 끝을 맺었다.

"다른 곳에서 다시 제 생각에 맞는 껍질을 만드는 수밖엔 없어."

그러면서 합은 탐욕스러운 눈으로 집안을 빙 둘러보았다. 소연은 위협을 느꼈다. 합이 이 집에 자리를 잡으려는 게 아닐까, 하는 의심이 들었다. 그곳은 텅 빈 도로와 인공호수 공원과 대규모 아파트 단지들뿐인 신도시였다. 소연의 집은 공기조차 텅 비어 보이

는 신도시에서도 철길 건너편 한적한 전원 마을에 자리한 빌라였
다. 넓은 호수 공원이 코 닿을 곳에 있고 출퇴근을 위한 지하철역
이 도보로 오 분 거리인 것이 장점이지만 공원에 나가기 위해서는
아래로 기차가 지나다니는 구름다리를 건너야 했다. 집 뒤쪽에서
나는 기차 소리는 마치 물결소리처럼 쏴아 하고 지나가서 불쾌하
진 않았고, 집 뒤로 강이 흐른다고 착각할 정도였다.

이십 년 동안 산 도심의 아파트를 팔고 주식을 정리해 아이들과
나누어 자신의 몫으로 마련한 집이었다. 이혼한 남편은 십오 년
전부터 직장을 따라 계속 아래로 내려가더니 창원과 사천, 광양을
거쳐 여수에서 살고 있었다. 두 아이가 대학을 다닐 때까지만 해
도 함께 의논할 일이 있었고 방학이면 아이들이 오고갔지만 몇 년
전 그가 재혼한 뒤로는 소식이 끊겼다. 아이들은 제 아빠와 연락
하는 것 같았지만 소연은 알은체하지 않았다.

집에서 소연이 가장 많은 시간을 보내는 장소는 거실 창가였다.
소연은 그 자리에 테이블과 소파를 놓았다. 북향이어서 새벽에 여
린 빛이 비치고 나면 햇빛이 전혀 들지 않았다. 그곳이라면 아침
부터 몇 시간이고 하루종일이라도 꼼지락거리며 보낼 수 있었다.
소연은 그 자리에서 늘 앞집을 관찰했다. 봄에 앞집 마당의 커다
란 라일락 나무에 꽃이 피었다가 진 뒤로 호박 넝쿨이 넓은 잎사
귀를 편 채 울타리를 타고 오르더니 여름이 되자 꼭 유치원생이
그린 것 같은 커다란 별 모양의 황금색 꽃을 피웠다. 잠에서 깨어

내다보면 밤사이 별이 떨어진 것처럼 환했다.

"그런데 왜 떠난 거야?"

"어느 날 떠날 때가 되었다는 신호가 왔어. 생리적인 탈각 같은 거야."

생리적인 탈각 같은 거야. 딸도 소연에게 그렇게 말했던 것 같다. 합이 딸의 흉내를 내는 듯했다.

"벗어야 할 때가 되었던 거야. 그런 신호가 오면 아무리 소중해도 어쩔 수 없어. 하지만 지금 너무 그리워. 내 살갗같이 따스한 둥지."

그 동네는 팔십년대 초에 지은 똑같이 생긴 다가구주택들이 모여 있고 큰 시장이 있으며 근처에 강이 흐른다. 하지만 이제 그 집들은 세상에 없다. 재건축에 들어간 것이다. 아마도 값싼 월세를 내고 살았을 합은 밀려난 것이다.

"한 가지 물어봐도 돼?"

소연은 방심한 채 고개를 끄덕였다.

"밤에 울던데……"

"내가?"

합은 당황하는 소연을 두고 잠시 거실 창밖을 내다보았다. 커다란 라일락과 소나무, 오동나무에 가려진 앞집 마당이 내려다보였다. 그 옆은 잡풀이 자라는 공터지만 그 너머엔 단독주택과 붉은 기와지붕을 올리거나 옥상 난간을 스페인의 성채처럼 장식한 삼층 빌라들이 앞집을 병풍처럼 아늑하게 둘러싸고 있었다. 그 위하늘은 무시로 색을 바꾸었고, 구름과 새들과 해와 별과 달이 지나다니며 매일 조금씩 다른 공연을 펼쳤다.

"자면서 울던걸. 거의 매일 그랬어."

합은 소연에 대해 좀 안다는 표정을 지었다.

꿈은 맥락을 설명하지 않는다. 꿈속에서 소연은 사막 여관의 일층 복도 끝 방에 억류돼 있었다. 창밖에는 부연 흙먼지 속에 눈이 섞여 날렸다. 어쩌다 그곳에 갔는지, 어떤 이유로 일행과 떨어졌는지, 일행은 누구였는지, 혹은 원래 혼자였는지, 왜 억류된 것인지조차 알지 못했다. 사막의 밤은 추웠다. 소연은 추위에 떨며 제 무릎을 가슴에 끌어안고 밤을 견뎠다. 언제부터 그런 밤을 보냈는지, 얼마나 많은 밤이 지나갔는지, 앞으로도 얼마나 더 계속될지 알 수 없었다. 밤의 암흑 속에 갇힌 채 검고 푸른 슬픔에 허리가 베이는 것 같았다. 소연은 무릎을 굽혀 시린 배를 싸안았다. 울었다면 아마 그때였을 것이다.

"사막의 어느 여관에 억류된 꿈을 꿔."

"매일 같은 꿈을 꾼단 말이야?"

"그곳에선 매일 같은 날이야."

"저런, 거기가 어딘지는 알아?"

"창밖에 눈이 내려. 눈이 내리는 사막은 어디일까."

사막에 다녀온 사람들은 사막이 한마디로 화성 같은 곳이라고 했다. 사막엔 건조한 회갈색 흙이 푸슬푸슬 흩어지고 메마른 돌이 구르며 흙먼지가 날린다. 낮에는 모든 것을 태울 듯 기온이 사십 도까지 올라가고 밤에는 영하로 내려가 얼어붙는다. 돌과 분간하기 어려운 풀덤불은 군데군데에 죽은듯이 엎드려 비를 기다리고 침침한 흙집에 거주하는 이민족은 품안에 칼을 숨긴 것처럼 인상이 험악하다.

또다른 사람들은 사막이 온통 금빛이 도는 황홀한 모래 구렁이며 한가운데로 들어가면 달 모양의 파란 호수가 있는데 너무나 고요하고 깨끗해 당장 세상을 버리고 그곳에 뼈를 묻고 싶은 유혹에 빠진다고 했다. 또 어떤 사람은 사막이라고 해도 숲과 초원과 양목장이 있다고. 그곳엔 다디단 포도가 익어가고 물 많은 수박과 함박눈 같은 목화가 자란다고 했다. 하지만 대체로 사막이란 화성 같은 곳이기 마련이다.

소연이 머무는 사막 여관의 창밖에는 부연 흙바람 사이로 눈이 희끗희끗 날린다. 가장자리에 성에가 낀 유리에 눈을 대고 오래 바라보면 마을 너머에 어린나무가 한 그루 서 있는 모래언덕이 흐릿하게 보이고 마을로 들어오는 길이 희미하게 분간되었다. 더 자세히 보고 싶지만 흙이 너무 많이 날려와 창문을 열 수 없다. 창문 고리는 삭아서 건드리기만 해도 떨어질 듯 덜렁거리는데, 그것을 당겼다가 망가지기라도 하면 돈을 물어내야 한다. 옆방과는 판

자벽으로 나뉘어서 방음이 전혀 되지 않고 배수관이 흙먼지로 막혔는지 변기의 물이 다 빠지는 데 한나절은 걸린다. 옛날 사람들은 사막이 위로는 나는 새 한 마리 없고 아래로는 기는 짐승 한 마리 없이 어디를 둘러봐도 망망한 모래뿐이어서 길을 찾기 위해서는 그 길을 지나다 죽은 이의 해골을 찾아 이정표로 삼아야 한다고 했지만, 지금은 사막을 통과하는 포장도로가 생겨 관광객들이 버스를 타고 몰려오고 몰려간다. 소연이 묵는 사막 여관에도 관광객들이 예닐곱씩 우르르 들어왔다가 한꺼번에 떠나갔다.

"잠들기 전에 갈라파고스 군도를 생각해봐."

합이 돕고 싶다는 얼굴로 제안했다.

"그러면?"

"갈라파고스 군도에 머무는 꿈을 꿀지도 모르지. 꿈에 어딘가 머물러야 한다면 난 갈라파고스 군도가 좋겠어."

"육지이구아나 무리가 있는 곳 말이니?"

"바다이구아나도 있는걸. 바다사자도 있고. 네가 맑은 햇빛이 비치는 고요한 해안가를 걸어가면 뒤에서 바다사자가 뒤뚱뒤뚱 따라가는 거야. 굉장히 평화롭지."

"그곳도 사막이나 마찬가지야."

소연은 갈라파고스 군도 역시 사막으로 기억하고 있었다. 화산 폭발로 인해 굳은 용암과 화산재로 뒤덮인 섬들이었다. 굳은 화산

재와 암반이 갈라진 틈새로 작은 식물이나 선인장 종류만 간신히 자라는 땅이었다. 아득히 오래전, 텔레비전 다큐 프로그램에서 갈라파고스 군도에 사는 육지이구아나들을 본 적 있었다. 온몸을 재봉질로 짜깁기한 것같이 흉측하게 생긴 육지이구아나들은 노란 꽃이 핀 선인장 아래에 대여섯 마리씩 모여 꼼짝도 않고 꽃이 떨어지기를 기다리고 있었다.

"거기는 불가능한 조건에 자신을 바꾸며 적응한 생물들이 사는 곳이야. 이구아나와 바다사자와 자이언트거북, 붉은 게와 아주 작은 펭귄들, 그 종들은 우연히 그곳에 표류해서 특이하게 진화했다고 해. 상상해봐. 그런 곳은 사막이 아니야."

사막의 사전적인 뜻은 강수량이 증발하는 수분량보다 적어 경작할 수 없는 땅이었다. 강수량이 적고 대부분 경작할 수 없는 땅이라는 점에서 갈라파고스 군도 역시 인간에게 사막이기는 마찬가지였다.

소연은 잠자기 전에 갈라파고스 군도를 그려보았다. 해안가의 용암 암반을 딛고 혼자 걸어가면 이슬처럼 맑은 햇살이 떨어지고 바다사자 한 마리가 뒤뚱뒤뚱 따라오는 것이다. 평화롭다, 평화롭다…… 소연은 주문을 외웠다. 텔레비전 화면에 비친 육지이구아나들은 작은 새가 날아와 선인장 꽃을 쪼아 떨어뜨려주기를 기다렸다. 육지이구아나들이 먹이를 구하기 위해 하는 일이란 명상과 같은 기다림뿐이었다. 평화롭다, 평화롭다…… 소연은 주문을 외다 잠들었지만 그날 밤도 똑같이 사막 여관에 억류된 꿈을 꾸었다.

인우는 그사이 또 방을 옮겼다며 혜화역에서 보자고 했다. 집에서 두어 시간이나 걸리는 거리였지만 소연은 불평하지 않고 약속을 잡았다.

인우는 검은 비닐봉지를 들고 에스컬레이터 바로 옆에 서 있었다. 그사이 배가 많이 나와 티셔츠가 봉긋 들려 있었다. 육 개월에 접어든 임신부 같은 모양새였다. 검은 비닐봉지 안엔 보나마나 거리에서 산 양말 같은 것이 들어 있을 것이다. 인우는 소연을 힐긋 보고는 이십 분이나 늦었다고 투덜거렸다. 인우의 몸에서 전에 없이 쉰내가 났다. 비 맞은 옷을 빨지 않고 입었을 때나 지하실에서 나는 차고 습기 찬 냄새였다. 흔히 말하는 가난한 독신 남자의 냄새. 소연은 당황스러웠다. 인우에게서 그런 냄새를 맡은 건 처음이었다. 인우의 동공 색깔도 녹슨 듯한 갈색빛으로 바래 있었다. 둘은 길을 건너 점심 먹을 식당을 찾아갔다. 식사를 하고 나오는 사람들이 소연을 쳐다보았다. 자전거 사고로 다친 뒤 첫 외출이었다. 그사이 얼굴의 멍은 사라졌고 무릎의 상처는 흉터를 남기며 아물었지만 소연은 자신이 어딘가 달라진 기분이 들었다.

늘 가던 일식집에 자리가 없어 소연과 인우는 다른 식당으로 들어갔다. 한옥을 개조한 고급스러운 가게였다. 메뉴에 라멘이 없어서 소연과 인우는 몇 번이나 메뉴판을 앞뒤로 넘기다가 체념하듯

이 돈가스 나베와 명란 파스타를 주문했다. 그리고 서로를 잠시 탐색했다. 인우의 시선이 자신의 얼굴을 살피다가 입술 위에 생긴 미세한 주름을 스치는 것을 소연은 감지했다. 너 어딘가 달라진 느낌이다. 인우가 말했다. 너도 그래. 소연은 인우의 배를 힐긋 보았다. 둘 다 아직 늙은 편은 아니었지만 곧 늙을 것이었다. 이젠 서로가 까칠하게 굴거나 고집을 부리기조차 어려워 보였다. 주먹을 꼭 쥘 기운이 없으면 손가락들은 저절로 펴지는 것이다.

소연은 인우와 헤어진 뒤에도 몇 명의 남자를 만났지만 얼마 못가 흐지부지 끝이 났다. 소연의 내부에서 무언가가 영원히 빠져나간 기분이었다. 어떤 관계에도 몰두할 수 없었다. 인우의 몸에서 눅눅하고 쾨쾨한 냄새가 테이블을 넘어왔다. 소연은 쉰내가 난다는 걸 알려줄지 말지 망설이다가 엉뚱한 말을 했다.

"점심은 내가 살게."

"삼만원 넘는다."

인우가 중얼거렸다. 젊었을 때 진 빚을 평생 갚으며 살아온 인우는 무슨 규칙처럼 식사에 이만원 이상은 쓰지 않았다. 카페에 들어가거나 맥주를 마시거나 방을 빌릴 때도 돈 계산을 했다. 소연도 마찬가지였다. 인우는 빚이 있으니 인색할 수밖에 없었지만 소연은 인우에게 공연히 더 인색하게 굴었다. 그러다가 헤어질 때쯤엔 마음이 상해서 한동안 보지 않기도 했다. 하지만 계절이 바뀌고 서운함이 잊히면 둘 중 한 사람이 연락을 했다. 소연은 인우의 냄새를 모르는 척하기로 했다.

"갈라파고스 군도 알아?"

소연이 물었다.

"다윈이 원정을 떠난 섬이잖아. 갈라파고스 군도에서 돌아와
『종의 기원』을 썼지."

"그거 어느 나라 섬인지 알아?"

"에콰도르지."

"모르는 게 없네."

"갈라파고스 군도는 왜?"

"너와 그곳에 갈 수 있으면 좋겠어. 거긴 세상에서 가장 청명한
곳이야. 상상해봐. 네가 온몸에 이슬처럼 맑은 햇살을 받으며 해
안가를 걸어가는데 뒤에서 바다사자 한 마리가 뒤뚱뒤뚱 따라오
는 거야."

"무섭다."

"평화로워."

"거기도 한 해에 몇 번밖엔 비가 내리지 않고 그늘이라곤 없는
사막 같은 곳이 있어. 어쨌든 평화라니 좋군. 그건 갈라파고스 생
물들이 이루어낸 진화의 궁극인가."

인우는 이사를 앞두고 있었다. 이번에 지인이 내어준 방은 서울
이 아니라 인천 쪽이었다. 잠깐씩 비는 남의 집을 그런 식으로 전
전하는 것이 어떤 기분인지 소연은 상상하기 어려웠다. 젊었을 때

인우는 소연이 아는 남자 중에서 가장 옷을 잘 입고 가장 똑똑했었다. 하지만 얼마 되지 않는 원고료와 문화센터에서 받는 강의료가 수입의 전부였고 갚아야 할 빚이 늘 있었다. 소연이 만난 남자 중 가장 민감한 남자, 가장 재미있는 남자, 가장 춤을 잘 추는 남자, 가장 파스타를 잘 만드는 남자, 가장 제멋대로인 남자였다. 가장 가난한 남자, 가장 이기적인 남자, 가장 역겨운 남자, 가장 정나미 떨어지는 남자이기도 했다. 제 몸의 털 하나가 인류를 구한다 해도 뽑아주지 않을 인색한 남자가 바로 인우였다. 세상에서 재미나 볼 뿐 남을 도울 줄을 모르는 사람으로 오로지 제 한 몸만 챙겼으나, 인우만 그런 게 아니라 소연도 마찬가지였다. 그러니 서운하거나 불쾌한 감정이 길게 가지 않았다. 다신 안 볼 듯이 헤어졌다가도 둘은 또다시 만났다. 아무런 기대도 없이, 마치 세상에 남자와 여자가 단둘밖에 없는 것처럼. 이제 둘은 섹스도 하지 않았다.

식당에서 나온 뒤 대학 정문 앞을 지나 계속 걸었다. 인우는 걷는 것을 좋아하는데다 배를 가득 채운 내장 비만 때문에라도 걸어야만 했다. 인우는 자신의 몸에서 냄새가 난다는 사실을 모를 게 뻔했다. 안다면 무슨 방법이든 쓸 사람이었으니까. 두 사람은 걷다가 자주 몸이 부딪혔다. 걷는 사이에 인우는 점점 기분이 좋아지고 있었다. 그들은 대학교 뒷동네를 빙 둘러 걷고 빌라와 단독

주택들이 가득한 낮은 언덕을 넘어 성북천 다리를 건넜다. 천변에 조성된 산책로로 내려갔을 때 인우는 갑자기 운동화와 양말을 벗었다. 인우의 고집으로 소연도 구두를 벗고 더러운 바닥을 맨발로 걸었다. 하천에서 발을 씻고 계단에 앉아 말릴 때 인우가 손수건을 꺼내 소연의 발을 닦아주었다. 그리고 시장을 지나 다리 바로 앞에 있는 맥줏집에 들어가 이층 창가에 자리를 잡고 안주 없이 맥주를 마셨다. 너만 계속 보는 건 눈이 피곤해서 말이야. 인우는 정확히 뜻을 알 수 없는 말을 하고는 노곤한 표정으로 창 아래를 살폈다. 행인들은 다리를 건너와 창 아래 삼거리에서 나뉘어 시야를 벗어났다. 나도 예전에 저 다리를 지나다녔어. 다리를 지나는 게 이상하게 위안이 되던 시절이었지. 저 다리를 예쁜 여자애와 지나 내 방으로 갈 때면 정말 신났어. 하지만 너무 예쁜 여자애와는 다리를 건너지 않았어. 왜 그런지 내 방에 데려갈 수가 없었어. 공연히 걷기만 하다가 헤어졌지. 인우는 생맥주 두 잔에 조금 취한 것 같았다. 오래 걸어 피곤한데다 취하기까지 해서 쓸모 있는 이야기를 할 수가 없는 상태였다.

다리를 건너오는 행인들은 몇 가지 부류로 나눌 수 있었다. 가난한 노인, 운동복 차림의 남학생과 화장을 진하게 한 여대생, 양복 차림의 지친 직장인, 구분하는 것이 별 의미가 없을 정도로 특색 없는 중년 여자와 남자들, 혈색이 환한 젊은 남자…… 한 시간 삼십 분 만에 인우가 인정할 만큼 예쁜 여자 하나가 지나갔다. 저런 여자에겐 어떻게 할 수가 없어. 아무것도 할 수가 없다고. 그저 신의 작품을 모두가 함께 축복해야 해. 인우가 중얼거렸다. 그뒤로 연극배우 같은 남자와 무용가 같은 남자가 지나갔다. 행인들은 외모로 인생을 표현하고 있었다. 소연은 새삼스럽게 인우와 자신의 행색을 살펴보았다.

해가 진 뒤 두 사람은 가게를 나와 시장 뒤편의 낡은 한옥들이 즐비한 골목을 걸었다. 사람이 사는지 빈집인지 의심스러울 만큼 오래된 집들 사이로 대나무를 꽂거나 화려한 깃발과 등을 단 점집들이 파고들어 있었다. 너무 오래된 집들은 퇴폐적이고 섬뜩해서 그 안에서는 무슨 일이든 일어날 수 있을 것만 같았다. 공포영화의 세트장 같군. 인우가 중얼거리며 한 사람이 겨우 지나갈 어두운 골목으로 소연의 손을 와락 잡고 끌어갔다. 소연은 끌려들어가며 예전처럼 소리를 질렀다. 이거 놔, 이거 놔, 키스하면 죽일 거야. 그 말에 인우가 키스가 뭐야, 하며 웃었다. 골목이라기보다는 빗물을 흘려보내는 배수로 같은 비좁은 통로는 생각보다 길었다. 둘은 몸을 겹치듯 붙인 채 손을 잡고 지나가다가 환하게 불 켜진 집의 마루에 앉아 혼자 저녁밥을 먹는 중년 남자와 시선이 마주쳤다. 남자는 실오라기 하나 걸치지 않은 나체였다. 왜 벌거벗은 꼴로 밥을 먹는지 도무지 이해할 수 없었다. 처마가 맞붙은 좁은 골목에서 뛰쳐나왔을 때 인우가 침을 뱉었다. 모럴 해저드야. 저런 남자는 자기 딸과도 섹스할 것만 같아. 가리는 게 없는 남자 말이야.

그렇게 나쁜 사람은 아닐 거야. 가릴 수 없는 삶에 익숙해진 것뿐이야. 소연은 인우를 다독였다. 그들은 큰 거리로 나가 카페로 들어갔다. 인우는 커피를 시키고 소연은 레몬주스를 시켰다. 돈은 인우가 냈다. 그들은 휴대폰에서 노래를 찾아 듣다가 자연스럽게 이어폰을 나누어 끼었다. 그리고 다리를 쭉 펴고 쉬었다. 데이트의 마지막 코스였다. 늘 그렇듯 헤어지기 전에 인우는 노래를 불러주었다. 이어폰을 나누어 낀 채 인우가 복화술을 하듯 자신에게만 들리게 노래할 때면 소연은 섹스의 기억이 떠올랐다.

소연은 인우의 등을 다정하게 쓰다듬었다. 인우가 노래하면서 배에 힘을 잔뜩 주어 복벽을 밀었다가 당기는 게 눈에 보였다. 바람 자는 이 저녁 흰 눈은 퍼붓는데 무엇 하고 계시노 같은 저녁 금년은 꿈이라도 꾸면은 잠들면 만날런가 잊었던 그 사람은 흰 눈 타고 오시네 저녁때 흰 눈은 퍼부어라 저녁때 흰 눈은 퍼부어라…… 인우는 곧 인천으로 이사할 것이다. 다음 계절에 그들은 인천의 어느 낯선 동네를 또 정처 없이 걸어다닐 것이다. 어쩌면 무서운 것은 낡은 집 마루에서 홀로 벌거벗고 밥을 먹던 남자가 아니라 그의 코앞으로 손을 잡고 지나간 중년의 남녀일지도 모른다. 그들은 텅 빈 데이트의 유령이었다.

얌얌얌얌, 양양양양…… 합의 얼굴이 선명하게 보일 때는 식탁에 앉아 밥을 먹기 직전이었다. 눈이 둥글고 뺨은 편평하며 눈썹이 짙으면서 가지런하고 입술 선이 또렷했다. 어딘지 소연의 딸과 엄마를 닮은 얼굴이었다. 그것은 이미 젓가락을 들고 기다렸다. 그럴 때면 사랑스럽고 귀여워 보이기도 했다. 그것의 다른 얼굴은 좌우로 좁고 코가 길며 눈은 갸름하고 입술은 도톰하다. 그럴 때면 소연의 아들을 닮았고 아버지를 닮기도 했다. 하지만 대개는 얼굴이 흐릿하거나 아예 보이지 않았다.

합은 무례하다는 말을 자주 했다. 예의를 못 배웠네. 감정적으로 말하지 마. 사과해. 소연은 사소한 일로 몇 번 사과를 했다. 화장실을 깨끗하게 쓰라는 말에 감정이 실렸다고, 좀 비키라는 말을 명령조로 했다고, 심지어 신사네, 라고 칭찬했을 때도 불쾌하다며 사과하라고 했다. 합은 신사든 숙녀든 그런 개념 자체를 금지했다. 청소를 하라고 하면 손님에게 그러는 법이 아니라고 거절했다. 합과 잘 지내기는 쉽지 않았다. 아침마다 세면대에 누런 얼룩을 묻히고는 그냥 나오고 수건은 매일 새것을 꺼내 쓰고는 여기저기 던져놓았다. 덥다고 북향 방에서 나와 거실 바닥에서 자기도 하는데 오전 열한시가 지나도 깨우지 않으면 일어나지 않았다. 늦게 일어나서도 오후 내내 소파를 점거하고 텔레비전을 보거나 시끄러운 힙합을 들었다. 기분이 상하거나 배가 고프면 고약한 냄새를 피워 공기를 오염시켰다. 까칠하게 굴고 사사건건 따지기를 좋아했다. 얌얌얌얌, 양양양양…… 하며.

합이 온 뒤로 소연은 부엌에서 보내는 시간이 많아졌다. 합이 불쾌한 냄새를 피우기 전에 무엇이든 먹이려고 서두르기도 했지만 다른 한편으론 장을 보고 음식을 만들어 먹이는 일이 즐겁기도 했다.

"도마를 바꾸어야 해."

합은 강화플라스틱 도마에 대해 불평했다. 소리도 나쁘지만 음식에 플라스틱 부스러기가 섞여들어 건강에도 나쁘고 맛도 제대로 나지 않는다는 게 이유였다. 합은 프라이팬과 냄비, 그릇과 수저까지 참견을 했다. 그럴 땐 소연이 어릴 때 돌아가신 할머니 같았다.

"도마를 사러 가자."

소연은 합과 함께 지하철을 타고 꽤 먼 재래시장까지 갔다. 나무 도마는 의외로 종류가 많았다. 소나무, 대나무, 박달나무, 편백나무, 아까시나무, 오크…… 가게 주인은 박달나무 도마를 권했지만 합은 편백나무 정도면 충분하다고 했다. 무나 당근과 파를 두꺼운 나무 도마 위에서 칼로 썰 때의 울림은 공기를 깨무는 새소리같이 경쾌했다. 합은 그 소리에 저절로 잠에서 깨어 흡족한 소리를 내며 바닥을 뒹굴었다. 얌얌얌얌, 양양양양…… 합은 또 오래된 전자레인지와 압력밥솥, 접시와 컵도 바꾸게 했다. 정해둔 생활비를 턱없이 초과했지만 신경도 쓰지 않았다. 합은 제라늄 애호증이 있었다. 붉은색 꽃이 피는 제라늄부터 주황색과 오렌지색, 짙은 핑크색과 연한 핑크색, 흰색과 자주색까지, 합은 크고 작은 제라늄 화분을 계속 사들였다. 앞뒤 베란다와 부엌과 거실에 꽃 핀 제라늄 화분이 가득찼다.

"복도 끝 열한번째 방이야. 벽에 꽃과 새를 그린 바랜 채색화가 있어. 화장실은 공용이고, 나무 침대와 세면대와 창문이 하나씩 있어. 창밖에는 부연 흙먼지 속에 눈이 희끗희끗 내리고 뒷집 마당과 낮은 흙벽돌집들이 보여. 방문을 열고 나가면 마루가 깔린 긴 복도가 나와. 양쪽으로 같은 방들이 이어져 있지. 복도가 끝나면 천장이 높은 어둑한 마루가 나와. 마루는 작은 식당과, 중국인 주인이 사는 안채와 연결되어 있어. 주인은 복도와 식당 사이에 테이블을 놓고 손님을 맞이해. 내 일행이 어디에 있는지는 모르겠지만 일행들은 내일 길을 떠난다고 해. 그런데 나만 외투가 없어서 떠날 수가 없어. 나는 일행과 떨어져 혼자 남겨질 거야. 꿈속에서는 언제나 같은 날이야. 나는 외투가 없고 일행들은 다음날 아침에 길을 떠나."

"그곳이 어딘지 알아내. 네가 가진 지도에 표시된 지점이나 네가 사용한 버스표와 기차표 같은 것을 찾아내 확인해. 아니면 그 중국인 주인에게 물어봐. 꼭 그렇게 해."

합이 당부했지만 소연은 번번이 아무 소득도 없이 꿈에서 깼다. 소연에게는 지도도 없었고 티켓 같은 것도 없었다. 그리고 중국인 주인은 소연의 말을 알아듣지 못했다.

"오늘밤엔 중국인 주인에게 꼭 물어봐. 그가 대답해주지 않으면 여관 밖으로 나가 마을을 둘러봐. 그곳이 어딘지 알게 될 때까지."

"신장웨이우얼자치구의 어느 작은 마을인지도 모르겠어. 눈이 내리는 사막은 그곳이 아닐까."

"아랍식 집들이 있어? 포도 넝쿨이 올려진 골목이 보여? 아랍식 모자를 쓴 남자가 있어?"

합이 조소하듯 물었다.

"창밖으로 내가 볼 수 있는 건 오래된 흙집들뿐이고 부연 흙먼지 속에 눈이 흩날리는 저녁이야. 인적이라곤 없어."

"아무런 단서도 없군."

합은 지겹다는 듯 고개를 저었다.

"애초에 단서가 있을 리 없지. 그곳은 사막의 이미지로 구성된 허구의 공간이니까. 그러니까, 네가 억류된 사막 여관은 세상에 있는 장소가 아닌 거야. 차라리 여기 있는 사실들에 집중을 해봐. 제라늄 꽃이 어때. 제라늄 꽃은 여기 이렇게 있잖아."

합은 냉담하게 말했다. 그리고 만족한 얼굴로 제라늄 꽃이 가득한 집안을 빙 둘러보았다.

얌얌얌얌, 양양양양…… 이제 합은 하루에 여섯 끼를 먹으면서도 아귀처럼 배고파했다. 그리고 망했다는 말을 자주 했다. 상관하지 말라고도 했다. 난폭하네, 라는 말도 했다. 점점 고집이 세졌으며, 소연을 은근한 힘으로 제압하고 압박해 모든 것을 자기 뜻대로 했다. 소연이 보기에 합은 여러 개의 인격이었다. 노인이기도 하고 아이이기도 하고 남자이기도 하고 여자이기도 하고 젊은 이이기도 했다. 합은 끝도 없이 길고 끝도 없이 넓었다. 죽은 할머니이고 아버지이고 먼 고향에 있는 어머니이며, 소식이 끊긴 자매들이고 이혼한 전남편이고 옛날 애인들이었다. 혹은 멀리 떠난 딸이고 방을 얻어 떠난 뒤로 한 번도 방문하지 않은 아들이었다. 그리고 만난 지 오래된 여자 친구들이기도 했다. 합은 따스하지만 적대적이었고, 뭉클하지만 차가웠으며, 포근하지만 까칠했다. 상냥하지만 때론 조용히 분노하는 것이 느껴졌다. 무엇보다 점점 더 자주 먹을 것을 요구했다. 허기가 지면 사나워져서 무수하게 많은 눈과 입을 열어 소연의 고릿적 상처를 들쑤시고 원망과 불만을 늘어놓으며 소연을 다그쳤다. 소연은 장을 봐 오고 먹을 것을 만들고 설거지와 청소를 하고 제라늄 화분을 돌보느라 하루를 다 보내 밤에는 지쳐서 앓았다. 관절들이 아프고 손가락뼈가 저렸으며 발뒤꿈치까지 아팠다. 생활비는 계속 초과되고 있었다. 그런데도 합은 흡사 소연에게 빚이라도 받으러 온 것처럼 당당하게 굴었다. 합은 소연을 노예처럼 부려먹고 소연의 거실을 점유했으며 자전거를 제 것처럼 타고 다녔다. 합이 자전거의 안장과 기어를 바꾸어놓아 사고를 당한 것이 아닐까, 하는 의심이 들기 시작했다. 소연을 다치게 하고 꼼짝 못하게 주저앉혀 자전거를 빼앗아 타고 집을 점거한 뒤 모든 것을 제멋대로 하는 것이다. 합은 그러고도 남을 인격이었다.

앞집 여자는 청색 원피스 차림에 청색 장화를 신고 밀짚모자를 쓰고 나와 텃밭에 물을 주었다. 여자는 흰색 진돗개의 목줄을 풀어 마당 안에서 잠시 산책을 시키다가 커다란 라일락을 지나 울타리 쪽에서 똥을 누이고 개밥을 주었다. 개는 봄 내내 피어 있던 라일락 꽃이 다 진 뒤에 앞집에 들어와 마당에 묶였다. 개는 개가 되기 위해 지루함을 터득하는 중이다. 매일 반복되는 아침과 한낮과 저녁이 개의 몸에 스며들었다.

집안에 들어갔던 여자는 음식이 담긴 접시를 들고나와 맨발로 잔디를 밟고 서성이며 먹었다. 식사가 끝난 후엔 라일락 그늘에 놓인 의자에 앉더니 테이블에 다리를 올려놓고 일광욕을 했다. 그녀의 곁에서 새들이 공기를 물어가려는 듯, 깍깍거리며 울었다. 자세히 보면 앞집 여자는 살짝 못생겼지만 혈색이 좋고, 평균보다 조금 작은 키에 근육이 단단해 보였다. 아들은 군대에 가 있는데, 휴가를 얻으면 이박 삼일쯤 머물고 갔다. 아들이 오면 친구들이 서넛 몰려와 갑자기 시끌벅적해졌다. 젊은이들은 윗옷을 벗고 마당에서 고기를 구워먹으며 술을 마시고 조악한 괴성을 내지르며 새벽까지 놀았다. 여자는 보험이나 차 세일즈를 하는지 몇 시간씩 부정기적인 외출을 했다. 어느 날은 여러 장의 서류를 손에 든 채 마당을 빙빙 돌며 꽤 긴 통화를 하기도 했다. 어느 날은 테이블에 앉아 팸플릿을 펴놓고 친구인지 고객인지 알 수 없는 이들과 서너 시간씩 대화하기도 했다. 일을 하는지 노는지 알 수 없을 정도로 태평한 모습이었다. 여름철엔 일요일마다 웃자라는 잔디를 깎고 풀을 뽑는 남편은 외모도 성격도 표준이어서 거슬리는 데가 없었다. 목소리는 나직하고 성실하고 겸손해 보였다.

소연은 여자의 소박하고 평범한 일상을 가까이서 관찰하는 것만으로도 만족감을 느꼈다. 마치 그곳에 소연 자신의 완벽한 삶이 펼쳐진 것처럼. 언젠가 소연도 그런 삶을 꿈꾸었었다. 그런데 그 꿈속에서 소연은 누구와 함께했던가. 그는 누구였던가⋯⋯

합, 내 집에서 나가. 이제 그만 떠나줘.

합이 또하나의 제라늄 화분을 들고 왔을 때 소연은 말했다. 합은 늘 그랬듯이 따졌다. 그런데 왜 감정적으로 말해? 그냥 말해도 내가 알아들을 텐데, 기분 나쁘게 왜 화를 내? 왜 이렇게 무례하고 난폭해? 평생을 살아도 예의를 못 배웠네. 사과해.

소연은 이번에는 사과하지 않았다. 사과하는 대신 한번 더 말했다. 합, 내 집에서 나가. 이제 그만 떠나줘. 그리고 소연은 자전거를 타고 나갔다. 어느새 가을이 와서 햇살이 얇고 바람이 서늘했다. 소연은 자전거를 두려워하는 몸을 달래고 몸을 거북해하는 자전거를 달래며 공원의 자전거 길을 천천히 달렸다. 사고의 기억과 두려움이 조금씩 날아갔다. 마른 각질이 벗겨지듯 아주 조금씩.

자전거를 타고 돌아왔을 때 합은 거실에 없었다. 얌얌얌얌, 양양 양양 소리도 들리지 않았다. 북향 방의 문이 꼭 닫혀 있었다. 화가 단단히 난 것 같았다.

소연은 냉장고를 열고 고기와 야채들을 꺼냈다. 합이 내는 얌얌 얌얌, 양양양양 소리를 조금이라도 빨리 듣기 위해 소연은 서둘러 도마질을 했다. 고추장과 고기와 야채를 듬뿍 넣은 찌개 냄새를 피운 뒤 칼집 넣은 소시지를 바짝 구워 차가운 맥주와 내놓고 사과하면 합은 이내 풀릴 것이다. 도마를 사러 갔던 날이 떠올라 기분이 좋아졌다. 새로운 전자레인지와 밥솥과 접시를 사용하니 부엌일이 즐거웠다. 합, 집에서 나가라고 무례하게 말해서 미안해. 사과할게. 떠나라고 난폭하게 말한 거 사과할게. 미안해, 정말 미안해…… 소연은 합의 빈 곳이 다 찰 때까지, 이제 됐다고 할 때까지 해 먹이고 또 해 먹이기로 마음먹었다. 자전거를 제 것처럼 타게 하고 같이 외식을 하러 나가고 백화점에 가서 원하는 것은 뭐든 사주고 제라늄도 계속 사들이고 맥주도 종류대로 실컷 먹이고 싶었다. 통장 잔고가 바닥나더라도 두려워하지 않을 것이다.

상을 차려놓고 합을 데리러 갔을 때, 북향 방은 텅 비어 있었다. 합의 냄새만 희미하게 남아 있었다. 밤이 되어도 합은 돌아오지 않았다. 밤에 사람들의 눈을 피해 더욱 어두운 길로만 다닐 합이 걱정스러웠다. 그렇게 슬프고 외로운 마음으로는 앞을 볼 수도 없을 것이다. 소연은 소파 밑에 엎드려 거실 바닥에 얼굴을 댔다.

몸속에서 눈사람 하나가 사각사각 녹는 것만 같았다. 거실 바닥이 젖고 있었다.

소연은 외투를 싼 보퉁이를 들고 눈이 흩날리는 모래언덕을 넘어갔다. 날아가는 듯 빠른 속도였다. 모래언덕 아래는 호양나무 숲이었는데, 숲을 지나자 백양나무 가로수길이 나타났다. 소연은 가로수길도 이내 지나갔다. 해질녘이어서 기온이 빠르게 떨어지고 있었다. 소연이 마침내 누런 흙벽돌집들이 모여 있는 오래된 마을로 들어갔을 때는 어둑한 저녁이었다. 목재와 흙으로 지어진 중국식 여관은 마을 입구에 있어서 쉽게 찾았다. 소연은 머리와 어깨에 묻은 눈을 털었다. 흙먼지가 섞여 손에 묻은 눈이 누렜다. 여관의 나무문을 밀고 들어서니 퀴퀴한 냉기가 보자기처럼 얼굴을 감쌌다. 마루와 안채 사이의 테이블에 중국인 남자가 앉아 있는 것이 보였다. 그의 등 뒤편, 복도 양쪽으로 방들이 죽 늘어서 있었다. 외투를 싼 보퉁이를 보여주자 중국인 남자가 느릿느릿 마루를 딛고 가 복도 끝의 열한번째 방 문을 두드렸다. 곧 문이 열리고 열한번째 방의 손님이 소연에게 다가왔다. 소연은 놀라 한 걸음 뒤로 물러섰다. 열한번째 방에서 나온 손님은 소연 자신이었다. 그녀는 외투를 보자 소연의 목을 끌어안고 목놓아 울었다. 목이 졸리는 듯했지만 포옹은 따스하고 뭉클했다. 해석할 수 없는 여운이 오래 남을 것만 같았다. 소연은 흡족해서 자신도 모르게

얌얌얌얌, 양양양양 소리를 냈다. 그러자 소연의 몸이 끝도 없이 늘어났다. 시작은 어디이고 끝이 어디인지 알 수 없었다. 마치 공기처럼 극히 일부만 사막 여관에 들어와 있는 것 같았다.

거실에서 잠이 깬 소연은 북향 방의 문을 열어보았다. 합은 없었다. 싱크대 아래와 냉장고 뒤편, 이불장 안과 책상 서랍의 마지막 칸, 그리고 침대 밑까지 살펴보았지만 어디에도 합은 없었다. 냄새조차 나지 않았다. 그렇게 쉽게 떠났다는 것이 믿어지지 않았다. 소연은 힙합을 틀어놓고 모든 제라늄 화분에 물을 주었다. 그리고 냉동실에 있던 새우를 까 매운 깐풍새우를 만들어 맥주와 먹었다. 갑자기 체중이 삼 킬로그램쯤 사라진 것 같았다. 오롯이 혼자인 느낌이 어딘가 서럽기는 했지만 홀가분했다. 다음날은 이른 아침부터 앞집 부부가 한바탕 다툼을 벌였다. 부부싸움은 처음이었는데, 주로 여자가 소리를 질렀고 남자는 음성을 낮추고 변명했다. 남자가 몰래 보증을 섰거나 주식을 해서 돈을 날리기라도 한 것 같았다. 부부가 싸우는 동안 개는 제집에 들어가 끙끙 앓았다. 마당에는 잔디가 수북이 자라기 시작했다. 어느 날은 인우가 전화해 그사이에 인천으로 이사를 했다며 제물포역에서 보자고 했다. 너무 멀었지만 소연은 불평하지 않고 데이트 약속을 했다. 어느 날은 B가 보낸 엽서가 도착했다. 엽서 뒷면은 타워브리지 사진이었다. B가 쓴 문장은 단 한 줄뿐이었다. 물고기자리는 요즘 어떻게 지내나? 전과 똑같아서 소연은 고개를 갸우뚱했다. B가 어느 사막의 여관에 억류되어 있는 게 아닐까 하는 생각이 들었다. 어느 날 왜 그런지 세상과 어긋나버리는 것이다. 그러면 한동안 꼼짝없이 새 외투가 생길 때까지 기다려야 한다. 기다리는 사이에 합이 방문할지도 모른다. 그것은 감기처럼 돌고 돈다. 소연은 B에게 회신을 쓰려고 책상에 앉았다. B……

막연한 각오

선경은 전화기를 내려놓고, 두 손으로 얼굴을 덮었다. 손바닥이 안구를 누르자 어둠 속에 사금파리 같은 얇은 빛들이 돋아나 어지러이 명멸했다. 홍콩에서 일하는 조카는 두어 달에 한 번, 대개 일요일 밤늦게 전화를 했다. 여행을 다녀온 뒤로 몇 차례나 통화를 했는데도 조카는 이제야 그 말을 해주었다. 그리고 오윤은 여전히 입을 다물고 있었다. 선경과 오윤이 홍콩과 마카오를 다녀온 지 팔 개월이 흐른 뒤였다. "그앤 이모가 그런 진실을 감당할 능력이 없다고 생각해요. 혹은 단지 자기 일이라고 생각하는지도 모르죠." 눈을 뜨자 오윤이 무릎을 꿇고 기도하던 모습이 두 손바닥 안에 선명하게 떠올랐다. 오윤은 여행 전에도 후에도 무신론자였다.

빅토리아피크 트램을 타러 가던 길에 마주쳤던 노란 벽의 성당에 관해서는 여행을 다녀와서 찾아보았다. 성요한성당, 홍콩에서 가장 오래된 교회 건물로 영국성공회의 예배당이었다. 성당 내부는 무엇 하나 눈길을 사로잡는 것 없이 소박하고 환하고 고요했다. 가장 오래된 원형이란 그렇게, 우리의 눈에 당연하고 조화롭게 이미 스며들어 있었다. 선경은 중앙 통로 양편에 놓인 반지르르하게 길이 든 갈색 나무 벤치들을 쓰다듬어보았다. 나무의 감촉조차 무른 듯했다. 뒤쪽에 달린 좁다란 기도대 위엔 표지와 책갈피들이 닳아서 부푼 성경과 찬송가 책들이 드문드문 놓였고, 벤치 아래 바닥엔 속이 푹 꺼진 무릎 쿠션들이 나란히 놓여 있었다. 선경은 당장 무릎을 꺾고 기도하고 싶은 충동을 억누르고, 애써 관광객다운 덤덤한 자세를 유지했다. 오윤이 첫 줄의 벤치로 들어간 것은 한순간이었다. 선경이 햇빛이 비쳐드는 옆문 쪽으로 나가려다가 무심히 뒤돌아보았을 때 오윤이 돌연 바닥에 무릎을 꿇고 두 손을 기도대에 올렸다. 선경은 환영을 보는 듯했다. 오윤의 몸에 얼마나 힘이 들어갔는지 깍지 낀 열 손가락의 마디들이 툭툭 불거졌다.

오윤은 때로 신을 부르고 싶을 만큼 외롭고 두려운 순간들이 있었지만, 믿음이 어려워 종교를 가지지는 못한다고 말한 적이 있었다. 선경은 자신 앞에서 오윤이 그 무엇을 위해서든 무릎을 꿇고 아무것도 가리지 않은 헐벗은 마음을 보일 수 있을 거라고는 상상해본 적이 없었다. 선경은 당혹감을 감추지 못하고 심장에 통증을 느끼며 오윤이 기도하는 모습을 지켜보았다. 앞날이 창창한 스물일곱 살의 무신론자가 제 어미 앞에서 무릎을 꺾을 만큼, 그토록 간절하게 바라는 것이 무엇일까. 첫 사회생활을 앞둔 각오나 두려움, 이제 막 사귀기 시작한 여자친구, 선경의 관절염 같은 것이 떠올랐지만 그런 것은 무신론자의 기도와 어울리지 않았다. 사랑이란 그 마음을 상상하고 생각하며 느끼는 일이라고 하는데, 아들의 마음은 금고 속에 잠겨 있는 비밀 서류 같았다. 다음날 마카오의 아마사원에서, 선경은 제단마다 향을 피우고 그 내용이 무엇이든, 오윤이 기도한 것이 이루어지게 해달라고 기도했었다.

여행 동안 선경은 말을 참고 견뎠다. 오윤이 스스로 하지 않는 말을 굳이 끄집어내지 않았다. 오윤이 혀 밑에 감추고 있는 말들이 너무 아플 것 같았기 때문이었다. 혀 밑에 감춘 나비 한 마리를 뒤늦게 유리가 풀어준 셈이었다. "이모와 윤이가 마카오 오기 얼마 전에 윤이 아버지가 말기 암 수술을 받았어요. 이모에겐 말하지 말라고 해서 못했는데, 다행히 회복되고 있나봐요. 매월 초에 같이 사는 여자분과 서울의 병원에 검사하러 다닌대요. 윤이도 그 때마다 병원에 가고요."

유리가 선경 모자에게 여행을 제안한 때는 오윤이 입사 시험에 최종 합격한 직후였다. 오윤에겐 회사 연수에 들어가기 전 이 주

정도 시간이 생겼다. 선경은 면역 체계에 이상이 생겨 관절염 진단을 받고 조기 은퇴를 해서 두어 달 쉬고 있을 때였다. 선경은 통증 때문에 약을 복용하고 있었지만 유리의 초대를 받아들여야 한다는 직감이 들었다. 유리의 초대는 세 사람의 인생이 기적적으로 아귀가 맞으며 생겨난 기회였다. 유리와 오윤과 선경이 삼박 사일을 맞출 수 있는 틈은 다신 없을 것만 같았다. 취업 준비 기간에 선경의 집에 들어와 지냈던 오윤이 회사 근처로 방을 얻어 나가는 대로 선경은 오래 알고 지낸 정문과 재혼하는 것을 고려하고 있었다. 오윤은 이제 직장에 얽매인 몸이 될 것이었다. 아마도 몇 년 지나지 않아 직장에 좀 익숙해지면 결혼도 할 것이다. 결혼을 하면 아이가 생길 것이고, 직장 업무와 주택담보대출 이자와 육아와 가사와 부부생활에서 비롯되는 온갖 일과 관계에 쫓겨 세상이 핑핑 돌아갈 것이다. 그런 식으로 오윤의 세월이 흘러가는 동안 선경은 관절염과 당뇨를 앓고 면역 관리를 하며 늙어갈 것이다. 어쩌면 정문과 함께, 또 어쩌면 홀로. 팔 년 동안 알고 지낸 정문은 살림을 합치자고 하지만, 선경은 도무지 결심이 서지 않았다. 이렇게 하든 저렇게 하든 둘의 관계는 달라질 게 없었다. 한 공간을 남자와 섞어 쓰며 그가 차지하고 분출하는 에너지를 감당할 수 있을지 걱정스러웠고, 또 자신에게 정문이 필요하다 해도 정문에게 병든 자신이 무슨 소용이 있을지 의심스러웠다. 말수가 적은 정문은, 우리는 모두 늙고 병든다고 말했지만 선경은 그런 일이라면 차라리 따로 살며 겪고 싶었다.

막상 출발하는 날이 되자 오윤은 여행의 변수들을 전부 제 몸에 짊어진 듯 불안해하고 초조해했다. 기대가 일제히 스트레스로 변해버린 것 같았다. 선경은 오윤의 예민하고 불안정한 신경증을 자기 몸처럼 느꼈다. 혹은 선경의 신경증에 오윤이 저절로 공명하는지도 모를 일이었다. 공항에 도착했을 때는 아직 이른 아침이었다. 오윤이 휴대폰 유심을 교체하러 위층에 다녀오는 사이에 선경은 건강염려증이 발동해 약국을 기웃거리다가 마시는 일회용 링거를 발견하고 소화제와 진통제와 함께 구입했다. 어느 순간 바닥 모를 막연한 공포를 느낄 때는 자신이 공황장애일 거라는 생각도 들었다. 불면증도 진행중이지만 수면제는 사지 않고 버텼다. 가방 안에는 이미 관절염 약과 온갖 건강보조제가 가득 들어 있었다. 다행히 새로 바꾼 약은 잘 들었고 통증도 미미한 상태였다. 선경은 두려움과 기대로 부푼 채 공항 로비의 바닥을 다져 밟으며 제자리걸음을 했다. 모든 것을 다 맡기고 느릿하게 따라가는 선경에 비해 모든 일을 떠맡은 오윤은 계속 서둘렀고, 무슨 일이든 미리미리 하고 정확한 장소에 먼저 가서 대기하려고 했다. 그 바람에 출국 심사를 통과해 식사를 하고도 거의 한 시간을 탑승구 앞에서 기다렸다. 오윤은 학교에서 간 단체 여행이나 간단한 패키지여행이 아닌 사적인 여행은 처음이었다.

오윤이 철저히 준비했는데도 마카오공항에 내리면서부터 일이 꼬였다. 마중나오기로 한 유리가 나타나지 않았고 전화도 불통이었다. 선경과 오윤은 아무런 정보도 없이 무턱대고 도착층에서 기다려야 했다. 유리가 자기 초대라고 생색을 내며 호텔을 예약하고 돈을 지불했을 뿐 아니라 자신이 홍콩달러를 넉넉히 준비할 테니 카드만 들고 오라고 당부했기에 생수 한 병도 사 마실 수가 없었다. 마카오공항 편의점에서는 카드를 받지 않았다. 갈증을 쉽게 느끼는 오윤은 전화를 계속 걸었다. 마카오공항은 그저 중국의 작은 지역 공항의 모습이었다. 도착층은 관공서의 큰 강당 같았고 벽과 붉은 안내판에 적힌 크고 사나운 글자들이 분위기를 압도했다. 남자들은 대체로 몸과 체격이 둥글고 조심스러우며 겸손해 보였고 여자들은 거침없고 활달해 보였다. 화장을 진하게 한 어린 여자들과 너무 짧은 치마나 어린 옷차림을 한 중년 여자들이 눈에 띄었다. 간혹 대놓고 금장식과 명품으로 부자티를 낸 중년 여자들과 대담하게 노출한 젊은 여자들이 지나다녔다.

체격이 큰 여자들이 다가올 때마다 유리이기를 기대했지만 아니었다. 언니의 딸인 유리는 대학에 입학해 일 년 동안 선경의 집에 얹혀 지냈었다. 제 엄마가 죽고 이 년쯤 지난 뒤였다. 형편이 나빠 학자금을 대출했고, 지하철과 버스로 환승하며 한 시간 반이나 걸리는 거리를 통학했었다. 방세를 마련하느라 아르바이트에 시달려 지치는 것보다, 공부에 매진해 빨리 취업하는 편이 낫다는 계산이었다. 유리는 졸업 후 몇 번 회사를 바꾸다가 영국계 쇼핑몰 회사의 홍콩 지사에 자리를 잡았다.

선경에게 유리를 기다리는 시간은 달콤했다. 여행이 끝나면, 유리를 만나기 전에 가졌던 그 시간이 가장 오래 남는 장면이 될 거라고 상상했다. 오윤이 다른 아무 짓도 하지 않고 곁에 붙어 있었다. 별달리 하는 일 없이 곁에서 온몸을 비비적거리며 함께 있는 것이 어린 시절 후로 얼마만인지 까마득했다. 선경은 여행 내내 가능하면 그렇게 오윤을 잡아두고 싶었다. 비행중에도 오윤은 아이패드로 영화를 보고 게임을 했다. 취업 준비하며 집에서 지낸 반년 동안 주로 도서관과 독서실에 나가 있었고 어쩌다 집에서 쉴 때도 선경과 소파에 나란히 앉아 텔레비전을 보는 것조차 얼마 견디지 못했다. 공원 산책도 마지못해 했고, 함께 밥을 먹고도 설거지를 하면 재빨리 제 방으로 들어가 눕거나 게임을 했다. 더구나 여자친구가 생기자 데이트하기에도 시간이 부족하다고 했다. 오윤에게 여자친구란 선경에게 선을 긋기 위한 공공연한 알리바이 같았다.

한 시간이 지나, 마침내 커다랗고 튼튼한 유리가 나타났을 때 선경은 놀랐다. 백칠십 센티 키에 과체중이지만 지나다니는 마카오 여자들과 비교할 수 없을 만큼 정제된 모습이었다. 피부는 고왔고 명품 코트와 백에, 굽 낮은 검정 펌프스 스타일이 차분하고 조화로웠다. 오윤이 짜증을 폭발시키는데도 선경과 유리는 서로 끌어안고 빙빙 돌며 호들갑을 떨었다.

유리는 무슨 일인지 시간을 착각했다고 했고, 오윤은 어떻게 그럴 수가 있느냐고 성마르게 따졌다. 씩씩하고 낙천적인 유리는 하하 웃었다. 윤아, 너는 여자를 몰라. 여자들은 그런 일이 다반사라고. 더구나 오늘은 일요일이잖아. 오윤은 거기서 여자가 왜 나오고 일요일이 왜 나오며, 그따위 정신으로 어떻게 외국회사에서 일하고 돈을 받느냐고 빈정댔다. 유리는 한국에선 안 되지만 외국회사니까 되는 거야, 여긴 여자들이 간혹 정신이 나간다는 걸 이해하더라고, 나 정도면 준수해, 라며 맞받았다. 오윤은 막 나가는 보살 같으니라고, 너를 믿고 환전도 안 하고 여길 도착하다니, 내가 또 당했어! 라고 투덜댔다. 네 살 차이가 나는 오윤과 유리는 어릴 때부터 자주 얽혀 몸싸움까지 하며 자라, 둘이 맞지 않는다는 사실을 선경은 이미 잘 알았다. 오윤이 착하고 마음이 깊으며 예의바른 아이라고 철석같이 믿던 선경에게 유리는 몇 번이나 혀를 내밀며 경고했었다. "이모는 잘못 알고 있어요. 윤이는 이모 앞에서만 그렇게 해요. 자신이 제어할 수 있을 때까지만요." 하지만 선경은 근성을 믿었다. 오윤은 근성이 좋은 아이였다.

홍콩과 마카오를 오가는 페리 터미널 근처에 자리한 호텔에 도착했을 때 선경은 탄성을 지르고 말았다. 호텔은 바닷가에 놓인 정교하고 거대한 새장 같았다. 선경은 그것이 웅장하면서도 여성적인 포르투갈 스타일이라고 여겼다. 휴가를 위한 호텔이란 현실을 완전히 잊을 정도로, 그러니까 비현실적일 정도로 아름다워야 한다는 게 선경의 규칙이었다. 그 호텔은 충분했다. 선경과 오윤이 행복해지기를 바라는 유리의 마음이 고스란히 전해졌다. 사흘을 묵는 동안 오윤은 일정을 마친 밤마다 수도꼭지가 금색으로 도금된 19세기 스타일의 욕실에서 사자 발이 달린 도자기 욕조에 몸을 담그고 생목으로 랩을 했다. 물이 찰박거리는 소리와 함께 오윤의 목소리가 욕실과 침실 사이의 창을 통해 울려나올 때, 선경은 기쁨이라는 감정을 귀로 듣는 것만 같았다.

"저애가 노래를 부르네."

"윤이는 기분이 최상일 때, 괴상한 새소리 같은 생목소리가 나와요."

선경과 유리는 케이크를 핥아먹으며 속닥거렸다.

"제 아빠와 있다가 열두 살에 내게 왔을 때, 오 분, 십 분마다 오줌을 누었어. 불안, 초조, 조급증, 강박증이 심했지. 저만큼 잘 자라서 얼마나 고마운지 몰라."

"맞아요. 그랬어요. 같이 여행 갔을 때, 이 리터짜리 페트병을 가져가야 했죠. 고속도로를 달리는 동안 저앤 페트병 하나를 다 채웠어요. 내가 뒷좌석에서 이모의 봄 코트로 커튼을 쳐주었는데, 열두 살이나 된 사내아이가 그러고 있으려니 창피하니까 또 얼마나 신경질을 부려대던지."

"동백꽃 보자고 선운사까지 내려갔지."

"맞아요, 동백꽃. 선운사 동백꽃은 다 졌지만, 서해안으로 돌아오는 길에 우연히 만나 실컷 봤죠."

선경은 유리의 머리를 쓰다듬었다.

"너도 윤이도 때론 이상했지만, 이만해서 정말 고맙다."

"나도 한땐 비행청소년이었어요. 하지만 그때마다 아빠와 이모가 팔을 더 늘여 안아주어서 엇나갈 수도 없었어요."

"그래. 네 아빠와 난 겨드랑이를 찢어가면서, 아파하면서 계속 팔을 늘였지."

"이모는 이젠 이모부, 그러니까 윤이의 아버지와 감정적으로 다 해결되었어요?"

"그래, 그렇게 되었어. 그렇게 되고 나서야, 원수를 사랑하라는 말을 알겠더라. 자기 인생 전체를 수렴해 현재를 살기 위해선, 그러지 않을 수가 없어."

"난 내가 나의 원수인데."

그 말에 선경은 몸을 젖히며 웃었다.

"그래서 원수를 사랑하는 건 나를 사랑하는 일이에요."

"유리야, 너 진짜 보살 같다."

선경은 웃다가 탁자 위의 케이크 상자를 떨어뜨릴 뻔했다. 유리가 케이크 상자를 잡아 바닥에 내려놓았다.

그날은 유리의 생일이었다. 짐을 풀고 구시가지로 나가 세나도 광장 우체국 옆 계단 가에 있는 포르투갈 식당에서 저녁을 먹고 성도밍고성당으로 이어지는 세나도광장을 둘러본 다음 성당 곁 포르투갈식 모자이크 타일이 깔린 광장의 벤치에 앉아 중국풍 분수를 감상하며 쉬었다. 그러는 동안 유리와 오윤은 부지런히 사진을 찍고, 더러는 어딘가로 전송했다. 셋이 너무나 닮았다는 반응들이 돌아오자 오윤은 불쾌해했고 유리와 선경은 흡족해했다. 어묵 골목으로 내려가 중심 도로의 택시 정류장으로 가는 길에 빵집에 들러 생일 케이크와 빵을 골라 나왔을 때 갑자기 빗방울이 떨어지기 시작했다. 밤의 거리는 실타래같이 늘어뜨린 조명으로 축제처럼 반짝거렸고 바닥은 매끄러운 흰색 포르투갈 타일이 깔려 있어서 걷기 좋았지만, 갑작스럽게 비가 오자 행인들은 우왕좌왕 몰리다가 어딘가로 빠르게 흩어져갔다. 택시 정류장에서는 어떤 이유인지, 선경 일행의 순서가 왔는데도 택시 기사들이 손을 내저으며 다음 손님들을 태우고 가버렸다. 영어가 전혀 통하지 않았다. 차가운 빗방울은 더 많지도 적지도 않게 방울방울 떨어지며 얼굴과 머리카락을 적셨다. 예닐곱 대의 택시가 지나가고 줄을 섰던 승객들이 모두 떠났을 때 선경은 밤새 호텔로 돌아가지 못할 것 같은 공포에 사로잡혔다. 거리는 캄캄하고 택시는 끊겼다. 오윤은 선경과 눈이 마주치자 뭐라고 중얼거리며 휴대폰을 꺼내 로컬 버스를 검색했다. "리스보아호텔 정류장에 버스가 와요. 뛰어요, 잠깐이면 돼요." 오윤이 선경의 팔을 잡자 선경은 유리의 손을 잡았다. 셋은 얼굴에 비를 맞으며 밤거리를 달렸다.

"마카오 로컬 버스를 타고 돌아가다니 믿을 수 없다. 너 대단하구나." 버스를 탄 뒤 선경이 칭찬하자 오윤은 "이 정도야 뭘, 더 빨리 택시를 포기할 걸 그랬어요"라고 말했다. 오윤은 자신이 못 푸는 문제가 없다고 말한 적이 있었다. "문제를 단순화해서 푸는 거예요. 포인트는 집중력이죠." 자신이 제어하지 못할 일은 없다고 언젠가 말하기도 했다. "사람들이 자기 삶을 제어하지 못하고 비틀거리는 걸 보면 한심해요." 선경은 오윤이 오만하다는 것을 알고 있었지만, 한편으로는 오윤이 제 삶을 감당하기 위해 그런 식으로 각오를 다진다는 사실도 알았기에 나무라지 못했다. "무슨 일이든, 시작할 때는 막연한 각오를 해야 해요. 그 안에선 늘 예상치 못한 일들이 생기니까요." 선경은 오윤이 인생을 미처 시작하기도 전에 그 많은 각오를 하는 것이 가슴 아팠다.

무엇보다 선경은 오윤의 치명적인 약점을 알고 있었다. 자신이 부모에게서 이어받아 물려준 불안정한 체질과 예민증을 오윤은 인격과 양식으로 감당하고 있었다. 그러나 임계점을 넘어서면 어떤 각오와 노력도 소용없어질 때가 올 것이다. 다만 오윤은 그것마저 자신이 책임질 몫이라고 여기고 있었다. 호텔로 돌아와 케이크와 와인으로 생일 파티를 한 뒤 오윤은 욕실로 들어갔다. 선경과 유리는 담요를 몸에 감고 밤바다와 테마파크와 페리 터미널의 휘황한 조명이 보이는 테라스와 앤티크 가구로 장식된 방을 변덕스럽게 오가며 잡담을 나누었다. 선경은 어느 순간 그들을 응시하는 대형 거울과 어떤 동맹이라도 맺은 느낌이 들었다. 여기로부터 멀리 집에 돌아가서도 그 거울만 떠올리면 방안에서 있었던 모든 움직임과 웃음과 표정과 말과 냄새와 작은 기척까지도 고스란히 되돌려줄 것만 같았다. 괴상한 새소리 같은 오윤의 생목소리까지도.

여행하는 동안 선경은 홍콩과 마카오가 대여섯 가지의 냄새로 간직될 거라고 생각했다. 냄새들은 기습적으로, 너무나 생생하게 나타났다가 사라졌다. 세나도광장 우체국 옆 계단을 타고 쏟아져 내려오던 토끼 고기 육수 냄새와 아프리카 향신료 냄새, 아마사원 옆 골목의 기념품 가게에서 육포를 맛볼 때 맡은 돼지고기와 검은 통후추 냄새, 홍콩의 미드레벨 아래 스테이크 가게에서 번져나온 버터에 볶은 신선한 토마토와 바질 냄새, 사진 갤러리를 나온 뒤 좁은 계단을 내려가다 마주친 노천 사원의 눈물이 나도록 매운 향 냄새, 시장 길과 교차하는 장소에 있던 로컬 식당 앞에서 무심히 들이마신 사람 머리통을 끓이는 것 같았던 고약한 내장탕 냄새, 침침하고 추웠던 밤의 침사추이에서 구름다리를 건널 때 그 아래 이탈리아 식당에서 위로처럼 번져오던 버터에 볶은 마늘 냄새, 돌아와 공항의 한식당에서 먹은 비빔밥의 참기름 냄새…… 그러나 시간이 지나자 그 강렬하고 생생하던 냄새는 퇴색되어갔다. 오히려 점점 더 이물스럽고 아프게 선경의 폐부를 파고드는 것은 혀 밑에 감춘 채 참고 견딘 얼음조각 같은 침묵의 냄새였다.

그것이 무엇이든 오윤이 한 기도가 이루어지게 해달라고 모든 제단에 기도한 다음 향 연기에 휩싸인 아마사원을 나올 때까지 모든 것이 완벽했다. 아마사원 곁으로 난 평화롭기 그지없는 한 줄기 골목으로 들어가 우연히 만난 기념품 가게에 들어갈 때까지만 해도. 표면적으로는 오윤은 여자친구에게 줄 선물을 고르고, 선경은 고양이를 맡아준 지인에게 줄 선물을 고르면 되는 일이었다. 그게 전부였다. 여행의 다른 일에 비하면 지나가다가 가볍게 할 수 있는 소일거리였다. 그로 인해 선경과 오윤은 들뜨고 방심했는지도 모른다. 오윤은 염두에 두었던 대로 양철 상자에 담긴 그 유명한 아몬드 쿠키를 고르면 되었다. 아몬드 쿠키 못지않게 유명한 것은 양철 상자에 찍힌 푸른색의 성바울성당으로, 단연코 마카오의 시그니처 아이템이었다. 하지만 시식을 하면서 일이 꼬였다. 아몬드 쿠키는 고소하기는커녕 퍽퍽했고 어딘가 흙맛이 났다. 선경뿐 아니라 오윤도 그렇게 느꼈다. 선경은 선물이 맛이 없으면 받은 사람이 처치 곤란이라고 설득하며 화이트 에그 롤을 추천했고, 뭔가를 사는 일에 서툰 오윤은 망설였다. 그사이에 선경은 화이트 에그 롤 두 개와 육포를 카운터로 가져가 계산했다.

기념품 가게를 나왔을 때 오윤의 얼굴이 체념한 듯, 혹은 좌절한 듯 그늘지는 것을 보며 선경은 뭔가 잘못되었다는 것을 깨달았다. 오윤이 여자친구에게 줄 선물을 엉뚱하게도 자신이 고르고 만 것이었다. 이제 막 사귀기 시작한 여자친구에게 더 나은 선물을 하기 위해 망설였던 오윤은 몇 걸음 앞서서 말없이 걷고 있었다.

만다린 하우스에서 오윤은 아무렇지 않은 척하며 선경의 사진을 찍어주려고 노력하고 선경은 사진에 찍힐 때마다 미소 지으려고 애썼지만, 결국 두 사람의 얼굴이 굳어지며 애써 지은 표정 아래로 살얼음이 끼는 듯했다. 유리는 미리 그런 일을 예상한 듯 여행을 떠나기 전날 전화를 걸어 주의를 주었었다. "이모, 아무리 작은 것이라도 윤이의 것에 손 넣지 않기예요. 그게 이번 여행의 규칙이에요." "난 그러지 않는다." "윤이가 질색해요. 윤이는 사춘기를 그냥 지나더니 뒤늦게 질풍노도기를 겪고 있거든요." "내가 언제 그애 것에 손을 넣었다는 거야?" "이모는 넣어요. 의식하지 못하면서요. 한쪽 팔로는 스스로 하라고 윤이를 밀어내면서, 다른 팔로는 빙빙 휘감는다고요. 이모가 그러면 윤이는 이러지도 저러지도 못하고 너무 힘들어요."

아들을 설득하는 것은 엄마의 본능이고, 엄마에게 설득당하는 것은 아들의 본능인지도 모른다. 사소한 일 따위 없었다. 가장 작은 일도 인생 전부를 포함하고, 인생 전부는 가장 작은 부분에도 수렴되었다. 작은 망설임이라 할지라도, 오윤의 것이었다. 오윤은 충분히 망설인 뒤에 누가 봐도 마카오를 상징하는 시그니처 아이템을 골라 여자친구에게 선물했어야 했던 것이다. 흙맛 따위가 대체 뭐란 말인가. 맛 같은 건 선경 또래의 지인에게나 중요할 것이다. 그 지인은 시그니처 아이템 같은 건 관심도 없을 것이었다.

어느 순간에 둘은 아무렇지 않은 척하던 초라한 노력을 포기했다. 포르투갈풍 주택과 빌라 사이로 난 고요한 길 위에서 선경은 무릎뼈가 뭉개지는 듯한 통증을 느꼈다. 마카오타워로 가는 길은 선경에겐 살얼음판 같았다. 한마디 말의 무게조차 너무 위험했다. 발밑의 얇은 얼음이 파삭 깨어지면 돌이킬 수 없는 단절의 심연으로 추락할 것만 같아 모자는 한마디 말도 없이 엉금엉금 걸었다. 모자를 먼 이국에 불러다놓고도 저는 출근해 저녁에나 합류할 유리가 야속해 원망스럽기까지 했다. 선경은 빙판 같은 길을 걷다가 머리를 들어 위를 바라보곤 했다. 다리를 옮길 때마다 무릎뼈가 뭉개지듯 아픈데 머리 위엔 화려한 포르투갈풍 발코니들이 이어졌다. 그 길에 행인이라고는 오직 단둘뿐이었다. 신기한 것은 오윤의 걸음이었다. 걸음 속도가 달라 늘 앞서갔다가 기다리거나 되돌아오곤 했던 오윤이 조금도 앞서지 않고 나란히 걸어갔다.

남반호에 이르러서야 긴장이 조금 풀어졌다. 마카오타워 쪽에서 보는 남반호와 언덕의 주택지는 어딘가 통영의 해안과 언덕을 연상시켰다. 긴 한숨이 나오는 동시에 죽어서 이런 곳에 묻히고 싶다는 비밀스러운 소망이 습관처럼 떠올랐다. 자신이 무슨 씨앗이기라도 한 것처럼 바닷가의 흙속에 매장되고 싶어하는 동경의 정체를 선경은 알 수 없었다. 뷔페의 오픈 시간을 기다리며 남반호 앞에서 쉬고 있는데, 오윤이 낮고 평평한 담 위에 드러누워 눈을 붙이고 있다가 갑자기 일어나서는 학처럼 한 다리로 섰다. 그리고 다른 다리를 뒤로 높이 올리며 양팔을 펼친 채 균형을 유지하는 묘기를 부렸다. 키가 백구십 센티나 되는 오윤의 장난이 위태로워 보여 선경의 눈이 휘둥그레졌다. 오윤은 담 위에서 버티며 어릴 때처럼 애교를 부리고 싱거운 장난을 쳤다. 초등학교 5학년이던 어느 봄날 하굣길에, 떨어진 목련 꽃잎을 차곡차곡 모아 와 내 편지야, 하고 내밀었던 아이였다. 선경은 그 목련 꽃잎의 감촉을 생생하게 손안에 간직하고 있었다.

삼백육십 도 회전하는 마카오타워 뷔페에서 식사를 끝낸 선경이 육십층 높이의 창 바깥에 펼쳐진 허공과 남중국해가 만나는 흰 수증기 띠에 시선을 둔 채 커피를 마시는 모습을 오윤이 몰래 사진으로 남겼다. 사진 속의 여자는 아픔인지 행복인지, 상처인지 기쁨인지, 근심인지 희망인지 구별할 수 없는 깊은 감정에 빠져 있었다. 그 여자는 자신 같지 않았다. 낯선 여자, 어떤 다른 여자, 그 여자가 선경 자신이었다. 여자의 뒤편으로 창유리를 감싼 철제 프레임이 거대한 빗금을 긋고 있었다. 그날 밤 오윤은 성바울성당

아랫길의 기념품 가게에서 여자친구에게 줄 아몬드 쿠키를 샀다. 철제 뚜껑에 성바울성당이 찍힌 시그니처 아이템이었다. 선경은 에그 롤과 함께 육포를 좀더 샀다. 각자 제 할일을 하듯 등을 돌리고 계산도 각자 했다.

여행에서 돌아온 지 한 달쯤 지났을 때, 이른 아침에 오윤에게서 전화가 왔다. 여덟시가 안 된 시간이었다. 오윤은 그런 시간에 전화를 건 적이 없었다. 정기적으로 토요일과 일요일 사이에 선경에게 전화했다. 오윤이 지키려고 하는 일종의 양식이었다. 전화기에서는 뭔가가 마찰되는 소음이 들렸다. 서걱서걱, 서그럭, 서그럭…… 슥, 슥…… 선경은 윤아, 윤아, 부르다가 대답이 없자 소리에 귀를 기울이며 기다렸다. 고양이 모래를 갈아주는 소리인가 했다. 작은 플라스틱 삽으로 배설물이 묻은 모래를 긁어 비닐봉지에 담고 새 모래를 부어주는 중인 듯했다. 쓰레기 분리수거를 하는가, 쓰레기들을 분류해 비닐봉지에 나누어 담고 종이 상자에 모아 베란다에 내놓는 것 같기도 했다. 운동을 하는가, 일정한 반복 운동에 옷이 스치는 소리 같기도 했다. 하지만 그 모두는 출근 시간에 할 일이 아니었다. 전화기를 귀에 댄 채 틈틈이 오윤을 불렀지만 묵묵부답이었다. 잘못 걸린 전화였다. 선경은 도무지 소리의 정체를 파악할 수 없었다. 전화기 속의 소음은 마찰되고 반복되며 짐작할 수 없는 아득한 심연으로 하강하고 있었다. 갑자기 견디기

120

어려운 사랑과 두려움이 동시에 엄습해 선경은 전화를 끊었다. 얼마가 지난 뒤 오윤이 전화를 했다. 자전거를 타고 지하철역에 가는 중이었다고, 출근하는 중이라고 했다. 호주머니에 넣은 휴대폰이 저절로 선경에게 전화를 건 것이었다. 선경은 걱정했다든가, 사랑한다든가, 몸조심해, 같은 말을 혀 밑에 감추고 덤덤한 척했다. 오윤은 여행에서 돌아온 뒤 계획대로 독립해 떠났다. 오윤과 함께 이삿짐을 싸던 선경은 슬픔과 희망 사이에서 뭔가 참기 어려운 복잡한 감정에 휩싸여 말했었다. "우리 사는 형편이 당장에 변하지는 않을 거다. 너무 애쓰지 말고 그냥 성실하게 살아가렴. 무리하지 말고." 오윤은 마치 기다렸다는 듯 대답했다. "그저 성실하게 살아가는 것조차 무리하지 않으면 안 되는걸요." 오윤의 얼굴은 평소 그대로 덤덤했다. 희망은 아니지만 냉소도 아니었다. 선경은 그것이 무엇인지 잠시 생각했다. 아마도 오윤의 근성일 것이다. 다행이었다.

사구미 해변

발밑은 마른 쇠보리 잎사귀로 뒤덮인 해변이었다. 파도에 밀려와 모래층에 켜켜이 묻힌 쇠보리 잎사귀들은 물결이 그린 회화처럼 보였다. 외영이 뱀 꼬리를 잡듯 쇠보리 잎사귀 하나를 주워올렸다. 길이가 이십 센티는 되어 보였다. 파랑의 결대로 구부러지며 마른 쇠보리 잎사귀는 염분에 절여져 가장자리가 허옇게 삭았고, 질겨져서 쉽게 끊어지거나 갈라지지 않았다. 몇 해나 묵었는지 알 수 없었다. 파도가 벗은 각질 같아요. 외영이 말한 순간 해변에서 쇠보리 잎사귀 하나가 일어나더니 머리를 치켜세운 뱀처럼 재빠르게 모래 위로 기어갔다. 외영은 놀라 쥐고 있던 쇠보리 잎사귀를 놓쳤다. 그리고 심한 농담이라도 들은 사람처럼 웃음을 터뜨렸다.

귓등이 선득한 웃음소리였다. 기후는 새삼 사방을 둘러보았다. 멀리 작은 섬이 떠 있는 해수면 위로 연둣빛 수증기가 구름처럼 어려 있었다. 초록색을 띤 바다는 자는 듯 잠잠했다. 도로 위쪽으로 농지가 펼쳐지고 가운데쯤에 지붕들이 다 낡은 오래된 마을이 있었다. 도로 아래쪽 농지 끝엔 후박나무가 띄엄띄엄 서 있었다. 후박나무와 모래 해변 사이는 쇠보리 군락지였다. 기후는 시간이 어긋나는 불균질한 시차를 느끼며 해변 가장자리로 가 쇠보리 줄기를 당겨 꺾었다. 줄기 끝에 회색 솜털이 덮여 있었다. 그 여린 솜털은 해변에서 원귀처럼 기어다니는 염장된 잎과 극명한 대조를 이루며 희미한 전율을 일으켰다.

"누군가 지나갔네요. 모래와 싸우기라도 한 것 같아요."

외영은 무의미한 혼잣말을 했다. 모래를 파헤치며 맹렬하게 걸어간 발자국이었다. 먼 해변까지 이어진 지그재그의 반복적인 패턴이 바느질 자국처럼 선명했다. 외영은 파카와 펜슬 스커트, 불투명한 검정 스타킹 차림에 운동화를 신고 있었고 기후는 셔츠와 정장 바지 위에 파카를 입고 운동화를 신고 있었다. 중저가 브랜드의 파카는 같은 디자인에 같은 파란색이어서 커플룩으로 보였지만, 전날 기온이 급강하하면서 여행지에서 급히 사 입은 보온용이었다.

둘은 해변가에 홀로 서 있는 시멘트 시설물을 둘러보다가 계단에 앉았다. 안쪽에 샤워장과 이동 경비 초소가 있었지만 발길이 닿은 흔적이라곤 없이 비어 있었다. 눈앞에서 쇠보리 잎사귀가 뱀처럼 머리를 쳐들고 모래 위로 기어갔다. 다시 외영은 웃음을 터뜨렸다.

지난해 겨울 부안읍의 주유소에 들어갔다가 외영을 발견했을 때, 그녀는 마당이 이어져 있는 카센터 앞에서 몹시 낭패스러운 표정을 짓고 수리 기사와 마주서 있었다. 외영이 한순간 몸을 돌리지 않았다면, 그래서 밀크색 윗도리 틈으로 보라색 스웨터가 드러나지 않았다면 기후는 주유를 마치고 그대로 떠났을 것이다. 기후는 두 시간 전쯤 고속도로 휴게소 식당에서 점심을 먹었는데, 보라색 스웨터의 뒷자리에서 등을 바라보고 앉아 있었다. 식사를 마친 그녀가 쟁반을 들고 일어서서 몸을 돌릴 때 머리를 뒤로 묶은 옆얼굴을 언뜻 보았는데, 이상하게 귓등이 선득했다. 그녀의 쟁반에도 기후가 먹던 순두부 뚝배기와 김치 접시가 놓여 있었다.

그녀가 작업장 안으로 들어가 차문을 열고 여행 가방과 백을 꺼내는 걸 보고 기후는 차를 카센터 마당 가장자리에 세운 뒤 외영에게 다가갔다.

"얼마나 걸린다고 해요?"

기후는 자신이 카센터 관계자처럼 굴고 있다고 느꼈다. 외영은 의아한 눈빛으로 훑어보더니 대답했다.

"부품이 없다고 내일 오라고 하네요."

말끝에 외영은 그런데 왜요, 하는 얼굴로 쳐다보았다.

"이쪽에 볼일이 있으면 같이 움직일까요?"

기후는 자신의 오지랖에 스스로 놀라면서도 애써 사무적인 얼굴로 차를 가리켰다. 외영은 한쪽 얼굴을 가린 머리카락을 귀 뒤로 넘겼다. 이제 막 드러난 오른쪽 눈에만 쌍꺼풀이 져 있었다. 쌍꺼풀진 눈으로 무슨 뜻인지 생각하는 눈치였다. 기후는 넥타이까지 맨 정장 차림이었다.

"여기서 일하는 사람인가요?"

"아니요."

"혹시 저 아세요?"

"한두 가지 정도는요."

"뭐죠?"

"오늘 점심은 순두부찌개를 먹었지요. 식사할 땐 머리카락을 묶고요."

외영은 두 시간 전쯤 들른 휴게소 식당을 떠올린 것 같았다.

"설마 저를 따라온 건 아니겠죠?"

"출장중입니다."

기후는 양복 윗도리 안쪽에서 명함 지갑을 꺼내 한 장을 뽑아 건넸다. 알 만한 사람은 아는 건실한 회사의 명함이었다. 외영은 명함을 재빠르게 파악하고는 가방에서 자기 명함을 꺼내 건넸다. 그리고 손가락으로 회사에서 내준 기후의 중형차를 가리켰다.

"타도 돼요?"

　기후는 처음부터 어울리지 않는 만남이었다고 두고두고 생각했
다. 당시 잡지사에서 일했던 외영은 원로 소설가를 인터뷰하러 가
는 길이었다. 대학에서 은퇴한 뒤 고향으로 내려가 전원생활을 하
는 노소설가의 집은 곰소에 있었다. 대기업의 전략팀에 있던 기후
는 월요일부로 군산 공단의 연구소 출장이 결정되자, 모항해수욕
장 근처에서 펜션을 하는 선배를 만나고 넘어가기 위해 일부러 주
말에 내려온 길이었다. 예전엔 출장길에 사사로운 일을 끼워넣는
건 상상도 하기 어려웠지만, 그즈음엔 문득문득 시간과 공간이 휑
하게 비면서 몸이 한가해지곤 했다. 사무실에서도 혼자 책상을 지
키고만 있을 때가 많았고 쓸데없이 큰 이층집에서도 대개 혼자 소
파에 널브러져 있곤 했다. 자신이 어딘지 모를 해변의 끝에 홀로
떠내려와 있는 기분이 들곤 했다. 임원 승진에서는 누락되어 가망
이 없었고 젊은 날 함께 불가능해 보이는 프로젝트를 밀어붙였던
동료들은 대부분 조기 퇴사를 했다. 중소기업을 경영하는 장인은
회사를 물려받을 처남을 도와달라고 했지만 병풍 노릇 외엔 달리
할 만한 일이 없다는 건 서로가 아는 사실이었다. 결혼할 때부터
정해져 있었던 귀결이지만 기후는 내키지 않았다. 겨우 사십대 후
반이었다. 하지만 기후가 망설인다고 해서 재촉하는 사람도 없었
다. 아내는 아이들을 샌디에이고의 처형네에 맡긴 뒤부터 무엇에

홀린 사람처럼 두어 달에 한 번꼴로 이민 가방 같은 큰 짐을 싸며 허둥거렸다.

인터뷰 약속이 세시로 잡혀 있어서 곧바로 노소설가의 집으로 가야 했다. 갑자기 얼어탄 차가 불편한지 입을 다물고 있던 외영은 갯벌가의 사과 과수원을 지날 때 갑자기 말문을 터뜨렸다.

"바닷가의 사과 과수원은 처음 봐요. 짠 갯벌에 뿌리를 내린 사과는 맛이 어떨까요? 향기는 더 짙을까요? 색깔은 어떨지, 크기는 어떨지, 껍질은 얇을지 두꺼울지 다 궁금해요."

사과를 좋아하는 것 같았다. 기후는 뭐가 크게 다르겠는가 생각하며 두어 개의 안내 표지판을 무심히 지났다.

"이 지방은 처음이에요."

외영은 곰소 염전을 지날 때도, 곰소 선착장 앞 도로에 길게 늘어선 젓갈 판매장과 젓갈 정식 식당들을 지날 때도 이런 풍경은 처음이라며 감탄했다. 목소리가 잔뜩 들떠서 창문도 없는 지하에 갇혀 있다가 갑자기 세상 밖에 나온 사람 같았다.

"맑은 날인데, 하늘이 잿빛이에요. 햇빛이 갯벌에 반사되어 그늘진 듯 잿빛으로 반짝이는 거예요. 빛나는 그림자 같네요."

기후는 외영이 어딘가 과장되게 반응한다고 느꼈다. 마치 자신이 여기 있다는 것을 스스로 납득하기 위해 애쓰는 것 같았다. 기후도 근처의 군산에는 뻔질나게 드나들었지만, 부안은 처음이었다. 수원, 창원, 대구, 구미의 공단 지역들을 벗어난 적이 거의 없이 살아왔다. 공장의 생산 라인과 연구소, 공단 부근의 식당과 비즈니스호텔들, 그리고 고속도로들이 이동하는 공간의 전부였다. 외영은 뭔가 견딜 수 없다는 듯, 몸속에서 밀어내듯 말했다.

"이런 곳에서는 대낮부터 혼자 술을 마셔도 될 거 같아. 하는 일 없이 한 계절을 보내도 될 거 같고, 평생을 허송세월해도 될 거 같아……"

여기가 그렇게 편한가, 하고 옆얼굴을 보니 미간을 잔뜩 찌푸리고 있었다. 말과 표정이 달라 이런 곳에 살고 싶다는 건지, 싫다는 건지 알 수 없었다. 어느 쪽이든 기후로선 단 한 번도 해본 적 없는 생각이었다. 그는 일하기를 더 좋아했다. 정확히는 일하지 않으면 그는 아무것도 아니었다. 명함이 없는 자신은 상상할 수 없었기에 기후는 전력을 다해 살아왔다. 무엇보다 그는 혼자서 술을 마시지 않았다. 인생의 몇 안 되는 원칙이었다.

"많이 지쳤나봅니다."

기후의 말에 외영은 입을 다물더니 그릇에 담긴 물처럼 고요해졌다. 기후는 자주 그렇듯이 자신이 분위기를 모르고 진지하게 대응한 탓이라고 자책했다.

오래된 마을을 지나 낮은 언덕을 올라가니 신축 전원주택 마을이 있었다. 마을 끝에 산을 접한 이층 목조 주택이 노소설가의 집이었다. 뒤쪽은 소나무와 잣나무가 둘러선 숲이고 넓은 마당은 잔디가 포근하게 덮였으며 마당 가장자리는 자연석 정원이 조성되어 있었다. 배롱나무가 서 있는 대문 곁에 덩치 큰 삽살개가 나와 있었지만 꼬리를 흔들 뿐 짖지 않았다. 흰색 펜스 곁 빈터에 차를 세우고 열려 있는 대문으로 들어가니 집안에서 중년 부인이 나왔다.

노소설가는 집에 없다고 했다. 당황한 외영은 휴대폰을 꺼내 전화를 걸었지만 벨소리는 거실 안쪽에서 희미하게 울렸다. 외영은 낙심하며 아침에 통화를 하고 서울에서 내려왔다고 부인에게 하소연했다. 부인은 그가 점심식사 전에 집을 나갔다고 했다. 무슨 급한 일이 생겼는지 물었지만 부인은 그들을 외면하고 부엌으로 이어지는 테라스로 가 발 위에 널어놓은 표고버섯을 뒤집었다. 짧은 파마머리를 하고 두꺼운 스웨터와 누비바지에 털 조끼를 입은 차림이었다. 집안으로 들어가려는 부인에게 외영은 서둘러 명함을 건넸다. 붙임성은 없어 보였지만 명함을 내미는 동작은 능숙했다. 얼결에 명함을 받아든 부인은 마지못한 표정으로, 들어와 차 한잔하고 가라고 권했다.

넓은 거실 가운데에 놓인 길이 잘 든 검은색 가죽소파와 대형 스피커, 오디오 세트와 시디 장이 한눈에 들어왔다. 누빈 덧신을 신은 부인은 정원이 내다보이는 통유리 창가의 좌식 차탁으로 안내했다. 반들거리는 원목 바닥이 미끄러워 조심스러웠다. 다기와 차들이 선반에 잘 정돈되어 있었지만 주인이 없어선지, 부인은 직접 만든 과자와 생강차를 내왔다. 외영은 차를 마신 뒤, 인터뷰는 전화와 메일로 진행하겠다며 사진을 찍게 해달라고 부탁했다. 다시 오기엔 먼길이었다. 부인은 승낙했다. 서재는 이층에 있었다. 목조 계단의 폭이 넓고 나무 바닥이 미끄러워 기후는 난간을 잡고 올라갔다. 스타킹을 신은 외영은 발뒤꿈치마저도 불안정해 보였다. 큰 집에 실내 슬리퍼는 어디에도 보이지 않았다. 이층은 넓고 화려한 일층에 비해 좁고 어둑했다. 노소설가를 찍은 사진 액자가 벽을 따라 걸려 있는 좁은 복도엔 추위가 쌓이고 쌓인 듯한 냉기가 고여 있었다. 서재는 상당히 넓었지만 책장이 두 벽을 채우고 방 한가운데에도 두 줄로 놓여 갑갑한데다, 환기를 전혀 하지 않는지 묵은 종이 냄새로 가득차 있었다. 책상 앞쪽의 창으로는 마을 너머 멀리 잿빛 바다가 보였다. 책상 위엔 한지 갓을 씌운 스탠드와 하드커버의 책 한 권, 그리고 작은 노트와 펜이 놓여 있었다. 외영은 책상과 벽에 걸린 사진들을 카메라에 담았다. 그리고 책장에서 노소설가의 책들을 모두 빼내 책상 위에 쌓은 뒤 책등을 찍었다.

나오는 길에 보니 서재 맞은편에 침실이 있었고, 계단 바로 앞에 화장실이 있었다. 그들이 아래층으로 내려가자 부인이 다이닝룸으로 불렀다. 헛걸음을 했으니 식사라도 하고 가라는 것이었다. 점심도 저녁도 아닌 시간이었다. 그런데도 외영은 사양하지 않고 식탁 의자에 앉았다. 부인은 나물 몇 가지와 양념한 서대찜, 그리고 청국장으로 쉽게 상을 차렸다. 둘이 밥을 한 그릇씩 비우고 차를 마실 때 부인이 갑자기 말문을 열었다. "그 양반, 나와 다투고 가출했어요." 노소설가의 가출이라니 흥미로웠다. "한번 집 나가면 일주일씩 안 들어와요. 술과 친구를 좋아하는데 건강 때문에 억지로 낙향한데다, 집안에서 글자 보는 거 외엔 손도 까딱하지 않는 위인이라 시골 생활 재미를 몰라요. 나는 사철 나물 캐고 찌고 말리고 산약초 발효시켜 아이들 집에 보내고 이 큰 집 쓸고 닦고 치우느라 눈코 뜰 새 없이 바쁜데, 그 양반은 아침부터 몰래 술이나 마시지요. 지루하다는 탄식이 입에 걸렸고요." "오늘 아침엔 왜 다투셨어요?" 외영이 묻자 부인은 난감한 얼굴로 망설였다. "인터뷰 기사에 넣지 않는다고 약속하면 말할게요." "당연하죠. 인터뷰는 선생님과 하거든요." 외영이 약속했다. "집에 화장실이 세 개 있어요. 현관 앞에 있고 안방에 있고 이층에 있지요. 내가 늘 현관 앞에 있는 화장실을 사용하라고 당부해요. 맨날 그것 때문에 잔소리를 하고 자주 다투었지요. 세 군데 화장실을 청소하기가 예삿일이 아니니까요. 그런데 이 양반은, 날마다 세 군데 화장실을 골고루 다 써요. 안방에 있으면 안방 화장실을, 거실에 있으면 거실 화장실을, 이층 서재에 있으면 이층 화장실을. 꼭 나를 일부러 골탕먹이는 거 같다니까요. 그게 얼마나 화나는 일인지 남들은 몰라요. 자식들도 이해 못한다니까요." 부인은 미간을 찌푸리며 목소리를 낮추었다. "그 양반이 소변을 변기에 흘려요. 그게 지린내가 얼마나 독한지 몰라요. 한나절만 지나도 썩은 내를 풍기는데, 세 군데 화장실을 돌아가며 묻히고 다니면서 나 몰라라 하는 거예요. 그래서 오늘 아침엔 내가 폭발했어요. 왜 동네 개처럼 온 집에다 배설물을 묻히고 돌아다니냐고 소릴 질렀지요. 정말 얼마나 거치적거리는지 몰라요. 소설가 양반은 동네 개 운운한 표현을 절대로 용서할 수 없다며 나가버린 거고요."

차를 몰고 전원주택 마을을 빠져나왔을 때, 기후는 도롯가에 차를 세웠다. 그리고 서로 눈이 마주치자 동시에 웃음이 터졌다. 웃을 일인지 아닌지 생각할 겨를조차 없었다. 웃음이 서로에게 공명되어 더욱 고조되었다. 내장이 떨릴 지경이었다. 웃음 사이로 외영은 딸꾹질하듯 말을 이었다. "실제 삶이 없다면, 풍경은 얼마나, 지루한, 것이겠어요. 또 풍경이 없다면, 실제 삶은 얼마나, 비루한 것일까요······" 엉뚱한 화법이었지만 기후는 공감했다. 아마도 서로를 뒤섞은 웃음 때문이었을 것이다. 어쩐지 풍경이 영혼으로 들렸다. 실제 삶이 없다면 영혼은 얼마나 지루할 것인가. 또 영혼이 없다면 실제 삶은 얼마나 비루할 것인가.

퇴색한 카펫처럼 희끗한 해변 끝에서, 노란색 옷을 입은 사람이 나타나 어떤 힘에 떠밀려 허우적대듯이 사지를 흔들며 빠르게 걸어왔다. 재활 운동을 하는 것만 같았다. 그는 모래를 파헤치듯이 차며 네다섯 걸음씩 지그재그로 걸었다.

"소파를 놓고 싶은 해변이에요."

외영은 늘 소파 놓을 자리를 찾고 있었다.

"저기 기둥들이 뭔지 알아요?"

사구가 끝나는 지점에서 해변을 따라 기둥들이 줄지어 서 있었다.

"그물 거는 기둥이에요."

"공중에다 그물을 세워서 건다고요?"

"밀물 때 그물을 걸어 밀려들어온 물고기를 가두는 거예요. 물이 빠지면 뜰채로 건져내기만 하면 되죠."

"무섭군."

무서운 정도가 아니었다. 기후는 소름이 끼쳤다.

"그런데 여기다 소파를 놓고 싶다고요?"

"세상 어디에나 그런 그물은 있는걸요."

외영은 무덤덤했다. 기후는 간밤에 묵은 원림 펜션에서 거의 잠에 들지 못했다. 방이 더운데다 달빛은 너무 밝고 정원의 꽃향기가 짙었다. 그리고 펜션을 둘러싼 수성송 그림자가 창호지 바른 방문을 지나 방안까지 깊숙이 드리웠었다. 한밤에는 고양이들이 패거리를 지어 서로 할퀴며 싸우는 듯 사납게 울어댔고 좀 잠잠해진 뒤에는 나란히 요를 펴고 누운 외영이 잠꼬대를 하며 흐느꼈다. 외영은 등을 돌리고 벽을 향해 누워 있었다. 기후는 슬픈 꿈을 쫓기 위해 외영의 어깨를 흔들어 잠을 깨웠다. 호흡이 안정된 뒤 무슨 꿈을 꾸었느냐고 물으니, 외영은 가방이라고만 중얼거렸다. 가방이……

"꿈에 가방이 어떻게 되었기에 그렇게 오래 울었어요?"

외영은 원망이 차오르는 눈으로 기후를 바라보았다.

"밑이 없는 가방을 메고 흙길을 가고 있었어요."

"누가?"

"내가요."

외영은 일어서서 걸었다. 발밑에서 푹푹 꺼지는 모래가 비정제 설탕처럼 탐스러웠다. 멀리 땅끝 전망대가 보였다. 해변 가운데에서 외영은 갑자기 위쪽으로 올라가더니 멈추었다. 낡은 이층집 앞이었다. 집 정면 바다에 작은 어선 한 척이 묶여 있었다. 외영은 이층집 앞으로 더 다가가 허리를 숙이고 손짓을 하더니, 잠시 뒤엔 쪼그리고 앉았다.

거기 사람이 있다는 사실을 기후가 알아챈 것은 자리에서 일어나 몇 걸음 옮긴 뒤였다. 이층집 앞 해변에 모래색 소파가 놓여 있고 모랫바닥엔 노인 하나가 그물을 넓게 펼쳐놓고 앉아 있었다. 낡은 옷과 눌러쓴 모자, 피부색까지도 모래색이어서 바로 앞까지 갔을 때도 성별과 나이를 짐작하기 어려웠다. 모래 위에 초록색 나일론 끈이 감긴 실패들이 구르고 있었다. 노인은 귀가 큰 바늘로 그물을 기웠다.

어느새 외영은 노인을 인터뷰하는 중이었다. 이 지역에서 벌써 세번째 인터뷰였다. 녹우당 기념관에서 나오다가 맞은편 가게에서 막걸리를 마시던 동네 노인들에게 다가가 사십여 분 동안 대화를 나누었다. 원림 펜션의 여주인이 모시고 사는 친정아버지와도 이른 아침 정원에서 마주치자 툇마루에 앉아 차를 마시며 한 시간 정도 이야기를 나누었다. 잡지에 인터뷰를 연재중인 외영은 어디서나 노인을 보면 일단 말을 걸고 인터뷰를 수집했다. 대개 일흔이 넘은 노인들은 호의적이었다.

기후가 두 사람 앞에 이르렀을 때 노인은 말을 하다 말고 기후를 쓱 쳐다보았다. 둘 다 동요는 없었다. 눈빛은 흐렸지만 이목구비가 단정한 노인은 벌써 귀를 덮는 털모자를 쓰고 누비바지를 입고 있었다.

"옛날에는 여기를 토말이라고 했어. 하지만 엄밀히 말하면 토말은 틀린 말이지. 땅 지 자와 흙 토 자는 뜻이 아주 달라. 흙 토는 그냥 땅이나 영토가 아니라 사람이 경작하는 논밭의 의미가 강하거든. 우리가 문제를 삼아서 표지판을 다 바꾸었어. 이 마을이 임진왜란 때 생겼다고 하니까 사백 년쯤 되었지. 통제영이 근처에 있었으니 군인들과 장군께서 이 해변을 소중하게 여겼다고 들었어. 앞쪽 마을이 칼처럼 생겼다고 칼구미니까, 여기서 모래언덕이 끝난다고 해서 사구미라고 불렀나 싶어. 옛날부터 이런 마을에 인재는 없었어. 나질 않으니 인재 빈곤이 아니라 인재 고갈이지. 몇 해 전에 군청에서 군지를 새로 만드느라 노인들을 몇 명 불러들여 지명의 유래를 따져보기도 했는데, 군수실 옆방에 있는 회의실에 둘러앉아 여러 시간 논의를 해봤지만 이거다 싶은 결말이 나지 않더군."

기후는 노인에게 인사를 하곤 그 자리를 떠났다. 소나무 방풍림 너머로 노란 옷을 입은 사내가 보였다. 그는 횟집을 겸한 민박집 마당을 서성거렸다. 해변가에는 창고 몇 개와 집 서너 채가 전부였다. 해변에 바짝 대어 지은 새집은 현관으로 오르는 계단 위까지 모래가 수북했다. 오래된 마을은 도로 건너편 산 쪽에 자리잡고 있었다. 그물을 거는 기둥들이 늘어선 해변의 끝까지 가서 돌아보니, 바다로 빨려들어가는 사구의 형태가 드러났다. 기후는 비정제 설탕 같은 모래를 야금야금 삼키는 바다의 입과 그 맛을 상상했다.

외영은 혼자 서 있었다. 노인은 집으로 들어갔는지 보이지 않았다. 기후는 갑자기 마음이 다급해져서 외영을 향해 걸었다. 부르고 싶었지만 뭐라고 부를 말이 없었다. 해변이 완만하게 경사져서 곧바로 걷기가 어려웠다. 기후는 자기도 모르게 아래로 기울어지며 내려가다가 다시 위로 올라가기를 거듭하며 지그재그로 걸었다. 노란색 파카를 입은 남자가 남긴 발자국이 자꾸 겹쳤다.

부안에서 그들은 기후의 선배 김의 펜션에 묵었다. 가파른 해안 끝에 미국 남부식으로 지은 목조 집이었다. 해변으로 계단이 연결되어 바다가 앞마당 같았다. 레스토랑이 든 일층과 발코니를 가진 이층 방들, 그리고 단층 방갈로까지 포함해 방이 열다섯 개도 넘는데 비수기여서 주말에도 손님이 두 팀뿐이었다. 김이 인생 공치기도 쉽지 않다고 넋두리했다. 쉰 줄에 든 그는 앞머리가 새하얗게 셌고 햇볕과 해풍에 그을린 피부가 잿빛이었다. 체중이 늘었는데도 몸은 더 단단해 보였다. 무엇보다 부드러운 리듬을 타고 있어서 무얼 하든 편안해 보였다. 사람이 아니라 자연을 상대하는 사업가 같은 풍모였다. 하지만 저녁을 겸한 술자리에서 세속의 신상 정보가 얼핏 설핏 새어나왔다. 아이들 학교 때문에 가족은 전주에 살고 김은 부엌일하는 청년 하나와 펜션에서 거주했다. 펜션은 자기 소유라 세가 나가지 않아 성수기와 비수기를 평균하면 일년 살 벌이는 된다고 했다. 요즘은 비수기의 빈방을 활용하기 위해 서울의 문화단체들과 협의중이었다. 외영에 대해서는 외동딸이고 부모와는 한동네에 따로 살며 일 때문에 여행을 자주 한다는 것 정도를 알게 되었다. 기후는 아이와 언제 통화했는지도 아득하단 말을 자기도 모르게 해버렸다. 아내가 샌디에이고에 갈 때마다 어딘가 변해서 온다는 말도 했다. 오일을 바르고 선탠을 한 피부나 옷차림이 달라져서가 아니라 그보다 안쪽의, 생물적인 작동 방식이 변한 것 같은 이질감이었다. 눈빛이나 말할 때의 입술 모양,

발성과 표정, 몸짓이 낯설었다. 김은 음식이나 물, 새로운 언어와 경험, 다른 상황과 풍경 같은 것이 사람을 바꾼다고 했다. 심지어 비행 거리와 공항이 사람을 바꾼다는 엉뚱한 주장도 했다. 그런 식이라면 기후 부부는 서로 급격하게 낯설어지는 중이었다.

다음날 외영이 노소설가의 휴대폰으로 전화를 걸었지만, 부인이 받았다. 노소설가는 소식이 없다고 했다. 기후는 전립선이 노화한 그가 요의를 참을 수 없었을 거라는 생각이 들었다. 이층에서 서둘러 계단을 내려가거나, 안방에 누웠다가 거실을 급히 가로질러 현관 앞 화장실까지 가기엔 원목 바닥이 너무 미끄러웠을 것이다. 그런데 왜 그 집엔 실내 슬리퍼가 보이지 않았을까. 불청객이어서 내어주지 않았는지, 원래 사용하지 않는지 알 수 없었다.

"여긴 아침이 없는 곳 같아요. 덕분에 푹 잤어요."

외영은 기후 바로 곁에 서서 머그컵을 두 손으로 감싸들고 커피를 마셨다. 내리뜬 눈에 드리운 속눈썹이 부드럽게 휘어져 있었다. 쌍꺼풀진 눈의 속눈썹이 더 길었다. 정말 제대로 잤는지 전날보다 얼굴이 더 희었다.

"서쪽이니까요."

김이 대답했다.

"흐린 날인가?"

기후가 물었다.

"맑은 날이야."

김이 대답했다.

"희망이라곤 없는 아침 같아요."

"여긴 부산스러운 희망과 어울리지 않아요. 부지런, 열심히 같은 말이나, 목표 달성과 성장, 팽창, 성과와 업적, 그런 단어와도 어울리지 않고요."

"그런 거 없이도 하루하루 페이지가 넘어가는군요."

외영의 대꾸에 김이 희미하게 웃었다.

"그래서 이곳에 내려와 살게 되었지요. 하지만 이곳에서도 나는 지리멸렬하게 돈 걱정을 해요. 객실이 차거나 비거나 늘. 사는 게 그렇더라고요."

외영은 휴, 하고 한숨을 쉬었다.

"이곳도 내 소파 놓을 자린 아니군요."

"그냥 내 소파 빌려줄게요. 한 번씩 오세요."

두 사람은 그런 식으로 말해도 소통이 되는 모양이었다. 기후는 물이 자박자박 고인 갯벌에 내리는 아침빛을 보며 불쑥 등장한 소파가 뭘 의미하는지 생각했다.

"여기 사람들은 저걸 갯강이라고 해요. 바다 안의 강물이지요."

김이 갯벌 가운데로 흐르는 회색 강을 가리켰다. 물결이 제법 거셌다.

"처음 봐요. 세상에, 갯강이란 것도 있네요."

외영의 낮은 음성이 맑은 날인데도 잿빛인 아침 속으로 처연하게 번져나갔다.

김과 외영과 기후는 마시던 커피잔을 동시에 발코니 난간 위에 놓았다. 난간 위에 있던 고양이 한 마리가 외영에게로 다가왔다. 외영은 고양이를 허물없이 대하며 손가락으로 이마를 긁어주었다.

목표나 성과가 없는 삶을 떠올리자 기후는 자신이 공허하게 느껴졌다. 기후는 일을 통해서만 자신의 존재 가치를 인식하는 사람이었다. 장인 회사로 옮겨 처남의 병풍 노릇이나 하며 고분고분 휘어질 자신이 없었다. 그렇다고 장기 불황기를 지나 저성장기로 진입한 마당에 자기 사업을 시작할 엄두도 나지 않았다. 지역 기업에 연구소장이나 임원 자리를 잡으면 실무는 하겠지만 그런 자리의 수명이란 게 뻔했다. 가진 인맥으로 막힌 곳 몇 군데 뚫어주고 연결해주고 나면 이내 쓸모없어질 것이다. 짧으면 일 년 길어야 삼 년이었다. 그후엔 선배들이 그렇듯이 여기저기 지방 공단에서 하숙 잠을 자며 떠돌 것이다. 그조차 경기가 좋을 때의 이야기였다.

외영은 제집 거실인 것처럼 해변에 놓인 소파에 앉아 있었다. 모래가 젖어드는 해변 끝에서 바다가 새하얀 프릴 장식을 단 커튼처럼 펄럭거렸다. 기후는 소파 곁을 어색하게 맴돌았다.

"그 노인이 이 해변을 지켰다고 하네요. 칠십년대에 새마을운동이 한창일 때, 어느 날 아침에 깨어보니 트럭이 줄지어 와서는 모래를 마구 퍼가더래요. 토건업자들이 건설 부처의 어느 관에서 받았다는 허가증을 내미니 말릴 수도 없었고요. 해변이 만신창이로 파헤쳐지더니 며칠 지나지 않아 아예 없어질 지경이었대요. 해변이 사라지면 고기잡이 조업을 할 수 없으니 삼백오십 년 동안 이어져온 집성촌이 망하게 된 거예요. 노인의 문중에는 인재가 빈곤해 겨우 국민학교 마치고 어부로 살았던 노인에게 관에서 낸 허가를 중지시키라는 명령이 떨어졌었대요. 거절할 수 없는 일이었다고 해요. 문중을 저버린다는 건 곧 탈향을 의미한다네요. 어디서부터 손을 대야 할지 막막했지만, 하루아침에 자기 마을의 해변을 다 퍼가도 된다고 허가할 수 있는 권력은 청와대라는 생각이 들었대요. 그래서 가장 먼저 청와대에 편지를 썼어요. 또 탄원서를 써서 마을 주민과 이웃 마을 주민들 도장까지 받아 군청과 도청의 건설 부서로 보냈지만 무반응이었지요. 그래서 수단과 방법을 가리지 않고 가장 무서운 권력에 접근하기로 했대요. 우선 전교 일등이었던 국민학교 동창부터 공략했어요. 그를 통해 그의 중학교 전교 일등 동기를 만나고, 그를 통해서 다시 고등학교 전교 일등 동기를 수소문해 강진, 목포를 거쳐 광주로 가서 차장검사의 장인을 만나고, 서울 종로로 가 여관에 묵으며 사흘을 대기했다가 마침내 차장검사를 만난 뒤부터 일이 풀리더래요. 차장검사를 만나고 내려와 온종일 잤는데, 다음날 오전에 광주지검장이 검은색 관용차를 서너 대나 거느리고 이 마을을 찾아와 노인과 악수를 하고 갔대요. 뒤이어 인근 지검 지청장들이 줄지어 방문했고요. 그렇게 해서 모래 채취를 중단시키는 데 성공하니까, 문중 어른과 이웃 마을 사람들이 다 놀라고 단번에 지역 유지가 되었다고 해요. 하지만 노인은 그뒤에도 계속 불안하더래요. 트럭들이 줄지어 와 모래를 퍼가는 악몽에 시달렸고요. 그렇게 몇 년이나 더 고생하고 나서야 모래를 지킬 묘수가 떠올랐어요. 해수욕장이었지요. 당장 군청에다 해수욕장 허가 신청서를 내고 허가를 받기 위해 끈질기게 청원을 거듭했대요. 노인의 집념을 아는 사람들은 이곳이 해수욕장이 된 뒤에도 감히 아무도 모래를 밟지 않았다고 해요. 개발이니 뭐니 하며 손대는 사람도 없었고요. 그래서 긴 세월 동안 해변은 비어 있었던 거예요."

중국 문화혁명 시대에 일어난 이야기 같았다. 노인들의 이야기는 다 그런 식이었다.

"노인들을 인터뷰하는 이유라도 있어요?"

"그냥 점점 그렇게 되었어요. 다행히 잡지사에서도 내 인터뷰를 마음에 들어하고요."

"노인들이 어디가 좋아요?"

"시작은 지리산 산골 마을에서 만난 노인이었어요. 나이가 아흔둘이었어요. 집 앞 도롯가에서 줄사다리를 만들고 있었지요. 사다리가 굉장히 길었어요. 노인은 매일 사다리를 만든다고 하더군요. 노인이 잘 알아듣지도 못하고 말도 어눌해서 할머니가 중간에서 전달했어요. 사다리가 너무 길어지면 할머니는 몰래 풀어둔다고 했어요. 아예 다 풀어서 군불을 때기도 하고요. 노인은 다음날 아침에 또 사다리를 만들고요. 노인에게 사다리를 어디에 쓸 거냐고 물으니 하늘을 가리켰어요. 곁에서 할머니가 말했어요. 하늘에 갈 때 쓴대."

말끝에 외영이 희미하게 웃었다.

"노인이라도 살아 있는 한 여전히 변덕스럽고, 여전히 탐욕스러울 거예요. 가까이서 보면 여전히 돈 걱정을 하고 타인의 관심과 애정에 목마르고 병과 일상에 시달리지요. 죽기도 어렵다며 늘 죽음을 근심하고요."

"그렇겠죠. 아직 이편에 있으니까요."

육신에 일을 실었는지, 일에 육신을 실었는지 알 수 없는 동작으로 가죽 같은 피부와 삭은 뼈를 느릿느릿 움직이는 노인들을 볼 때면 기후는 아득했다. 다 늙어서 어떻게 텅 비어갈 것인지, 무슨 일들이 일어나게 될 것인지 가늠되지 않았지만 성실하고 잔인하고 한결같은 시간은 기후도 똑같이 만들 것이었다.

"당신이 인터뷰하는 노인들은 저기 기어가는 쇠보리 같아."

"난 노인들에게만 위로받아요. 난 그들처럼 될 자신이 없어요."

외영은 허리를 숙이며 손바닥으로 얼굴을 가렸다. 기후는 밑이 없는 가방을 메고 흙길을 걸어가는 여자를 떠올렸다.

부안에서 헤어지던 날 내소사에 들렀다가 절 밑에서 산채 정식을 먹고 외영을 카센터에 데려다주었다. 거의 만 하루를 함께했지만 막상 처음 만난 자리에 서니 도로 어색하고 서먹했다. 나중에 두고두고 생각했듯 도무지 어울리지 않는 사람들이었다. 외영이 먼저 작별인사를 했다. 무의미하고 지나치게 단순화된 인사 뒤로 떠오르는 말들을 안고 눈빛만 황망하게 부딪칠 때, 외영이 손을 내밀었다. 기후는 얼른 그 손을 잡았지만, 그때까지도 자신이 얼마나 외영에게 기울어져버렸는지 알지 못했다. 외영의 차가 카센터를 빠져나가 도로를 달려 사라지는 동안 기후의 복부 깊숙한 곳에서 실패가 돌며 실이 풀려나가듯 체온이 빠져나갔다. 차창 너머로 보라색 스웨터를 발견했던 그 짧은 순간에 어떻게 그녀를 알아봤을까. 기후는 그 순간에 자신이 알아낸 것이 무엇인지 도무지 알 수 없었다. 기후는 그때까지 몰랐던 종류의 추위를 생생하게 느꼈다. 손에 잡혔던 차갑고 연한 손가락들의 감각이 아직 남아 있었다.

외영을 보내고 해풍 사과 과수원에 들어간 것은 우선 자신을 달래려고 한 짓이었다. 차를 몰고 흙먼지가 덮인 가시울타리를 따라 들어가니 창고를 지나 살림집 마당 앞에서 길이 끝났다. 커다란 개가 요란하게 짖어댔다. 먼지를 덮어쓴 잿빛 개였다. 집 마당까지 이어진 가시울타리 너머가 과수원인 듯했다. 낡고 허름한 안채의 옆구리는 바다 쪽으로 열려 있어서 멀리 검은 갯벌이 보였다. 한동안 개만 짖어대더니 가시울타리 끝에서 머릿수건을 쓴 여주인이 나타났다. 얼굴과 손뿐 아니라 낡은 옷과 머릿수건까지도 갯벌색이 밴 모습을 보며 기후는 이제 막 헤어진 외영을 떠올렸다. 다시 세월이 흘러 어느 날 바닷가 해풍 과수원에 사과를 사러 들어가면, 색 바랜 보라색 스웨터를 입은 외영이 머릿수건을 쓰고 가시울타리 너머에서 홀연히 나타날 것만 같았다. 기후는 마음이 초조해졌다. 그전에 뭔가, 무슨 일이든 해야 할 것만 같았다. 사과를 사고 싶다고 하자 여주인은 반색하여 사과 창고로 안내했다. 두꺼운 목재 문을 열자 오랫동안 추운 응달에 갇혀 있던 사과 향기가 기후의 얼굴을 힘껏 감쌌다. 폐가 활짝 열리며 깊은숨이 쉬어졌다. 그러나 사과 향기는 먹어도 먹어도 채워지지 않을 갈증처럼 몸안에 들어오자마자 아득히 멀어졌다. 여주인은 왕겨가 가득 찬 목재 상자 속에서 사과 한 알을 꺼내 헝겊으로 닦더니 과도로 반쪽을 잘라주었다. 기후는 사과를 베어문 뒤 숨쉴 새도 없이 차가운 즙을 삼키며 다급하게 씹었다. 달콤하고 새콤한 맛이 잇새로 파고들었다. 잘 숙성되어 맛이 짙은데도 과육은 단단했다. 크기는 작은 편이었다. 기후가 두 상자를 주문하자 여주인은 농장 이름과 연락처가 인쇄된 종이 박스 밑바닥을 테이프로 고정시키고 사과를 담았다. 기후는 한 박스를 외영이 준 명함의 사무실 주소로 부쳤다.

집에 들고 간 사과 박스의 밑이 터졌을 때, 그럴 줄 알았다는 느낌이 먼저 들었다. 외영도 자기와 같은 일을 겪을지 걱정스러웠다. 처음부터 색이 바래고 헐거워 보이는 종이 박스가 마음에 걸렸었다. 제작한 지 몇 년은 된 것 같았지만 기후는 서둘러 사과를 담는 여주인의 잿빛 손을 저지할 수 없었다. 사과는 거실에 쏟아져 테이블과 소파 아래로, 더러는 부엌 식탁까지 굴러갔다. 터져 나온 사과 향기는 까맣게 잊고 살았던 몸안의 마지막 방까지 퍼져나갔다. 기후는 사과들을 난방이 닿지 않는 베란다 쪽으로 대강 모아두고, 멀리 흩어진 것들은 아침저녁으로 하나씩 찾아내 씻어 먹었다. 사과를 다 먹을 때까지 아내는 돌아오지 않았다. 처남의 병풍 노릇을 확실하게 거절한 뒤 아내의 변호사에게서 메일이 왔다. 그가 작성한 이혼 조건은 납득이 되었다. 기후는 순순히 동의했다. 오래전에 물품 보관소에 맡겨두었던 자신을 돌려받는 기분이었다.

새해 연휴에 외영에게서 연락이 왔을 때 사과 상자가 터지던 순간이 떠올랐다. 외영도 사과를 거실에 쏟았다고 했다. 아직 몇 알이 남아 있는데, 껍질이 쪼글쪼글해졌는데도 이상하게 과육은 단단하다고 했다. 달고 신 맛이 더 깊어져서 차마 먹을 수가 없다고 했다. 왜 못 먹느냐고 하니, 아까워서요, 라고 대답했다. 외영은 통영으로 떠나는 중이었다. 기후는 외영이 가는 곳으로 가 통영 중앙시장 앞 선착장 주차장에서 만났다. 그후에도 외영은 늘 움직이는 중이었다. 군산에서는 히로쓰 가옥 앞에서 만났었다. 안동에서는 하회마을 안 버스 정류장에서, 해남에서는 녹우당 앞에서 만났다. 그 길 어딘가에서 외영이 말했다. 그 사과가 너무 맛있어서 부안에 가서 사과 과수원을 하며 살고 싶다는 생각을 했어요. 살고 싶다는 생각이 든 건 오랜만이었어요.

"삼 년 전 새해 연휴 마지막날에, 경부고속도로에서 5중 연쇄 추돌 사고가 일어났어요. 그때 남편과 아이가 현장에서 죽고 저만 깨어났어요."

외영의 이야기는 기후의 의식에 닿지 못하고 모래알처럼 무너졌다. 한동안 음성이 들리지 않고 외영의 숨소리만 느껴졌다.

"그뒤로는 꿈과 현실이 뒤엉켜버리곤 해요. 내가 살아 있는 것을 자책하지만, 사실은 살아 있는 것을 믿지도 않아요. 이 모든 것이 거짓말 같거든요. 실제로는 아무 일도 일어나지 않았는데, 나 혼자 운석 조각처럼 깨어져나와 다른 우주에서 떠도는 것 같아요. 밑이 없는 가방을 메고 언제까지나 흙길을 걸어가는 거예요. 아무 일도 일어나지 않은 그곳으로 돌아가고 싶지요. 사실 그 생각뿐이에요. 바로 곁에 있을 것만 같은데, 길을 모르겠어요. 어쩌면 난, 저 쇠보리 잎사귀보다 더 헛것인지도 몰라요."

바람이 불자 해변에 눌려 있던 쇠보리 잎사귀 하나가 일어나 뱀처럼 빠르게 기어갔다. 고요의 틈새에서 쇠보리 하나가 몸을 일으키고 달려갈 때마다 기후는 귓등이 선득하던 웃음소리를 떠올렸다. 기후는 외영이 앉아 있는 소파 곁에 나란히 앉았다. 가족사진이라도 찍는 기분이 들었다. 기후는 자세를 반듯하게 하고 작은 섬 너머 연둣빛 안개가 어린 바다 끝 쪽에 눈의 초점을 맞추었다. 그리고 외영의 손을 꼭 잡았다. 앞으로 무얼 어떻게 해야 할지 몰랐지만, 남은 이야기를 사과 향기 속에 유예시킬 수는 있을 것 같았다. 가능하면 둘 다 기울어진 병처럼 몸이 텅 비어 풍경이 안팎을 드나들 때까지 힘껏 유예시키고 싶었다. 그것으로 충분했다. 나머지 이야기는 다른 생에서, 다른 사람이 해도 될 것이었다.

파푸아뉴기니 행성

"이대리, 여섯시에 손님이 갈 거야. 지난주에 들어온 아우디 뉴 A3 보여줘. 먼 곳에서 오는 손님이니까 대접 잘하고."

사장의 지시는 단순 명확했다. 이 일의 특성상 설명은 없는 편이 낫다. 어떤 사람은 중고 시장에 외제차를 내놓고, 어떤 사람은 사러 온다. 차를 끌고 오는 쪽은 대체로 담보물을 정리하려는 사채업자들이고, 사러 오는 쪽은 대개 곧 사채를 쓰게 될 가능성이 높은 정체불명의 사업자들이다. 양쪽 다 비밀스럽기는 마찬가지다.

망한 주인이 제집 베란다에서 목을 매고 죽었거나 차 안에서 음독한 차일수록 더욱 매끄러운 광택이 난다. 이번에 들어온 아우디 뉴 A3 2010년식 역시 독한 사연을 가진 차다. 주인은 못가에 차를 세우고 운전석에 구두를 올려놓은 채 사라졌다. 차는 못가에서 주인의 구두를 떠안은 채 밤새 폭우를 맞고 서 있었다. 차를 가져온 사채업자의 잡담 속에 섞여 나온 이력이다.

손님은 여섯시 칠분에 왔다. 사람을 대하는 업무인데도 한 사람 한 사람 만나는 일은 도무지 익숙해지지 않았다. 손님은 검은색 선글라스를 쓰고 있었는데, 얼굴이 기이하게 희어 눈썹마저도 희었고 왼쪽 뺨엔 옅은 갈색 얼룩무늬가 있었다. 당혹감을 억누르며 형식적으로 인사한 뒤 나는 재빠르게 시선을 거두고 공연히 몇 초간 벽시계를 쳐다보았다. 그러고 나서 다시 손님 쪽으로 고개를 돌리고 살며시 웃었다. 고치려 해도 잘되지 않는 무의식적인 습관이었다.

백색증이었다. 백색증은 전염성은 아니다. 손님은 커피와 홍차와 녹차 중에서 차가운 녹차를 청했다. 소매 끝에 드러난 손등도 밀가루를 뒤집어쓴 듯 희었다.

차를 마신 뒤 그는 아우디 뉴 A3의 서류부터 꼼꼼하게 살폈다. 보통 차고로 가서 자동차부터 보는 손님들과는 달랐다. 그는 서류를 볼 때도 그렇고 차를 볼 때도 선글라스를 벗지 않았다. 선글라스에 무척 익숙한 사람 같았다. 애꾸눈이나 짝눈, 혹은 위로 치켜올라간 사나운 눈이거나 간신히 트이기만 한 작은 눈, 또는 사팔눈이거나 흰자위에 핏발이 가실 날 없는 부리부리한 눈일 수도 있었다. 이곳을 드나드는 손님들은 대개 그런 가여운 눈을 고루 나누어 가지고 있었다.

차를 보고 사무실로 돌아와 소파에 앉았을 때도 그는 다른 손님들과 달리 아무런 질문도 하지 않았다. 유독 검은색이 짙은 선글라스 때문에 어디를 보는지도 알 수 없었다. 나를 보는 것 같기도 하고 내 곁을 지나 자동차 수리점과 타이어 교환 전문점들이 마주 보이는 한적한 도로를 보는 듯도 했다. 하루종일 겨우 두 명의 손님이 다녀간 게 전부였다.

원래 중고차를 보러 오는 손님은 많지 않은데다 비수기였다. 주차장 출입구 앞 무궁화나무에 꽃이 피면 무더위와 함께 비수기가 시작되었다. 찌는 우기로 화마같이 타는 더위가 지나가는 동안 꽃은 끈기 있게 피고 지기를 계속하고, 손님의 발길은 점점 뜸해지다가 완전히 끊기지만 공기가 식어가면서 다시 뜸하게 이어졌다. 그동안 그는 세 통의 전화를 받았는데 세번째에는 도중에 나를 바꾸어주었다. 사장이었다.

"내가 사무실에 못 들어가게 됐어. 손님 저녁 대접 좀 해. 나라일식에 스페셜 코스 예약하고 가."

사장은 나의 사촌오빠였다. 지랄…… 내일부터 여름휴가인데, 마지막날까지…… 내가 할 수 있는 유일한 욕을 속으로 내뱉은 뒤 알았다고 대답했다. 경기도 안 좋은데 일요일까지 끼워 사흘 휴가를 내고 가증스러운 휴가비까지 받은 상태였다. 게다가 나라일식에서 정식 코스를 먹는 일은 일 년에 한두 번 있는 호사이기도 했다.

선글라스를 낀 손님은 두 팔을 나란히 내리고 어딘지 미안한 자세로 서 있었다. 나이를 분간하기 어려웠지만 머리카락이 시드는 듯 세고 있었다. 기이하게 흰 얼굴과 손이, 약간 바랜 검은색 여름 재킷과 푸른빛이 도는 셔츠, 그리고 탈색된 회색 진까지 함께 오랫동안 서로 길을 들인 듯 잘 어울렸다.

그가 타고 온 차 역시 아우디였다. 십오 년 전에 출고되었으니, 아무리 곱게 탔다 해도 이제 수리비와 부품 교체비가 슬슬 나갈 때였다. 조수석에 앉아 안전벨트를 매는 사이 오디오에서 음악이 넘치듯 흘러나왔다. 애니 해슬램의 음성이었다. 한때 귀가 닳도록 들었던 노래여서 몸이 먼저 반응했다. 〈Ashes are Burning〉. 하지만 그건 고릿적 이야기였다. 요즘도 이런 노래를 듣는 사람이 있다는 것이 이상했다.

"오늘 아침에 우연히 서랍에서 찾아냈어요. 왜, 그런 거 있잖아요. 평소에 열지 않던 가장 아래 칸 서랍을 문득 열어보는."

내 마음을 알아챘는지 그가 해명했다.

"카네기홀 라이브 공연이에요."

애니 해슬램의 투명한 고음이 폐허의 잿더미를 헤치고 흰 재를 날리며 천상으로 날아오르고 있었다.

"이 시디에 〈Ocean Gypsy〉도 있나요?"

그가 고개를 끄덕였다.

사촌오빠를 대신해 손님과 식사하는 건 드문 일이었지만, 전혀 없는 일도 아니었다. 사촌오빠는 차를 보러 돌아다니고 흥정을 하느라 늘 외근 상태여서 일 년에 서너 번은 약속이 어그러졌다. 사촌오빠가 접대하는 손님은 대체로 지인의 소개를 통해 온 사람들이었다. 사촌오빠는 그런 손님이 다른 손님을 연결해준다고 믿었다. 좋은 차와 좋은 관계, 사촌오빠의 영업 철학이자 원칙이었다. 그는 차와 사람에게 성실했다. 왼쪽 손가락 세 개를 내주고도 모자라 내장이 쏟아질 정도로 복부에 깊고 긴 자상을 입은 뒤에야 지역 조폭과 관계를 끊고 나온 사촌오빠가 손님에게 곰살맞게 구는 모양은 신선하기까지 했다.

나라 일식은 시의 남쪽 바다를 가로지르는 대교를 지나 한적한 바닷가에 있었다. 도시가 점등하는 시간이었다. 불빛은 연등처럼 한 줄에 꿴 듯 줄지어 들어와 빠른 속도로 면을 채우며 번져갔다.

"도시가 바다 위로 떠 있는 것 같군요. 눈을 깜박일 때마다 조금씩 떠내려가는 것처럼 보여요."

대교를 건널 때 손님이 말했다. 나는 손가락이 조금 오므라들었다. 남자가 그런 식으로 자기 느낌을 말하는 것에 익숙하지 않았다. 그러나 그는 익숙한 모양이었다.

"저는 바다가 없는 도시에서 왔어요."

바다가 없는 도시라니, 생각만 해도 지루했다. 그곳에선 자고 일어나 아침에 창문을 열어도 새 노트처럼 비어 있는 바다가 보이지 않는 것이다. 아침의 안개와 바람에 묻어오는 신선한 녹조류 냄새도 맡지 못할 것이다.

"어딘지 묻지 않네요."

나로선 궁금할 이유가 없었지만 대화의 예의상 물어야 할 것 같았다. 그런데 그가 먼저 나에게 물었다.

"여기서 오래 살았나요?"

"태어나서부터 줄곧요."

"구석구석 다 알겠군요."

구석구석이라고 하자 선창가 시장의 건어물 가게 위 다락방이 떠올랐다. 중학교 2학년 때 짝의 집이었는데, 연안을 매립하기 전이라 다락방 창 밑이 바로 바다였다. 목재로 지은 가건물 같은 가게들이 시장통을 따라 죽 이어졌는데 그중 하나였다. 그해 가을엔 매일 그 다락방으로 하교했었다. 마른 새우와 오징어채를 씹으며 영어 스펠링을 외우고 수학 문제를 풀었다. 도시를 알 만큼 알지만 그건 낮의 일이고 심야의 도시는 도무지 알 수 없었다. 가끔은 친족 살인사건이 발생하고, 데이트 강간이나 술을 마시다 일어나는 우발적인 살인사건, 혹은 자살 사건이 일어난다. 남쪽 바다를 가로지르는 대교 위에서만 해도 매년 삼사십 명씩 투신했다. 그런 사건들은 대개 야밤에 일어났다. 우리가 알고 있는 도시의 길들과 밤의 내막은 전혀 다른 종류의 것이다.

나라 일식에서 둘뿐인 테라스 테이블을 내어주었다. 둥글게 휘어진 만을 따라 줄지어 선 맞은편의 횟집들이 불빛을 해수면에 쏟아놓았다. 장기 불황 탓에 그 불빛조차도 어딘지 침울하게 보였다. 부엌의 수족관에서 고기들이 아무도 몰래 시들시들 죽어나갈지도 모른다.

　음식이 나왔을 때에야 남자가 선글라스를 벗었다. 애꾸눈은 아니었다. 짝짝이 눈도 아니고 위로 치켜올라가지도 않았다. 조금 처지기 시작한 길고 서글픈 눈이었다. 대체로는 손님 쪽에서 왕성하게 떠들어대는데 그는 묵묵히 먹기만 했다. 덕분에 나도 음식이 나오는 대로 몸속에 쌓듯 차곡차곡 먹었다. 전복죽과 참치회, 모듬회와 생선구이, 그리고 매운탕이 차근차근 뱃속으로 들어갔다. 허기진 상태여서 재료들이 씹히고 즙액이 내장 점막을 지나 속속들이 흡수되는 것이 생생하게 느껴졌다. 아침을 먹고 출근해 하루 종일 빈속으로 가게를 지켰다. 그게 습관이 되면서 저녁은 늘 폭식으로 이어졌다. 발밑에서 바닷물이 찰박거리며 들어왔다. 새우를 까먹다가 고개를 드니 그가 나를 보고 있었다.
　"회를 좋아하나봐요."
　"배가 고팠거든요."
　"저런."
　그 순간 길고 갸름한 두 눈이 조금 더 아래로 처지는 듯했다. 그 눈길이 내 옷차림을 살피는 것이 느껴졌다. 나는 수없이 표백제로 썻어 나달거리는 흰색 블라우스와 색이 바랜 푸른색 스커트, 삼 년 전 여름부터 신어온 낡은 샌들을 떠올렸다. 그가 눈살을 찌푸렸다.

"아, 미안해요. 나도 모르게. 나는 여자들이 입은 옷과 신발이 낡은 것을 참지 못해요."

내 행색을 참지 못하면 어쩔 셈인가? 나는 입을 비죽 내밀었다.

"걱정 마세요. 낡은 옷을 좋아하는 건 제 취향이니까요."

나는 대강 둘러대고 화제를 바꾸려 했다.

"차는 마음에 드셨어요?"

"그 일은 내일 사장님과 이야기할게요."

어차피 흥정은 사장과 해야 할 일이긴 했다.

"먼 곳에서 오셨다고 들었는데요?"

"일이 있어 며칠 머물 거예요. 제 일은 어디서나 할 수 있는 일이거든요."

어떤 일인지 궁금하지 않았다. 중고 외제차를 사러 오는 다른 남자들처럼 얼마 지나지 않아 닫게 될 정체불명의 사업을 하고 있을 것이다.

"제가 옷과 구두를 사드리고 싶군요. 내일 백화점에 함께 갈 수 있나요?"

그는 뻔뻔스러운 제안을 하고도 눈도 깜짝하지 않았다.

"그냥, 좋은 차를 소개받은 고객이 답례로 주는 선물이라고 생각하십시오."

나는 실례될까봐 외면했던 그의 얼굴을 제대로 쳐다보았다. 어른거리는 얇은 천을 들어올리고 들여다보는 것처럼 이마와 코와 입술과 뺨과 귀까지 자세히. 기이하게 흰 백색증의 침범만 아니었다면 꽤 고왔을 얼굴이었다. 기억나지 않는 누군가와 닮은 것처럼 어딘가 낯익었다.

"이상하겠지만, 제겐 자연스러운 일입니다. 그냥 받기만 하면 됩니다."

"여자들에게 늘 이런 식인가요?"

"늘 그런지도 모르지요."

자조적인 어투였다. 내겐 그 말이 수수께끼처럼 들렸다. 늘 그런지도 모르지요……

아무리 단순하게 생각해도 남자에게 선물을 받는다는 것이 어떤 의미인지 이미 아는 나이였다. 게다가 옷가지 같은 건 내게 필요하지도 않았다. 나는 속으로 지랄, 하면서 고개를 세게 저었다.

"저는 고객에게 그런 선물 안 받아요."

그의 얼굴에 실망감이 드리웠다.

빌라 앞에서 나를 내려준 남자의 차는 가파른 언덕을 내려갔다. 내일부터 휴가였다. 나는 날아갈 듯 몸이 가벼워져서는 뛰듯

이 사층 계단을 올랐다. 집안에 인기척이라곤 없었다. 안방 문을
여니 누워지낸 지 두 달 만에 살이 다 빠진 엄마가 종이처럼 납작
하게 누워 있었다. 침대 협탁에 올려둔 녹차 케이크는 손도 대지
않았다. 냉장고 속의 죽은 조금 줄어든 것 같았다. 의사는 그저 노
환이라고 했다. 일흔여섯 살이면 가만히 두어도 의욕과 기력을 잃
을 나이라고 했다. 구 개월 전에 그리스 여행을 다녀왔다는 사실
을 말하면 의사는 믿지 않을 것이다. 내게 엄마는 노환보다는 우
울증에 가까웠다. 한 해에 한 번쯤 엄마는 세상의 음식에 정이 다
떨어졌다며 곡기를 끊었다. 그러고는 죽어야겠다고 결심하곤 했
다. 자존심이 상할 만큼 충분히 늙었다는 지극히 감상적인 이유로
말이다. 내일은 폐해수욕장에 있는 보신탕집에 찾아가야 할 것 같
았다. 그럴 때 엄마를 일으키는 음식은 어린 시절에 먹고 자란 보
신탕뿐이었다. 바다에 갈 때는 사촌오빠가 준 폐차도 쓸모가 있었
다. 서류상으로는 세상에서 없어진 유령 차여서 등록증도 없지만,
가짜 번호판을 달고도 생전의 습관처럼 굴러다녔다.

　해변 보신탕집에서는 끓여둔 탕이 떨어졌으니 한 시간쯤 기다
리라고 했다. 대형 가마솥에다 장작불을 지피는 중인지 뒷마당에
서 연기가 피어오르고 누린내가 코를 찔렀다. 아침에 비가 한바탕
퍼부은 뒤에도 하늘은 개지 않아 모래는 어둡고 바다도 회색빛이
었다. 나는 집으로 돌아가야 할지 망설이며 차 앞에 서 있다가 축
축한 벤치로 가서 앉아버렸다. 한 시간이나 왔다갔다할 바엔 기다

리는 편이 나았다. 바쁠 것도 없었다. 휴가가 시작된 것이다.

발아래 해변엔 함초가 드문드문 자라고 있었고 갈매기 두 마리가 고양이 소리를 내며 걸어다녔다. 낡은 방파제 끄트머리엔 낚시꾼 하나가 앉아 있었다. 그의 머리 위로 회색 구름덩이가 두껍게 떠 있었다. 해변 안쪽의 모래 둔덕엔 중년의 남녀가 돗자리를 깔고 앉아 늦은 아침인지 이른 점심인지를 먹고 있었다. 날씨가 흐린 날 소풍하는 것이 궁색하게 보일 법한데도 두 사람은 날씨를 이길 만큼 즐거워 보였다. 여자가 입은 형광 핑크색 바지가 주위를 환하게 밝히고, 남자의 초록색 조끼가 그 빛을 흐뭇하게 받아 은은한 온기를 돌려주고 있었다. 두 사람 뒤로 낡은 아우디가 천천히 들어오는 것이 보였다. 낯익은 차였다. 차는 공용주차장에 세워둔 내 차 곁에 섰다. 설마 했던 대로 그가 차에서 내렸다. 그는 벤치에 앉은 나를 뒤늦게 발견하고 놀란 것 같았다. 그는 번개처럼 내린 우연과, 자신과 나 사이의 현실적인 거리를 해독하듯 잠시 차 곁에 서 있었다.

여긴 어쩐 일이냐, 같은 질문은 둘 다 하지 않았다. 두 사람 다 웬만큼 산 사람들이었다. 그는 내 곁에 가만히 앉았다. 그리고 나처럼 폐해수욕장 풍경을 바라보았다.

젊은 여자 하나가 모터바이크를 타고 타타타 소리를 내며 해변 길로 들어왔다. 뒤로 묶은 긴 머리카락이 모터바이크가 일으키는 바람에 들려 말꼬리처럼 날렸다. 검은색 원피스 아래로 흰 허벅지와 탄탄한 장딴지가 흐린 날인데도 발광하듯 빛났다. 가까이 왔을 때 보니 간밤의 화장을 지우지 않은 듯 아이라인이 눈 밑으로 검게 번져 있었다. 아직 잠이 덜 깬 순진한 얼굴이었다. 모터바이크 뒤에 달린 플라스틱통엔 '호야 노래방'이라는 검은색 글자가 커다랗게 새겨져 있었다. 여자는 모텔 앞을 지나 산길로 올라갔다. 간밤에 여자는 남자친구나 손님, 혹은 세상과 싸웠을 것 같았다. 여자는 매일 밤 이 해변 근처에서 술을 마시고 누군가와, 또는 그 무언가와 싸우고 화장도 지우지 못한 채 울며 잠들었다가 다음날 오전에 깨어 산길 너머 집으로 돌아갈지 모른다.

바람이 한차례 불자 형광 핑크색 바지를 입은 중년 여자가 노란 스카프를 머리에 두르더니 러시아 여자처럼 목 앞으로 묶었다. 그리고 자리에서 일어나 천천히 운동화를 꿰어 신었다. 여자는 간이 의자에 앉아 느긋하고 흐뭇한 얼굴로 담배를 피우고 있는 남자 앞으로 다가섰다. 그러고는 한순간 그의 무릎에 살짝 올라앉았다. 아주 잠깐이었다. 두 사람이 마주보았던가? 여자는 이내 일어서더니 돗자리로 가서 앉았고 두 사람은 동시에 고개를 돌려 우리 쪽을 보았다. 내 곁의 그가 가볍게 손을 흔들었다. 여자가 웃음을 터뜨리고 남자도 빙긋 웃었다. 그들 뒤로 청년들이 보트를 어깨에 지고 새 방파제를 타넘어 바다에 떠 있는 조정 면허 시험장으로 들어가고 있었다.

나는 술집과 운동장, 거리를 포함해 어디에서든 청년들이 나타나면 그 속에서 남동생을 찾곤 했다. 현기가 죽지 않았다면 이미 어른이 되었을 텐데도 나는 죽은 그 나이 속에서 동생을 찾았다. 현기는 군대에서 제대하고 돌아온 지 석 달 만에 집 근처의 아파트 옥상에서 몸을 던졌다. 그뒤로 아빠는 회사를 나왔고 엄마는 안방을 나와 현기의 방에서 지냈다. 엄마는 한동안 울다가 자다가만 하더니 어느 날부터 몸 쓰는 일을 시작했다. 청소부, 파출부 가리지 않고 일을 해 돈이 모이는 대로 외국에 패키지여행을 다녔다. 그 아이가 죽지 않았다면, 나는 선재와 결혼을 했을까. 아이도 낳고 태평하게 살 수 있었을까. 그후로 십 년이 흘렀다. 사 년 전 아빠가 담보 빚을 잔뜩 쓴 아파트를 남기고 죽은 그해에 선재는 결혼을 했다. 나는 이제 서른네 살이 되었다. 모든 것이 휩쓸려가는 듯한 내리막이었다.

그날 나는 손님과 백화점에 가서 새 옷과 새 구두, 새 가방을 샀다. 비논리적으로라도 잠시 즐거운 시간을 갖고 싶었다. 휴가중이었고 컴컴한 집안에 틀어박혀 있을 바에야 무슨 일이든 일어나는 편이 나았다. 남자와 백화점에서 쇼핑을 한 것이 처음이었고 내 몫의 계산을 누군가가 대신 치러준 일도 생전 처음이었다. 가족조차 해준 적 없었던 일이었다.

"백색증입니다."

백화점 카페에서 그가 말했다.

"부분성 알비니즘이지요."

"원래부터 그랬나요?"

"열다섯 살 때부터 갑자기 증상이 심해졌어요. 눈이 부시고 경련이 일어나 그때부터 도수 높은 선글라스를 끼고 살았지요."

마음을 물고기가 문 듯했다. 흔들림, 그것은 두 사람의 고독이 서로를 문 듯한 파동이었다.

"선글라스가 어울려요."

"한몸이니까요. 햇볕에 약한 저는 낮엔 실내에서 보내고 저녁에서 새벽까지, 간혹 흐린 날씨에나 움직이지요. 그래도 간혹 여자를 만났어요. 아주 안 만나지는 않았어요. 술집이나 카페, 혹은 공연장의 어둠 속에서 나는 내가 만날 여자를 알아보지요."

그가 선글라스 너머에서 나를 보았다. 다정하게.

"그 여자들은 불행했어요. 그들은 자신의 성을 잃은 여자들이지요. 크든 작든, 화려하든 초라하든, 여자들에겐 성이 있는 법이에요. 성을 잃고 의지할 데 없이 떠도는 여자들, 나는 그들이 자기 성을 되찾을 때까지 도와주었어요. 믿지 않겠지만 바라는 것 없이 순수하게 도왔어요."

다행히 그는 부잣집에서 태어난 모양이었다. 나는 핸들에 올려진 그의 흰 손을 보고 있었다. 그가 무언가 생각난 듯 오디오 버튼을 눌렀다.

"그건 우선 내게 기쁜 일입니다. 그래서 하는 거죠."

그는 고독해서 불행한 여자들에게 물건을 사주고 그들을 돕는다. 그렇게 비논리적으로라도 잠시 즐거운 시간을 갖고 싶은 것이다. 그게 이유의 전부일 수도 있다.

"나도 그런 여자로 보이세요?"

"그렇습니다."

그가 서슴없이 대답했다.

집은 칠십 퍼센트가 은행에 넘어가 있었다. 불황은 장기화되어 매매가 이루어지지도 않았다. 부동산 사장은 더 헐값에 집어삼키겠다는 눈길로 노리고 있었다. 나는 노예처럼 목이 묶인 채 꾸역꾸역 이자를 내고 있었다. 애니 해슬램의 목소리가 천상을 향해 수직으로 올라가고 있었다. Ashes are burning……

해안도로의 중국집에서 저녁을 먹고 집 앞에서 헤어질 때 그는 밤의 고속도로를 달려 돌아갈 거라고 했다. 그가 사는 먼 곳이 어딘지 가늠할 수 없었다. 유일한 정보는 바다가 없는 도시라는 사실이었다. 그것은 닫힌 창고 같은 도시가 아닐까. 아침에 창문을 열어도 바다가 보이지 않고 해풍이 불어오지 않으면 어떻게 아침을 시작할 수 있을까. 생각만 해도 답답했다. 밤에 실내를 소등해도 색색의 조명으로 장식한 장난감 목걸이 같은 대교가 멀리서 반짝거리며 검은 유리창에 떠오르지 않을 것이다. 얼굴을 깨끗이 씻고 내 피부처럼 편안한 잠옷을 입은 뒤 쾌적한 이불 속에 들어가 모래알처럼 명멸하는 조명들을 바라보다 잠드는 건 내가 좋아하는 하루의 마지막 일과였다.

사철 내내 저 아래 바다로부터 언덕을 타고 골목 구석구석의 나뭇가지들을 흔들며 올라오는 명랑한 해풍을 그는 모를 것이다. 소금과 해초, 디젤유 냄새를 도시 구석구석으로 퍼트리는 바람 속에는 경쾌한 탬버린 소리가 들린다. 그래서 흐린 날에도, 폭풍우가 치는 밤에도, 안개 속에서도 이 도시는 낙천적이고 다정하다.

집에 와서 그가 사준 물건들을 침대 위에 펼쳤다. 백화점에서 멀리 떨어져 있다가 내가 물건을 고르면 다가와서 점원에게 카드를 내밀던 모습이 떠올랐다. 들떠서 고르긴 했지만 나와는 어울리지 않는 물건들이었다. 후회가 엄습하며 금세 새 물건들이 성가셨다. 차라리 돈을 받았더라면 이자에 보태기라도 할 텐데.

휴가 둘째 날엔 베란다 창문을 닦았고 싱크대의 수도꼭지와 욕실의 샤워기를 갈았다. 사진을 찍어 갔지만 부품 규격이 달라 철물점을 두 번 가야 했다. 철물점에 부품을 교환하러 가다가 분식집에서 김밥을 먹었고 집 앞 미장원에서 앞머리를 잘랐다. 그러는 사이에 하루 동안 발생한 끔찍한 뉴스를 세 가지나 들었다.

"생활고로 아이를 셋이나 살해한 여자의 남편이 세상에나, 배우래요……"

그 뉴스를 전한 이는 분식집 아주머니였다.

"남편이 못 벌면 저라도 무슨 일을 해서든 돈을 벌어 아이들을 키웠어야지. 어찌 그런 독한 짓을 했을까. 난 평생 내가 벌어서 아이들 넷을 키웠구먼. 아마도 그 여편네는 남편이 배우니까 저도 배우인 줄 알았나봐."

나는 하늘이 도와 아이가 없으니 다행이었다. 고속도로에서 여자친구에게 기름을 붓고 불을 붙여 죽인 사건은 철물점 사장에게 들었다. 요즘 젊은것들 무섭다고 사장은 치를 떨었다.

"설마요, 죽은 뒤에 그런 게 아니고요?"

나는 믿을 수 없었다.

"자세히는 모르지만 아마도 산 채로 그랬을 거야. 고속도로에서 그랬다고 하잖아."

철물점 사장은 이왕이면 자신이 할 수 있는 최악의 상상을 하며 재차 치를 떨었다. 직업군인이 애인의 집 앞에서 총으로 자살한 뉴스는 미장원 아주머니가 전해주었다.

"아마도 총을 가져가 애인을 내놓지 않으면 가족을 다 죽이겠다고 위협했겠지. 그런 경우 애인 가족도 죽이고 자살하는데 혼자 죽어서 다행이야."

사람들이 전해주는 뉴스는 아마도투성이었다. 아마도가 들어간 뉴스는 너무 자의적이어서 별 의미가 없었다. 휴가 둘째 날을 보내고 저녁이 되자 직장을 잃기라도 한 듯 어쩐지 마음이 편치 않았다. 이대로 가면 아마도 우리 가게는 문을 닫을 것이다. 초여름부터는 한 달에 서너 건도 거래가 어려웠다. 사촌오빠가 어느 날

사업을 정리해버리면 나는 어떻게 될까. 마트를 전전하며 캐셔를 하거나, 매장에서 만두를 튀기고 인스턴트커피를 타서 손님에게 시음을 권하는 파트타임 판매원으로 뺑뺑이를 쳐야 할지 모른다. 아마도 집은 은행으로 넘어가 경매 처분될 것이다. 엄마와 난 길바닥에 나앉겠지. 아마도 그전에 엄마는 골치가 아프다는 이유로 숨을 놓을지도 모른다. 뼈가 무너지는 듯 무력해지는 때가 있었다. 송곳 위에 서 있는 것만 같다. 다행히 사촌오빠는 버티고 있지만 얼마나 갈까? 아마도 올겨울을 넘기지 못할 것 같다. 하지만 이것은 아마도 최악을 가정한 상상일 것이다. 집을 더 싸게 내놓으면 팔릴 것이다. 부동산 사장이 호시탐탐 노리고 있으니 방법이 없진 않다. 문제는 내가 이 버티기에 꽤 적응했다는 것이다. 버티는 그 텅 빈 중심이 내 인생의 구심점인 것처럼.

보신탕을 먹은 덕분인지 자리를 털고 일어난 엄마는 자기 장례식을 혼자 치를 거냐고 잔소리를 시작했다. 기운을 잃으면 죽겠다고 드러눕고 기운을 차리면 자기 장례식을 걱정하는 사람이었다. 연이어 먹으면 힘이 날 것 같다고 보신탕을 더 사 오라고 하기에 말 끝나기 무섭게 집을 나섰다. 시간을 보내기엔 폐해수욕장이 차라리 나았다.

너무 이른 아침의 폐해수욕장은 낯선 행성 같았다. 중년의 남녀가 소풍을 하던 해변 둔덕도 전혀 다른 장소 같았다. 간밤에 비바람이 쳐 깨진 부표의 파편들과 함께 온갖 쓰레기가 파도에 밀려 올라온 것이었다. 몸집이 큰 남자가 마대를 들고 긴 집게로 모래에 묻힌 쓰레기를 줍고 있었다. 남자 주위를 커다란 검은 개가 펄쩍펄쩍 뛰며 맴돌았다. 협, 협…… 남자가 개에게 위협적인 신호를 줄 때마다 개는 얌전히 멈추었지만 이내 참을 수 없다는 듯 뛰어올랐다. 스티로폼 조각과 페트병, 비닐과 유목 들이 치워지자 해변은 다시 해변다웠다. 남자는 휴게소로 들어가 야윈 여자에게 뭐라고 말을 하고, 모인 마대들을 트럭 짐칸에 실은 뒤 조수석에 개를 태우더니 어딘가로 떠났다. 나는 휴게소에서 컵라면을 사서 뜨거운 물을 부어 해변 앞 벤치로 가서 먹었다. 해변은 텅 비었고 해수욕장 입구에 새로 난 방파제 위로 노인 몇이 나타나 등대를 향해 걸어갔다. 할머니가 셋, 할아버지가 하나였다. 하늘엔 먹구름이 뒤덮이고 있었다.

여기서 선재와 몇 번이나 밤을 보냈었다. 아버지가 죽기 전이었고 선재가 결혼하기 전이었다. 우리는 헤어진 뒤에도 불쑥불쑥 만났다. 내가 불러내거나 선재가 불러냈다. 그때 우린 어떤 혼란의 와중에 있었다. 현기의 넋이 내 몸에 들어왔을 때였다. 내 몸에서 다른 음성이 들리고, 내 손발이 다른 의지에 휘둘리고, 내 발밑이 딴 세상이 되곤 했다. 우리는 모텔에 방을 잡고 와인과 맥주를 섞어 마시며 빠르게 취했다. 그리고 의식을 놓고 잠들었다가 한밤중에 깼다. 우리는 심야에 해수욕을 했고 버려진 매트리스처럼 낡은 방파제 끝에서 엉거주춤한 자세로 사랑을 나누었다. 그때 선재는 내게 생명이었을까, 상처였을까, 그것도 아니면 폐허였을까. Ashes are burning…… 애니 해슬램의 노래를 귀가 닳도록 듣던 시절이었다. 이제는 모든 것이 아득하다.

"휴가인데 여기서 뭐해요?"

그 손님이었다. 그는 이제 막 주차장에 차를 세우고 내린 것 같았는데, 화분을 들고 있었다. 나야말로 어쩐 일이세요, 라고 물어야 마땅하지만 어이가 없으니 말이 나오지 않았다. 그가 산다는 바다가 없는 도시는 의외로 바로 곁에 있는지도 모를 일이었다. 그가 화분을 내밀었다. 흙이 사분사분 덮인 빈 화분이었다.

"뭐죠?"

"아마릴리스."

"아마……릴리스?"

그가 농담하는 것만 같아서였다.

"아마도 곧 흰 꽃, 혹은 붉은 꽃이 필 거예요. 백합처럼 수선화과예요. 오는 길에 휴게소에서 샀어요. 참외 파는 남자가 구근도 팔고 있더군요."

세상이 아마투성이였다.

"그게 아니고…… 아마 사촌오빠가 나를 소개해주었겠지요?"

그가 당황했다. 나는 넘겨짚는 데 자신이 있었다. 사촌오빠가 내게 남자를 보낸 것이 아마 아홉 번쯤 되니까. 돈만 있는 남자, 잘난 척하는 남자, 한눈에 봐도 성격이 나쁜 남자, 도낏병인 남자, 꽉 막힌 남자, 키 작은 남자, 살찐 남자, 모자란 남자…… 고루고루 보내주었다.

"내가 이곳에 있는 걸 알려준 사람은 아마도 엄마겠지요?"

사촌오빠는 늘 엄마와 공모했다. 그래서 이른 아침부터 보신탕을 사 오라고 이곳으로 내쫓은 것이다.

그는 긍정도 부정도 하지 않은 채 설명할 길이 없다는 듯 마주 보았다. 그러자, 그럴 수도 있지 하는 생각이 들었다. 그때 이마에 굵은 빗방울이 툭 떨어졌다. 비는 이내 폭포처럼 쏟아져서 남자의 차로 달리는 사이에 벌써 머리카락과 어깨가 다 젖었다. 와이퍼가 돌아가는 사이로 방파제의 등대에 갔던 노인들이 비에 쫓겨 내달리는 우스꽝스러운 모습이 보였다. 그가 차를 출발시켰다. 폭우 속에서 남자는 선글라스를 벗었다. 얼굴이 오래 파도에 씻긴 조가비 속 같았다. 이상하게 낯익었다. 이 해끔한 얼굴은 누구를 닮았는가…… 기억해내려 애썼지만 아무것도 잡히지 않았다. 비는 이내 그쳤다. 남자는 다시 선글라스를 썼다.

차는 산속 언덕을 내려갔다. 모퉁이를 지나 나타난 내리막길에서 '파푸아뉴기니 민속전시관'이라는 표지판을 얼핏 보았다. 위치상 그 길을 지날 때마다 그런 식으로 휙 스치게 되는 흰색 표지판이었다.

"파푸아뉴기니……"

남자가 놓친 것을 아쉬워하듯 중얼거렸다.

"저게 왜 여기 있죠?"

왜 있는지는 모르지만 민속박물관은 그 나라가 멀수록 매력적이었다. 예전에 파푸아뉴기니를 좋아한 친구가 있었다. 그는 질문에 대답하기 싫거나 난처할 때면 파푸아뉴기니로 대신했다. 이를테면 일요일에 뭐 했니, 라든가 그 남자애랑 어떻게 되었니, 혹은 넌 수학 몇 점이니, 같은 질문에 파푸아뉴기니라고 대답하는 것이다. 심지어 장래 희망이 뭐냐, 가족이 몇이냐, 몇째냐, 무슨 색을 좋아하냐, 같은 질문에도 파푸아뉴기니라고 했다. 지루하거나 실망했을 때도, 혹은 신났을 때나 기대될 때도 파푸아뉴기니 하나로 충분했다.

"저기 가봤어요?"

"아뇨."

"가볼래요?"

"다음에요."

내가 말해놓고도 다음에, 란 것이 회피용인지 희미한 약속인지 분간하기 어려웠다. 그 중간의 중간같이 흐린 말이었다. 다행히 그는 해명을 요구하지 않고 말꼬리를 놓아주었다. 차는 횟집들이 늘어선 바닷가를 달렸다. 도로변에서 미더덕과 홍합을 파는 낮은 비닐 천막들을 지나갔다. 작은 섬들이 흩어진 잔잔한 해수면 위로 햇살이 해끔해끔 비치기 시작할 때 나는 그가 누구를 닮았는지 알아챘다. 그는 나를 닮았다.

팔월의 마지막 일요일 아침이었다. 나는 맥도날드에 앉아 야금야금 아침을 먹고 있었다. 뒷자리에는 두 명의 여자가 소곤거리고 있었다. 야근을 하고 나온 간호사라는 걸 몇 마디만 들어도 알 수 있었다.

"난 그런 거 신경쓰기도 싫어. 얼른 내 방에 돌아가서 자고 싶을 뿐이야……"

나와 등을 댄 여자가 몇 번이나 같은 말을 했다. 구석자리엔 정장을 입은 젊은 남자 둘이 앉아 있었고, 유리문 앞에는 차 안에서 사람들이 주문한 햄버거가 나오기를 기다리고 있었다. 아직 문을 열지 않은 맞은편 마트 앞 벤치에는 산책 나온 노인들이 앉아 있고 그들 앞으로 바람에 날리는 얇은 원피스를 입은 젊은 여자가 지나갔다. 노인들은 황홀한 표정으로 지나가는 여자들의 뒷모습을 바라보았다. 노인들 앞으로 핫팬츠를 입은 학생들과 긴 주름치마를 입은 중년 여인, 아기를 안은 홈 웨어 차림의 젊은 엄마와 굽이 낮은 샌들을 신고 느리게 걷는 할머니가 지나갔다. 여름 아침엔 모든 여자가 아침에 피어난 나팔꽃처럼 신선하고 희망에 차 있었다. 그에 비하면 남자들은 하나같이 퍽퍽하고 지쳐 보였다.

카푸치노를 마신 종이컵을 기울여 설탕이 묻은 마지막 우유 거품을 핥고 있을 때였다. 통유리 창 앞에 모터바이크를 탄 배달원 둘이 나타났다. 붉은색 유니폼을 입은 젊은 남자들은 모터바이크에 앉은 채 뭐라고 말을 주고받더니 나이가 조금 더 많아 보이는 남자가 발로 바닥을 밀며 좀더 다가가 붙어섰다. 그러자 어린 남자가 그에게 한 손을 내밀었다. 다가간 남자는 그의 손목을 잡고 손등과 손가락에 코를 갖다대어 하나하나 냄새를 맡았다. 그리고 놓기 싫은지 마지못해 손을 놓아주었다. 두 남자는 멋쩍은 듯 잠시 마주보고 웃었다. '그것 봐, 나지?' '난다.' 나는 그들의 입 모양으로 짧은 대화를 유추했다. 나이든 남자는 배달을 떠났고 어린 남자는 배달 통에서 동전 자루 두 개를 꺼내들고 가게로 들어왔다.

동전 냄새였을까? 은행에서 동전을 손으로 쓸어 담아 왔나? 나는 두 남자가 떠난 자리를 멍하니 바라보았다. 하지만 다섯 손가락에 하나하나 코를 대고 냄새를 맡는 건…… 그러면 어떤가. 괜찮지, 상관없지. 파푸아뉴기니, 파푸아뉴기니…… 그때 누군가 맞은편 의자에 와서 앉았다.

"여름이 지나가네요."

이젠 그가 좀 반가웠다.

"파푸아뉴기니."

"잘 지냈나요?"

"파푸아뉴기니."

오늘 아침에 엄마가 자기 장례식은 혼자 치를 거냐고 잔소리를 할 때부터 심상치 않았다. 내가 집을 나설 때 엄마는 계단까지 따라 나와 집요하게 행선지를 알아냈다.

"엄마와 통화한 거 맞죠?"

"파푸아뉴기니."

확실히 어떤 대답이나 해명보다 기분이 나았다.

"거기 전시관에 가볼까요?"

남자가 제안했다.

"그러죠. 폐해수욕장을 들렀다 가요."

그가 하얀 이를 드러내고 웃었다.

팔월의 마지막 일요일이고 날씨가 맑으니 입구에 박힌 운영 중단 팻말에도 불구하고 사람들이 해수욕을 하러 올 것이다. 노인들은 새 방파제 위를 걸어 등대에 가고, 젊은 남자들은 보트를 메고와 조정 면허 시험장에서 시험을 보고, 해변 둔덕에는 중년의 남녀가 돗자리를 깔고 라면을 끓일 것이다. 보신탕집에서는 뒷마당에 연기를 피워올리고, 해변의 소나무 아래에는 윗옷을 벗은 휴게소 주인 남자와 검은 개가 낮잠을 잘 것이다. 어린아이들은 해변의 게 구멍을 파며 게를 쫓아다니고 조금 큰 아이들은 튜브를 끼고 파도를 탈 것이다. 관절염이 있는 노파는 햇볕에 데워진 모래로 뜸질을 하겠지. 갈매기 두어 마리가 그 곁에서 고양이 소리를 내며 걸어다닐 것이다. 그리고 호야노래방 여자가 아직 숙취가 덜깬 얼굴로 뒤로 묶은 긴 머리카락을 말꼬리처럼 날리며 모터바이크를 타고 해변을 지나갈 것이다. 바다로 햇빛으로 바람으로, 소금같이 아지랑이같이 눈송이같이 하루하루 사라져가는 우리들, 누군가와 반짝 눈이 마주치면 삶과 마주한 듯 손을 흔들 것이다. 폐해수욕장은 세상과 동떨어진 진공의 행성 같은 곳이다. 바다가 있는 행성, 이를테면 파푸아뉴기니 행성.

굿바이 R

1.

    아침에 일어나 책상 앞의 오렌지색 커튼을 걷으면, 허공 높은 곳에 긴 가지를 펼치고 선 코코넛 나무가 보였다. 풍경이 달라질 리 없는데도 나는 잠에서 깨면 반신반의하는 마음으로 커튼을 걷었고, 코코넛 나무가 거기 있다는 사실에 매번 감동했다. 코코넛 나무는 내가 닿을 수 없는 상공의 기류를 타며 사오 미터는 될 법한 큰 잎사귀를 너울너울 흔들었는데, 그건 꼭 바다에서 몸을 뒤집는 고래를 볼 때의 느낌과 비슷했다. 고래나 코끼리 같은 거구의 생명체를 떠올리면 나는 이유를 알 수 없는 가슴의 통증과 그리움을 느꼈다.

"거기가 코코넛 나무의 원산지야. 그곳에선 코코넛 나무를 바라보는 게 최고의 관광이지."

몇 년 전에 U를 다녀간 지인의 말이었다. 지인의 말대로 코코넛 나무 관광은 질리지 않았다. 아니, 바라볼수록 오히려 더 빠져들었다. 전 세계적으로 해마다 상어에게 물려 죽는 사람보다 떨어진 코코넛에 맞아 죽는 사람이 열 배나 많다고 들었지만, 내가 지켜보는 동안 포유류의 젖가슴처럼 주렁주렁 매달린 코코넛들은 떨어지지 않았다. 가지의 높이와 껍질의 강도로 볼 때 떨어지는 코코넛에 머리를 맞는다면 뇌진탕이나 머리뼈 골절로 즉사하든지, 목숨을 구해도 식물인간이 되거나 최소한 전신 마비라는 경고가 공연한 과장은 아닐 것이다. 하지만 구름이나 지나가는 허공에 높이 솟은 코코넛 나무는 소문과 상관없이 평화롭기만 했다. 가지를 너울너울 흔드는 모습이 꼭 술이 치렁치렁 달린 거대한 솔로 하늘을 청소하는 것만 같았다.

코코넛 나무와 함께 아침마다 내 눈길을 끈 것은 도로 건너편에 서 있는 거대한 간판이었다. 살아서 꿈틀거리는 듯한 인니어 문자 아래에 가네샤 신상인 코끼리가 그려져 있고 그 아래에 'Ears of Heaven'이라고, 겨우 보일 만큼 작은 영자가 적혀 있었다. 천국의 귀라니, 수수께끼 같은 말이었다. 도무지 무슨 업종인지 짐작할 수 없었다. 간판 좌측은 작은 공터이고, 뒤쪽 계곡 가장자리엔 우물처럼 작은 지붕을 인 노천 사원이 있었다. 공터 뒤편으론 어린 코코넛 나무가 자로 잰 듯 일정한 간격을 두고 늘어선 완만한 내리막 진입로와 조경이 잘된 정원 전면부가 보였다. 시멘트로 포장된 넓고 긴 진입로의 규모로 보아 시야가 막힌 안쪽엔 호텔이나 공공 연수원이 있을 것만 같았다. 어떤 곳인지는 몰라도 안쪽 건물의 간판일 거라고 나는 막연히 짐작했다. 하지만 거기 무엇이 있다고 하기엔 공터와 진입로가 이상할 정도로 휑뎅그렁해서 아침마다 코코넛 나무에 푹 빠졌다가도 어느 순간 그 수수께끼 같은 간판에 눈길이 가닿곤 했다.

그날도 열한시를 조금 넘긴 시간에 양산을 쥐고 게스트하우스 일층 목공예 전시장의 통유리 벽과 면한 계단을 내려가다가 마당에서 내 것과 똑같은 트렁크와 마주쳤다. 메탈 느낌을 낸 은색 트렁크는 온라인 쇼핑몰에서 구입한 중국 제품이었다. 쇼핑몰에 들어가 사십 퍼센트 할인중인 그 트렁크를 고르고 결제하는 데 십분도 채 걸리지 않았다. 그런 트렁크는 세상 어디에서나 굴러다니겠지만 막상 마주치니 계단에서 발이 꼬일 정도로 당혹스러웠다. 로비엔 뇨만이 여자 손님과 마주앉아 있었다. 뇨만은 들고 있던 사진 몇 장을 테이블 위에 내려놓았다. 손님은 아치형 눈썹을 들어올리고 의심스러운 눈길로 뇨만의 반응을 살폈다. 뇨만은 의자를 뒤로 밀고 조금 물러났다. 이틀 전 네카미술관에서 만난 여자였다.

미술관 입구로 들어섰을 때 꽃이 폭포처럼 쏟아지고 있었다. 적막한 흙 마당 너머 중앙 출입구 쪽에 수령을 헤아릴 수 없이 오래된 부겐빌레아 고목이 넝쿨을 구불구불 꼬고 서 있었다. 꽃들은 물결 같은 넝쿨 가지를 타고 흐르며 바람에 날렸다. 미술관 안으로 들어갈 때까지만 해도 발걸음이 가벼웠었다. 로비에 있는 단도短刀 전시관에서 시간을 보내고 민화풍의 전통 미술 전시관을 도는 동안 갑작스럽게 장이 뭉치며 식은땀이 나더니 몸이 무거워졌다. 중정을 두고 본관과 여러 개의 별관으로 구성된 미술관은 생각보다 규모가 크고 전시실도 너무 많았다. 네카미술관이 자랑하는 현대 화가 전시관을 지나 간신히 지역 화가 전시관을 찾아 U의 대표 화가인 압둘 아지즈의 그림들을 본 뒤 출구를 찾아 빠져나가려 했지만, 문을 지나면 계속 다른 전시실로 이어졌다. 마치 겹겹의 방에 갇힌 것만 같았다. 하나같이 어둑한 사각형 철제 방범창을 감고 늘어진 넝쿨 잎 사이로 여린 햇빛이 새어드는 작은 방들이었다. 습관성 소화불량인데다 냉방장치가 없는 건물의 열기로 더위까지 먹은 것 같았다. 가방 무게를 줄이느라 빼놓고 온 생수가 몹시 아쉬웠다. 식은땀이 흐르고 의식이 혼미해질 무렵, 어느 방에서 빈 벽에 붙여놓은 나무 벤치를 발견하고는 앞뒤 가릴 새도 없이 드러누워버렸다.

기절한 듯 잠이 들었다가 누가 바닥을 뒤집는 느낌에 화들짝 놀라 깼을 때, 건너편 방의 창 앞에 웬 여자가 서 있었다. 역광이어서 처음엔 연둣빛이 흘러드는 창을 배경으로 선 상체의 실루엣만 보였다. 일어나려 했지만 가위눌린 듯 뜻대로 되지 않았다. 겨우 팔을 들어올리니 여자가 빠르게 다가왔다. 키가 컸다. "괜찮으세요?" 여자는 한국어로 말했다. "신경쓰지 말고 누워 있어요." 여자가 허리를 숙여 야위고 큰 손바닥을 보이며 저지했다. 여자가 나를 내려다보며 눈을 깜박일 때 이마 가운데 차가운 눈송이가 떨어진 것처럼 갑자기 정신이 맑아졌다. 어둑한데도 짙은 아치형 눈썹이 선명하게 보였다. "도와줄까요?" 나는 일어나 앉아 손을 저었다. "이제 나았어요." 여자가 가방에서 물병을 꺼내 말없이 벤치에 놓았다. 긴 머리카락을 한데 묶었고, 소매 없는 티셔츠와 긴 치마 차림이었다. 그녀가 몸을 돌리고 방을 나가는 동안 조리 끄는 소리가 조용히 울렸다. 물이 아직 차가웠다. 나는 물을 마시며 묵주를 세듯 여자의 발소리를 들었다.

그런 식으로 우연히 스친 타인이 눈앞에 다시 나타날 확률은 얼마나 될까. 다른 곳이라면 몰라도, 모든 여행자가 팰리스 거리와 데위시타 거리, 멍키포레스트 거리와 하노만 거리를 중심으로 주변을 빙빙 도는 U에서는 예삿일인지 모른다. 그보다는 내 것과 똑같은 트렁크가 더 신경쓰였다. 여자가 고개를 돌려 나를 보았다. 시선이 마주치자 각막에 눈송이가 닿은 것처럼 시큰했다. 알지도 못하는 여자의 시선이 왜 나를 슬프게 할까. 나는 인사할 순간을 놓쳤고, 여자는 자기 생각에 빠져 나를 못 알아본 듯했다.

도로 건너편의 대형 간판에 관해 물어보려던 참이었지만 상황이 심각해 보여 뇨만에게 눈인사만 하고 안쪽 정원으로 발길을 돌렸다. 기도에 쓰는 플루메리아 꽃나무로 둘러싸인 가족 사원에서 마데가 향을 피우고 차낭을 펼쳐놓는 중이었다. 그늘막엔 아무도 없고 풀장 가장자리도 하얗게 말라 있었다. 아침에 청소를 하고 물을 갈았는지 풀장이 말린 이불을 펼쳐둔 듯 바삭바삭해 보였다. 시간을 끌기 위해 목조 신상들이 장식된 정원 가장자리 길을 두 바퀴나 돌고 나갔지만 뇨만과 여자는 여전히 같은 자세로 대치하고 있었다. 마당 가운데 놓인 트렁크는 잊힌 것 같았다. 내가 로비 앞에 서자 뇨만과 여자가 동시에 나를 쳐다보았다. 내가 알은체 눈인사를 해도 여자는 무심하기만 했다. 햇볕에 탄 피부에 얼굴이 짧고 광대뼈가 나온데다 슬픔이 젤리처럼 엉긴 야윈 뺨, 찌푸린 미간과 강팍해 보이는 이마. 그 얼굴을 아름답다고 해야 할지 거북하다고 해야 할지 결정할 수 없었다. 그다지 눈에 띄는 점이라곤 없이 흰 피부에 밋밋하고 가늘고 엷게 생긴 나와는 달리 강한 인상인 건 확실했다. 정반대 스타일이지만 나는 그 여자를 조금 알 것 같았다.

그런 트렁크를 사는 여자들은 여행을 좋아하지 않는다. 도망치듯 갑자기 떠난 여자들이나 그런 트렁크를 들고 오는 법이다. 아니면 다급하게 누군가를 뒤쫓아왔거나. 여자가 갑자기 고개를 한 쪽으로 홱 젖히더니 손가락으로 귓바퀴를 쥐고 털었다. 뜻밖의 동작이었다.

2

아침부터 누런 햇볕이 요지부동으로 내리쬐고 도로엔 모터사이클과 자동차가 정체를 일으켰다. 계곡 뒤편 푸른 숲속에 불꽃나무 꽃이 번져 화르르 화염이 타는 듯했다. 매대에 물건을 펼쳐놓은 공예품 가게와 소형 가구 가게, 도자기 가게 들을 지나 다리를 건너고 아르마미술관 정문을 지나면 식당이 나타나기 시작했다. 삼거리에서 주유소 모퉁이를 돌자 백조 두 마리가 마주보는 벽화 중앙에 검은 정장을 입은 남자가 앉아 있었다. 전날과 같았다. 단정하게 이발하고 날렵하게 면도해 얼굴을 매끄럽게 다듬은 남자는 광택이 나는 검은 구두를 신고 군인처럼 바른 자세로 앉아 있었다. 피부색이 어둡고 얼굴 윤곽이 강한데다 온몸이 근육질이어서 햇빛마저 튕겨내는 것 같았다. 영화의 한 장면이 반복되는 것처럼 나는 나흘째 매일 그 장소에서 검은 정장을 입은 남자를 보았다. 내가 지나가자 그가 눈웃음을 지으며 속닥거렸다. "안녕, 택시 타세요, 택시……" 도롯가엔 이제 막 세차한 듯 번쩍거리는 검은색 고급 자동차가 주차돼 있었다. 나는 언젠가 그 택시를 타고 맹그로브 나무가 자라는 사누르 해변에 가는 상상을 했다.

바로 곁 나무 그늘에도 야위고 볼품없는 남자 둘이 길바닥에 쪼그리고 앉아 상냥한 웃음을 짓고 호객했다. "택시 타세요, 택시……" 구름 하나 없는 하늘과 누런 햇볕, 땅에서 반사되는 후끈한 열기로 체감온도는 벌써 사십 도였다. 어쩌다 부는 바람마저 체온보다 높은 열풍이었다. 커다란 흰색 양산을 쓰고 있었지만 소용없었다. 양산 안쪽에 고인 공기가 더운 김처럼 느껴졌다. 스페인 식당과 스시집을 지나갔다. 도로에는 비키니 차림의 금발 여자가 어깨가 빨갛게 탄 채 푸른색 망토를 뒤로 날리며 모터사이클을 타고 지나갔다. 소음과 매연으로 가득한 도롯가에서 거지 여자가 누런 천으로 꽁꽁 싼 아기를 안고 구걸하고 있었다. 이틀 전 밤에, 내가 먹다 남긴 피자를 포장해 가다가 건네주었던 그 여자인지는 알 수 없었다. 이제 막 관광버스에서 내린 중국인 관광객들이 붉은색 깃대를 든 가이드의 지시에 따라 줄을 서고 있었다.

도로 건너편의 그늘이 드리운 레스토랑 테라스에서 새하얀 셔츠를 입고 검은 선글라스를 낀 은발의 중년 남자가 에스프레소를 마시고 있었다. 커피잔을 앞에 두고 생각에 빠져 있거나, 도로를 오가는 행인을 무심히 살피거나, 브로슈어를 읽는 그런 유의 남자들은 어디서나 자주 보였다. 심지어 예전에 갔던 뉴델리나 암스테르담, 베니스에서도 같은 사람을 본 것만 같았다. 나는 눈앞에 나타난 호텔 레스토랑으로 들어갔다. 그저 즉흥적인 발길이었다. 콘크리트와 철제를 주로 쓴 넓고 심플한 공간이었다. 어디에도 신화적인 신상 같은 건 없었는데, U에선 드문 일이었다. 웨이터는 즉시 얼음 수건과 차가운 레몬 워터를 가져다주었다. 실망스럽게도 그곳은 안쪽의 호텔 로비와 연결되어 뒤쪽 정원으로 나가는 트인 공간이어서 냉방이 되지 않았다. 레몬 워터를 마셔도 좀처럼 몸에 찬 열기가 빠져나가지 않았다. 머그컵에 담겨온 커피는 기름진데다 불같이 뜨거워 혀를 데었다. 나는 물수건으로 이마의 땀을 닦아가며 끝까지 커피를 마시고 브런치 메뉴를 주문했다. 맞은편 테이블에 앉은 금발의 늙은 남자가 에스프레소에 적신 바닐라 아이스크림을 스푼으로 할짝할짝 떠먹으며 틈틈이 나를 빤히 쳐다보았다. 가까이 있는데도 헛것처럼 멀어 보이는 노인이었다. 이제 슬슬 근처에 있는 유명한 요가원을 찾아가야 하는데 요지부동의 햇볕을 뚫고 걸을 엄두가 나지 않았다. 지도에서 요가원을 확인하니 뇨만이 홈페이지에 올린 정보와 달리 그의 집에서 꽤 떨어져 있었다.

정오가 되었을 때 뇨만에게 연락을 했다. 그 시간에 걷다가는 쓰러질 것만 같았기 때문이었다. 뇨만은 바로 곁에서 지켜보기라도 한 것처럼 이내 모터사이클을 타고 나타났다. 내가 손짓했지만 뇨만은 레스토랑 안으로 들어오지 않고 거리의 나무 그늘로 가서 섰다.

"네가 올린 정보와 달리 요가원도, 식당이 있는 시내도 걸어다니기엔 너무 멀어."

나는 나무 그늘에 들어서면서부터 따졌다. 첫날부터 참아온 말이었다. 온라인 예약 사이트에서는 요가원이 걸어서 오 분 거리라고 소개했지만 실상은 이십여 분 거리였다.

"난, 여기서 식사했어? 여긴 너무 비싼 곳이야."

뇨만은 엉뚱한 소리를 했다.

"우리집 장기 손님들은 식사는 집에서 하고 요가원엔 모터사이클을 타고 다녀. 모터사이클로 오 분 거리지. 너도 그렇게 하는 편이 좋아. 내가 모터사이클 알아봐줄까?"

뇨만은 아름다운 눈을 반짝이며 뻔뻔하게 말했다. 나는 차마 네부엌에서 조리하는 음식은 먹을 수 없다는 말을 입에 올릴 수가 없었다. 게다가 나는 이륜차 운전에 일종의 공포증이 있었다.

"나는 모터사이클 안 몰아."

"요가원에 데려다줄까?"

나는 햇볕과 열기에 질려 얼굴을 찌푸렸다.

"집에 데려다줘."

나는 뇨만의 모터사이클 뒤에 올라앉아 그의 허리가 아닌 안장끝을 잡았다.

"난, 제대로 잡아야 해."

뇨만은 출발하지 않고 기다렸다. 나는 뇨만의 두툼한 허릿살을 쥐었다.

"난, 멍키포레스트에 데려다줄까?"

내가 대답 없이 뒤통수를 쏘아보고 있자 뇨만이 돌아보았다.

"집."

오 분도 걸리지 않아 집 앞에 도착했을 때, 뇨만은 미안한 표정을 지었다.

"요가원 때문에 화내지 마. 속인 게 아니고, 우리가 살아가는 방식이야. 그래야 손님이 오니까. 우린 열심히 살아. 돈을 벌어야 해. 달리 방법이 없어."

살기 위해 거짓말도 열심히 하는 게 자기들의 방식이라니, 억지 논리인데도 반박하기 어려웠다.

"요가원엔 내가 매일 태워줄 수 있어. 택시 반값에 해줄게."

그는 수입을 올릴 계산에 벌써 신이 난 것 같았다. 뇨만의 눈이 밤의 천공처럼 깨끗하고 순진하게 빛났다. 거짓말이나 하는데도 왜 그렇게 맑고 빛나는지 이유를 알 수 없었다.

"난, 제발 화 풀어. 사흘 뒤 보름달이 뜨는 날, 라이스 필드에 데려다줄게. 라이스 필드는 낮보다 밤이 더 아름다워. 그날은 완벽한 보름달이 뜰 거야. 별들도 밤하늘에 가득해. 그뒤엔 네가 편안하게 저녁을 먹을 근사한 와룽도 안내해줄게."

믿을 수 없는 인간이라고 속으로 욕하면서도 숨막히는 한낮의 더위에 지친 나머지 밤에 모터사이클을 타고 어디든 바람을 일으키며 달려가고 싶어졌다. 뇨만은 눈으로 동의를 구하며 다정하게 웃었다. 어처구니없도록 선량하고 상냥한 웃음이었다. 사진 한 장을 놓고 뇨만과 대치하고 있던 여자가 떠올랐다. 무슨 일인지는 몰라도, 그 여자는 뇨만이 맑은 눈과 순진한 웃음 속에 숨기고 있는 바닥 없는 진실을 따지고 있었을 것이다.

"그런데 내 테라스 간이 부엌의 가스레인지는 어떻게 되는 거야?"

곧 된다고, 된다고 한 지가 벌써 사흘째였다.

"고장나서 수리 맡겼는데, 기사 아내가 아기를 낳는 바람에 기사가 수리점을 닫고 처가로 가버렸어. 처가가 롬복인데, 언제 돌아올지 모르겠어. 나도 애로 사항이 많아."

가망이 없었다.

"집 근처에 편하게 식사할 데는 없어?"

뇨만은 고개를 저었다.

"우리집에서 해. 그게 제일 편하고 맛있고 싸."

가격이 싼 건 사실이었지만 나는 고개를 절레절레 저었다.

"왜?"

나는 뇨만에게 대답할 수 없었다. 그럴 때 차마 있는 그대로 말을 하지 못하는 건 미덕일까, 악덕일까. 단순히 예의를 지키기 위해 얼버무리는 나쁜 버릇일까, 혹은 인간에 대한 두려움일까. 할 말을 삼키는 것과 숨은 의미를 뒤늦게 알아채는 것, 이 두 가지는

194

내 인생의 근본적인 결함이자 모든 트러블의 원인이었다. 앞엣것은 일을 키우거나 엉뚱한 방향으로 흘러가게 해 대개는 일주일 안에 나에게 상처로 돌아오고, 뒤엣것은 손쓸 수 없이 시간이 흘러간 뒤에 비가역적인 운명이 되었다. 두 개의 어긋남 중 더 심각한건 당연히 뒤늦게 알아채는 아둔함이었다. 이르면 한 시간 뒤나일주일 뒤에, 늦으면 삼 년이 걸리기도 했지만, 어떤 일은 십 년이흘러서야 알아챈 적도 있었다. 내 인생에선 늘 그랬다. 그래서 삶은 늘 어긋나고 미끄러지고 뒤엉켰다.

최후의 순간까지 내가 입안에 물고 갈 말과 마지막 순간에야 알아챌 어떤 진실이 내 인생에 숨어 있을 것을 생각하면 두피가 싸늘하게 식곤 했다. 그건 두려움과는 다른, 자신과 생 자체에 대한좌절이고, 완전히 좌절한 뒤에야 눈을 뜰 외경심이었다.

3

공항 입국장으로 나왔을 때는 자정을 넘긴 시간이었다. 분리대너머에서 내 이름이 서툴게 적힌 팻말을 발견하고 그들을 만났을때, 한 사람이 아니라 두 사람이나 픽업 나온 것이 의아했다. 땀으로 번들거리는 두 남자는 종일 연탄을 나르다 온 듯 검고 지친 몰골이었다. 조금 살집이 있는 남자가 자신이 집주인 뇨만이라고 인사했다. 뇨만은 나의 이름을 두 번 확인했다. 나는 '란'으로 불러 달라고 당부했다. "난, 난, 맞아요?" R 발음에 가깝다고 몇 번 강조했지만 소용없었다. 그것이 뇨만의 최선인 것 같았고 굳이 교정해주기엔 너무 피곤했다.

뇨만의 첫인상은 집주인 같지 않았다. 그렇다고 놈팡이 같거나 누군가의 지시를 받는 잡역부로 보이지도 않았다. 이름조차 소개하지 않은 남자는 몹시 야위었다. 둘 다 눈이 퀭했는데 가까이서 보니 크고 검은 눈동자 안에서 성에 가루가 하얗게 부서지는 듯했다. 한밤중에 픽업하러 나오기엔 쓸모없이 사치스러운 눈이라는 생뚱맞은 생각을 했었다.

뇨만이 뭐라고 지시를 하고 야윈 남자가 말없이 운전했다. 건물이 밀집한 도심의 넓은 도로를 벗어나자 이내 눈앞이 캄캄해졌다. 보이는 것이라곤 라이트에 비치며 지나가는 나무와 키 큰 잡풀의 조각들, 그리고 어둠 속의 공허뿐이었다. 타이어를 통해 길바닥의 질감이 이상할 만큼 샅샅이 느껴졌다. 모래알과 잔돌 하나까지도. 핸들링도 마찬가지였다. 우회전이나 좌회전 할 때면 몸이 획획 기울어졌다. 관광 안내 책자에서는 공항에서 U까지 자동차로 사십 분 거리라고 했고 뇨만은 한 시간 거리라고 했지만, 내 느낌에는 헛되이 달리기만 할 뿐 어디에도 가닿을 것 같지 않았다. 뇨만이 갑작스럽게 차창들을 열었다. 더운 밤바람이 휘몰아치며 머리카락을 날렸다. 먼지와 매연 냄새가 짙게 나서 저절로 눈이 감겼다.

뇨만은 이것이 새로운 현실이라는 듯이 카 오디오를 틀고 볼륨을 한껏 높였다. 오디오에선 딥퍼플의 〈Smoke on the Water〉가 흘러나왔다.

캔자스의 〈Dust in the Wind〉가 나올 때 뇨만은 뒷좌석에 앉은 내게로 고개를 돌리고 그 노래들을 아는지 큰 소리로 물었다. 어둠 속에서 두 눈이 별빛처럼 반짝거렸다. 공연히 오래된 기억을 자극하는 뇨만에게 짜증이 치미는데도 그 눈 속의 빛과 기이한 깊이에 홀렸다. 그때 나는 순수함과 교활함이 절대적인 균형을 이루어 영靈으로 환원되는 교묘한 지점을 포착했는지 모른다. 먼지처럼 낡아버린 노래야, 라고 나는 대답했다. 스무 살 시절에는 신비로운 노래였지만 그 노래의 가사처럼, 이젠 오래된 노래란 것도 무한한 바다의 한 방울 물일 뿐이었다. '대지와 하늘 외에 영원한 것은 없습니다. (……) 모든 것은 바람 속의 먼지일 뿐입니다.' 뇨만은 그것 역시 좋은 의견이라는 듯 고개를 끄덕였다. 레너드 코언의 〈Suzanne〉이 흘렀다. 뇨만은 그 오래된 노래들을 매개로 계속 말을 걸었다. 아마도 낯선 손님과 첫 대화의 문을 여는 영업 방식 같았다. 그는 온갖 나라에서 온 온갖 손님을 픽업하는 차 안에서 그런 식으로 말의 물꼬를 트는 것이다. 성별과 나이에 관계없이, 어디서 태어나 어떻게 살았든 누구나 어느 한 시기쯤은 그런 오래된 팝송과 감정적 동행을 했을 테니까. 나 역시 그랬다.

오래된 팝송이 계속 흐르자 뱃속에서 소화되지 않은 항생제 냄새가 역류하는 것처럼 거북한 뒤틀림이 일어났다. U에서의 내 여행도 결국 그런 낡고 관습적인 영업 방식 위에서 전개될 게 뻔했다. 하지만 상관없었다. 나는 뇨만이 '난'을 부르며 걸어오는 말에 흐린 의식으로 짤막짤막 응수하다가 깜박 졸기도 했다. 여기 있는 동안 '난'이면 어떻고 '란'이면 어떤가. 나는 이곳과 저곳 사이, 현실과 비현실 사이에서 잠에 취한 채 누구도 될 수 있는 가능성과 그럼에도 나일 수밖에 없는 한계 사이에서 흔들렸다. 차 안엔 다시 〈Dust in the Wind〉가 흐르고 있었다.

4

꿈속에서 눈먼 여자가 방에 들어와 나를 찾고 있었다. 그녀는 나를 코앞에 두고 양팔을 뻗어 사방으로 더듬었다. 나는 넙치처럼 납작하게 벽에 등을 붙여 눈먼 여자를 따돌리고 옆방으로 빠져나갔다. 옆방엔 병든 남자가 나무 침대에 누워 있었다. 키가 몹시 크고 얼굴이 검었다. 사람들이 그가 나를 기다렸다고 설명했지만 나는 손바닥으로 눈을 가리고 돌아섰다. "저이는 나를 보고 싶어하지 않아요." 나는 그렇게 하기로 되어 있다는 듯, 죽어가는 남자에게 앙심을 품고 표독하게 대꾸했다. "그는 나를 버리고 떠났어요." 하지만 그 남자는 내가 모르는 남자였다. 그런데도 내 안의 미움은 심장이 찢기는 듯 생생했다. 꿈속에서 나는 진심으로 그 남자를 미워했지만, 그것은 나의 마음이 아니었다. R의 마음이었다.

R은 그 남자를 의자에 묶고 파리채로 얼굴을 때리며 죄를 묻고 싶어했다. 미움이란 그런 것이라고 고백한 R은 이 년 전에 쓰다가 중단했던 내 소설의 주인공이었다. 처음엔 잘 안다고 생각했지만, 쓰면 쓸수록 나는 R을 이해할 수 없었고, 점점 더 모르게 되었다. 이런 사람인가 하면 변검 기예라도 하듯 이내 다른 모습으로 변했다. 내가 잡으려 하면 R은 달아나고, 내가 포기하면 집요하게 따라왔다.

"당신은 길을 잃었어요." 어느 모임 자리에서 맞은편에 앉은 소설가 Y가, 턱에 뭐가 묻었어요, 하는 태도로 말했다. 나에게 한 말이라는 사실을 뒤늦게 알아차린 나는 동요를 감추고 되물었다. "무슨 뜻이에요?" "작가들에게 흔한 증상이죠. 자신이 만든 인물 속에서 제때 빠져나오지 못하면 갇혀요. 나도 그런 적이 있어요." 나는 부인하지 못하고 잇새에서 솟는 신물을 삼켰다. "깜박하고 시기를 놓치면 그렇게 되는 거예요. 한 작품이 끝나면 현실로 돌아오기 위해 보약을 먹어서라도 기운을 보강해야 해요. 개중에는 곧바로 다음 작품으로 건너가기도 하고, 여행을 가기도 하고, 정신과 상담을 받기도 하고, 연일 술을 퍼마시기도 하고, 새로운 연애를 하기도 하잖아요. 그러다가 그만 돌아오지 않는 여행자가 되어버리기도 하고, 불면증 약과 우울증 약을 번갈아 타 먹는 신경증 환자가 되기도 하지요. 운이 나쁘면 더는 못 쓰게 되기도 하고요. 하긴 제가 판 구덩이에 빠져 중언부언할 바에야 차라리 못 쓰는 편이 더 낫지요." 그런 식이라면 나는 소설을 끝낸 후 보약을 먹거나, 여행을 하거나, 정신과 상담을 받거나, 술을 퍼마시거나, 새로운 연애를 하는 등등의 수고를 들이지 않았으니 내 소설의 인물들을 뱀 꼬리처럼 길게 달고 다니는 형상일 것이다. "소설을 쓰다가 접으면 그 인물은 어떻게 되죠?" "당신은 그 인물의 무덤이 되는 거죠. 그 인물은 당신의 무덤이 되고요. 그러면 둘 다 죽는 거예요. 허구의 인물과 당신." 곁에 앉은 소설가가 그의 팔을 툭 치며 저지했다. "취했어?" 그는 Y를 일으켜 데리고 나갔다. 옆에 앉아 있던 출판사 사장이 내려놓은 내 잔에 잔을 부딪치고 술을 마셨다. "신경쓰지 마세요." 나는 술잔을 잡으려다 그만두었다. "오래된 작가는 행간에 서식하는 유령이에요." "행간에 서식하는 유령요?" 사장이 되물었다. "읽거나 쓰거나, 아니면 서성대거나. 작가가 실제로 사는 곳은 행간이죠. 그곳은 세상과는 다른 곳이에요. 나도 그렇고 Y도 그렇고, 우린 그런 곳에 살아요." 그는 수긍한다는 듯이 천천히 고개를 끄덕였다. "지난해에 소설을 쓰다가 접었는데, 그 인물이 내 안에 똬리를 틀고 살아요. 내 잠 속에서 꿈을 꾸어요. 심지어 내 안에서 생각하고 느끼고요. 내가 저인 듯이, 제가 나인 듯이요." 그가 뒤로 약간 물러앉았다. "그게 작가님이 쓰다 만 소설의 주인공이라고요?" "맞아요. R이지요." 그가 반신반의하는 얼굴로 나를 살피더니 중얼거렸다. "R이라…… 그러면 R을 작가님 밖으로 내보낼 방법을 찾아야겠네요." "맞아요. 내보낼 방법, 그게 문제죠." "제가 아는 정신과 의사를 소개해줄까요?" "의사라면 벌써 만나봤어요. 그리고 의사는 R을 몰라요." "물론 R에 대해서라면 작가님이 가장 잘 알겠지요. 이건 작가님의 문제니까." "아니에요. 이건 R의 문제예요." 그가 어리둥절한 눈으로 나를 쳐다보았다. "하지만 R은 작가님 속에서……?" 나는 고개를 끄덕였다. "그렇죠." 그도 고개를 끄덕였다. "그래서 어렵군요." 우리가 고개를 끄덕였던 그때 나는 출판사 사장이 하는 말을 이해했고 그도 나를 이해했으며, 나는 뭔가를 확연히 아는 기분이었다. 그도 그랬을 것이다. 하지만 다음날 눈을 떴을 때 그 뭔가는 거기 없었다. 사장이 줄인 뒷말이 무엇이었을까. 또 내가 알았던 내용이 무엇이었을까. 둘 사이에 일어난 공감의 내용을 기억해내려 애썼지만 헛수고였다. U로 출발하던 날 탑승자 대기실에서 그에게 전화했다.

나는 대화의 실마리를 찾지 못하고 겉돌았고, 그런 장소에선 누구나 시간이 남아돈다는 걸 아는 사장은 이런저런 잡담을 했다. 그는 내가 오래전에 낸 소설의 개정판을 내기 위해 원고를 기다리고 있었다. 그저 술술 읽고 거슬리는 부분만 찾아내 수정하면 될 일이었다. 그보다 쉬운 작업은 없는데도 도무지 글자가 눈에 들어오지 않았다. 내 시선은 계류장에서 활주로 쪽으로 천천히 이동하는 비행기의 거대한 동체를 좇고 있었다. 스낵바 쪽에서 구운 소시지 냄새와 함께 신선한 커피 향이 흘러나왔다.

"이누이트족이 늑대를 어떻게 잡는지 아세요?"

사장이 불쑥 물었다.

"북극에도 늑대가 있나요?"

"당연하죠."

"음."

나는 이누이트와 늑대를 연결 짓느라 별 뜻 없이 추임새를 넣었다.

"눈 덮인 인가에 밤마다 굶주린 늑대가 와서 가축을 물어가요. 밤마다 꼬박 눈을 뜨고 지킬 수도 없고요."

"음."

"그들은 칼을 잘 갈아 피를 묻힌 뒤 집 앞에 거꾸로 꽂아요. 피 냄새를 맡은 굶주린 늑대는 칼날을 핥지요. 점점 피맛에 취해 제 피가 묻는 줄 모르고 계속 핥아요. 제 혀가 잘리는 줄도 모르고 눈 위에 핏방울을 뚝뚝 흘리면서요."

"아침에 일어나면 혀 없는 늑대가 죽어 있나요?"

"잘 다녀오세요."

사장은 인사로 대답을 대신했다.

나도 이누이트들처럼 내 피를 묻힌 칼을 거꾸로 꽂아야 할 것 같았다. 아마도 꿈의 입구에.

5

아침에 방에서 나갈 때면 덥고 습한 바깥 공기가 젖은 천처럼 얼굴에 들러붙으며, 그 더운 공기와 차가운 피부 틈으로 달콤하고 묵직한 꽃향기가 밀려들었다. 꽃향기는 비강이 아니라 모공을 열며 체액 속으로 스며드는 것 같았다. 코망은 야외 식당과 맞은편 개방 복도를 돌며 비질하고 있었다. 그애는 내 방과 욕실 청소 담당이기도 했다. 나는 부엌에서 물을 끓인 주전자를 들고 와 테라스 식탁에서 드립 백을 내렸다. 양은 주전자는 너무 컸고 바닥이 검게 그을었지만 그나마 부엌에서 간신히 건진 유용한 물건이었다. 물론 사용 후엔 곧 제자리로 돌려놔야 했다. 커피 향이 번지자 벌써 카페인 금단현상이 해소되는 듯했다. 맞은편 방에 머무는 스웨덴 여자가 연두색 비키니 차림으로 나와 코망과 내게 눈인사를 하고 야외 식당의 냉장고에 보관한 열대과일 봉지에서 람부탄 몇 개와 파파야를 꺼냈다. 여자는 코끝과 어깨만 빨갛게 타 있었다. 스웨덴 여자가 제 방으로 들어간 뒤 삼층에 들어온 여자가 셔츠와 헐렁한 바지 차림으로 내려왔다. 나와 똑같은 트렁크를 끌고 온 여자였다.

잠에서 깬 아침의 얼굴은 한결 무심해 보이고 이마와 광대뼈의 윤곽도 부드러웠다. 그녀와 나는 이심전심인 듯 말없이 인사를 나누었다. 네카미술관, 네, 네, 하는 식이었다. 나는 그녀가 손에 쥔 유리잔과 커피 봉지에 시선을 던지며 고개를 갸웃했다. 부정적인 복선을 주었지만 그녀는 야외 식당을 지나 부엌 쪽으로 살금살금 들어갔다. 그리고 내가 예상한 그대로, 쥐라도 본 듯이 도로 튀어 나왔다. 창고 안쪽에 있는 부엌은 부엌이라기엔 일단 너무 좁았다. 벽과 가스레인지엔 기름때가 덕지덕지 껴 있고 싱크대 속엔 물에 불은 밥알과 채소 쓰레기가 쌓인데다 때 낀 플라스틱 건조대에 있는 몇 안 되는 접시와 그릇들은 도자기든 플라스틱이든 모두 테두리가 변색돼 있었다. 그리고 칠 년은 썼을 것 같은 기름때 덮인 프라이팬과 양은 냄비, 주전자 하나씩이 부엌살림의 전부였다.

게스트하우스의 외관에 비해 경악스러울 만큼 초라하고 불결한 부엌이었다. 눈 가리고 아웅 하는 뇨만의 속사정이 가늠되기도 했고 살림하는 여자들의 형편없는 지위에도 생각이 미치다가, U에서는 더위 탓에 음식은 거의 조리하지 않고 사다 먹는 건 아닌가 하는 생각도 해보았다. 하지만 이 집의 주인 여자 마데는 바로 그 부엌에서 손님들이 주문한 음식을 내줄 뿐 아니라, 자기 가족의 세 끼 식사와 목공예 작업장에서 일하는 인부들의 점심까지 매일 만들어냈다. 음식 종류는 단 두 가지였다. 나시고렝과 나시참푸르. 손님이 주문할 수 있는 메뉴도 그게 다였다. 아마도 어둠이 채 가시지 않은 새벽에 장을 봐 와 지붕에 열기가 닿기 전인 이른 아침에 요리를 끝내는 모양이었다. 부엌 앞 선반엔 방충망에 덮인 음식 쟁반들이 뷔페식으로 차려져 있었다. 점심때가 되면 인부들은 자기 접시에 볶음밥이나 국수, 조린 닭고기와 구운 닭꼬치, 채소 볶음과 쌀과자를 담아 야외 식당에서 먹었다.

"다른 부엌이 있나요?"

나는 고개를 저었다. 온라인상의 숙소 정보에는 부엌 사진 같은 건 실려 있지 않았다. 더구나 그녀나 나처럼 다급하게 중국제 트렁크를 사 끌고 온 부주의한 사람들은 자세하게 검색하지도 않는다. 테라스에 딸린 초록색 목재 조리대와 소형 냉장고를 보고 간이 부엌이 쓸 만할 거라고 짐작한 건 순전히 나의 착각이었다.

"근처에 커피 마실 데가 있나요?"

"아르마미술관의 레스토랑이 가장 가까워요."

"깨자마자 마시는 게 습관이라……"

그녀가 중얼거렸다. 첫 커피란 대개 그렇다. 커피를 마시며 잠시 멍하니 있는 건 잠을 깨우는 작은 의식이자 하루를 위한 명상이니까.

"어떻게 흔한 전기 포트도 하나 없을까요."

그녀가 탄식했다.

"여기선 꽤 고가일걸요."

여자가 테라스의 간이 부엌을 눈으로 훑어보았다.

"근사해 보이는데, 이동용 버너 같은 것도 없나요?"

나는 고개를 저었다. 수리점에 맡겼는데 수리 기사의 처가 아기를 낳아 처가가 있는 롬복섬으로 가서 돌아오지 않는다는 말은 하지 않았다. 거짓말일 확률이 구십 퍼센트 이상이었다. 내가 이 집을 떠날 때까지 수리 기사는 롬복에서 돌아오지 않을 것이다. 여자는 야외 식당의 기둥 앞에 놓인 도자기 주전자를 흘깃 보더니 긴 한숨을 쉬었다. 아마도 컵 속에 커피 가루가 두텁게 가라앉는 발리식 커피맛을 이미 본 모양이었다. 미지근하고 맹한 맛, 기묘하게도 마음이 상하고 자괴감이 드는 맛이었다. 나는 양은 주전자를 들어 내밀었다. 여자가 망설이듯 느릿느릿 다가와 섰다.

"진짜 이거뿐이에요?"

그렇다고 하자 여자는 주전자를 받아 마지못한 걸음으로 부엌에 들어갔다. 나는 커피를 마지막 한 방울까지 핥아 마시며 트렁크에 담아온 밑반찬들과 라면을 어떻게 해야 할지 궁리했다. 부엌을 떠올리면 햇반 하나도 데울 의욕이 없었지만 갑작스럽게 흰쌀밥과 맵게 양념한 깻잎이 몹시 당겼다. 깻잎은 소형 냉장고 안에서 알싸하게 맛이 드는 중이었다.

6

뇨만의 모터사이클은 바람을 일으키며 밤이 내리는 공예 거리를 달려갔다. 채색 목공예 가구와 돌로 조각한 신상들이 쌓인 큰 상점들 사이에서 유리와 구슬로 엮은 주렴, 색색의 크고 작은 드림캐처와 실로 짠 태피스트리 들이 전등빛에 반짝이며 저녁 바람에 날렸다. 가방과 액세서리와 목공 인형 등 상점마다 도로로 내놓은 매대에 물건이 쌓여 있었는데, 침침한 상점 안쪽에도 물건들은 벽면을 천장까지 채우고도 모자라 바닥까지 흘러내리며 재여 있었다. 그런데도 주인들은 물건들이 어디에 있는지 다 꿰고 있어, 소매상들이 주문서를 내밀자마자 겨우 발 디딜 틈만 남아 있는 바닥에서 껑충껑충 뛰며 척척 꺼내놓을 것이다.

양편에 상점들이 밀집해 있는 공예 거리를 통과하자 삽시간에 밤이 온 듯 길바닥이 캄캄했다. 작은 마을들 몇 개를 지나고 불 켜진 펜션들이 뜨문뜨문 나타나는 좁은 들길을 지난 뒤론 산속으로 들어섰는지 한동안 순수한 어둠뿐이었다. 꼬불꼬불한 좁은 숲길을 지날 때는 이따금 멀리 있는 농가의 불빛들이 반딧불이처럼 나타났다가 사라졌다. 모터사이클은 라이트 불빛 하나에 의지해 완만한 오르막길을 계속 달려갔다. 두 갈래 길이 나타났을 때 뇨만은 모터사이클을 세우고 침침한 불이 켜진 작은 상점에 들어가더니 플라스틱통에 든 휘발유를 샀다. 뇨만은 상점 주인과도, 그 앞 벤치에서 술을 마시고 있던 두 남자와도 잘 아는 사이인 듯 컴컴한 어둠 속에서 대화를 나누며 기름을 채워넣었다. 나로선 분간할 수 없는 검은 형체들이었다. 그사이에 나는 점원에게 기름값을 지불했다. 뇨만의 모터사이클은 이제 더 좁은 들길로, 먹 같은 어둠을 헤집고 달렸다. 모터사이클의 라이트에 비친 좁은 시야는 온통 라이스 필드였다. 밤안개가 흰 띠처럼 낮게 떠 있는 라이스 필드의 사잇길을 달려 좀더 높은 지대의 빈터에서 모터사이클은 멈추었다. 모터사이클 소음이 멎자 농밀한 정적이 에워싸며 풀벌레 울음소리와 얕은 개울물 흐르는 소리, 그리고 비릿한 들판 냄새가 한꺼번에 몰려왔다.

"저기 봐."

뇨만이 자랑스럽게 손짓했다. 보름달이 지구를 침범한 외계 행성처럼 바짝 다가와 있었다. 너무 가깝고 투명해서 표면의 굴곡과 지형, 달의 바다라는 넓은 그늘이 다 선명하게 보일 정도였다.

"어느 시인은 이곳을 별의 창고라고 했어. 정말 휘황찬란하지?"

멀고 가까운 별이 모두 한꺼번에 뜬 듯 밤하늘이 백광으로 뒤덮여 있었다. 세상의 모든 밤하늘을 다 합친 것 같은 밤하늘, 혹은 세상의 모든 밤하늘을 낳는 어머니 밤하늘 같았다. 가만히 보고 있으니, 밤하늘을 감싸고 흐르는 흰 은하수와 몇 개의 별자리가 구분되어 보였다. 큰 별들은 얼마나 힘이 센지 서로 어깨를 밀쳐 떨어뜨릴 것같이 팽팽하게 빛났다. 그 자리에선 하늘로 끌려올라가는 휴거도 가능할 것만 같아서 가끔 사람들이 실종된다고 해도 믿을 듯했다.

"여긴 우리집에 든 손님에게만 특별히 안내하는 장소야. 관광지가 아니고 로컬 사람들만 아는 비밀 장소거든."

작은 모터사이클 뒷자리에 성인 여자를 태운 채 좁고 가파르고 먼 밤길을 한 시간여나 달려서 데려다주었으니 뇨만은 내게 제대로 사과한 셈이었다. 이런 밤하늘이 덤이라면 그 방에 대한 정보가 대부분 틀리다고 해도, 심지어 뇨만이 앞으로도 나를 계속 속인다 해도 봐주고 싶어졌다.

"이 근처는 유명한 영화를 촬영한 장소기도 해. 자전거를 타고 가던 여주인공이 갑자기 달려온 자동차를 피하다 넘어진 장소 알지? 남자와 여자가 처음 만나는 장면이지. 여자들은 그 영화를 보고 U를 찾아와. 너도 그 영화 봤겠지?"

뇨만은 잊을 만하면 자신의 관습적인 영업 방식을 들이대서 산통을 깼다.

"U에 오는 여자들은 같은 경험을 하고 싶어해. 서양 여자든 동양 여자든 마찬가지야."

"난 관심 없어."

뇨만은 믿지 않는 것 같았다.

"영화를 보고 호기심어린 꿈을 꾸기엔 나이가 많아."

다행히 뇨만은 그렇게 보이지 않는다는 식의 너스레는 떨지 않왔다.

"난, 그러면 너는 왜 여행을 온 거야?"

꼭 대답해야 할 질문은 아니었지만 나는 잠시 망설였다.

"고래 때문이야."

말하고 보니 그럴듯했다. 어느 날 텔레비전 뉴스를 보며 저녁
을 먹다가 숟가락을 놓고 말았다. 삶의 불의와 환멸이 너무 선명
한 한순간이었다. 해변에 떠밀려온 죽은 고래의 뱃속에서 겹겹이
눌린 폐비닐이 끝도 없이 나오고 있었다. 그중에는 내가 쓰고 버
린 검은 비닐봉지와 일회용 비닐장갑들도 있을 것이었다. 이제 일
회용 비닐장갑은 주유소의 셀프 주유기 앞에도 둥근 고리에 두루
마리 휴지처럼 가득 꿰여 있었다. 일 분도 채 쓰이지 않고 버려질
영원한 쓰레기이자 고래를 살해할 도구 앞에서 불의에 몸을 떨었
지만, 결국 대상 없는 분노이고 공범자의 환멸일 뿐이었다. 텔레
비전 화면엔 어느 시의 쓰레기 처리장에 사흘마다 다시 생긴다는
플라스틱 쓰레기 산이 비쳤다. 실로 어마어마한 양이었다. 바다의
고래가 무사하지 못하다면 사람도 무사할 수 없다. 땅의 꽃도, 무
와 배추도, 감자와 양파도, 새와 아이들의 뱃속도 무사하지 못할
것이었다.

"고래 때문이라고?"

뇨만이 불쑥 한국어를 했다. 뇨만의 얼굴은 밤에 가려져 거의
보이지 않았다. 내 얼굴도 그랬을 것이다.

"뭐야? 한국어 해요?"

내가 따지자 뇨만도 항의했다.

"그러니까, 왜 그따위 엉터리 대답을 하는 거예요?"

"그동안 완전히 속았네요."

내가 입을 닫아버리자 뇨만은 우물쭈물 털어놓았다.

"실은 한국에, 한국과 인연이 있어요."

어처구니가 없었다.

"난 가족을 위해 한국에 갔어요. 부산과 안산 공단에서 칠 년
동안 일했어요. 2002년 테러 알아요?"

나로선 알 수 없는 일이었다. 뇨만은 나의 무관심에 실망하는
것 같았다.

"쿠타 해변 나이트클럽에서 끔찍한 테러가 일어났어요. 이백
명이 넘게 죽었어요. 우리 가족이 펠리스 근처에 게스트하우스를
막 차렸을 때였어요. 그때 관광객이 뚝 끊겼고요. 집세가 밀려서
빚이 산처럼 커졌어요."

그의 한국어는 발음은 어눌하지만 문장은 꽤 정확하고 어휘도
풍부했다.

"한국에서 칠 년 동안 번 돈으로 빚을 갚고 가족을 구했어요.
일만 해서 힘들었지만, 한국에 늘 감사해요. 한국 밥 좋아해요. 국
과 나물, 김치찌개와 돼지갈비, 라면과 짜장면, 엄청 좋아해요. 명
절에 먹은 모둠전과 떡국도요. 그리운 음식. 내 이십대를 한국에

서 다 보냈어요. 건강이 상했고 갑자기 늙었지만, 그때 번 돈으로
빚을 갚고 공예 거리에 새 게스트하우스를 열었어요. 한국어를 한
다고 알리지 않아도 우리집엔 한국인 여행자가 많이 들어요. 그거
신기한 일이에요. 덕분에 집을 계속 넓힐 수 있었고요. 오 년 전만
해도 여기엔 한국어 하는 발리인이 거의 없었어요. 지금 U의 젊은
이들은 한국어 많이 배워요. 좋은 기회가 생기길 꿈꾸어요."

"그런데 왜 숨겼어요?"

"그렇게 말하면 공평하지 않아요. 관광객들도 자신을 숨기잖아
요. 나는 집과 온 가족을 다 보여주는데, 고래 때문에 여행을 왔다
는 식으로 대답하고요. 누구나 숨기고 싶은 건 숨겨요. 나도 그럴
자유가 있고요."

옳은 논리여서 달리 할말이 없었다.

"사실을 말하면, 어떤 한국인들은 내가 한국어 하는 걸 좋아하
지 않아요. 모든 것을 떠나 멀리 여행 왔으니까요. 한국어로 혼자
짜증내고 욕해도 난 못 듣는 척하죠. 그 사람들이 헤매는 거나, 날
마다 온갖 실수를 해도 구경이나 하면서요."

"헤매든 말든, 어리석은 짓을 하든 말든 내버려두고 구경한다
고요?"

"그걸 보는 게 우리의 재밋거리죠."

"맙소사."

"처음엔 안 그랬어요. 하지만 이 일을 오래하다보니까, 그게 그

사람들의 여행이란 걸 알게 되었어요."

뇨만은 영업 비밀이라도 누설하듯 음성을 낮추어 속닥거렸다.

"위험한 주인이네요."

"낫 댄저러스."

뇨만은 대답이 부족했는지 영어로 덧붙였다.

"네가 안전한 손님이면, 나도 안전한 주인이야. 좋은 건 좋은 것을 부르고, 나쁜 건 나쁜 것을 부르거든. 난 물질의 법칙을 믿어. 그리고 너도 내게 진실을 말하진 않아."

경고를 받자 조금 불쾌해졌다. 뇨만은 손님에 따라 상대적인 주인이고, 손님이 헤매는 걸 재밌거리로 여기는 현지인이었다. 헤매고 어리석은 짓을 하는 게 손님들의 여행이라니, 그걸 구경하는 게 재밌거리라니, 고약했다.

뇨만이 안내한 식당으로 들어섰을 때는 아직 비가 오지 않았다. 침침한 정원을 지나자 붉은 천을 둘러 처마를 장식하고 중앙에 화려한 상들리에를 늘어뜨린 야외 공간이 나타났다. 사면이 열린 화려한 행사장에는 옷을 잘 차려입은 사람들이 둥글게 모여 앉아 있었고, 머리카락이 하얗게 센 남자가 그 앞에서 시 낭송을 하고 있었다. U의 거리나 상점, 관광지에선 볼 수 없었던 지역 인사와 문화인, 상류층 사람 들이었다. 나는 그 앞을 지나 좁은 개울에 난 다리를 건너다 멈춰 서서 발리어로 우렁차게 낭송하는 시의 일부를 들었다. 뇨만이 인심 쓰듯 한 구절 통역해주었다.

"하늘이 내린 상처, 의미로 봉합된 배꼽."

"무슨 뜻인지 알아?"

내가 묻자 뇨만은 자리를 찾아 두리번거리며 건성으로 대답했다.

"배꼽을 함부로 건드리지 말라?"

나는 덤덤하게 동의했다. 뇨만은 연못 가운데 자리한 테라스의 테이블에 앉았다. 테라스의 전면은 끝이 보이지 않는 라이스 필드였다. 그 식당의 대표 메뉴인 바비큐 립을 시켰지만, 사방에서 올라오는 물비린내가 너무 짙어 음식을 먹기 거북할 정도였다. 빗방울이 떨어지면서 물비린내는 더욱 심해졌다. 뇨만이 왕성하게 먹는 동안 나는 입맛을 잃어갔다. 식사가 끝날 무렵엔 번개가 허공을 발기발기 찢듯이 하얀 섬광을 일으키더니 뒤이어 천둥이 쳤다. 암흑의 구름층 위에서 쇳덩이들이 연쇄 충돌하는 듯한 굉음이 이어졌다. 굉음이 점점 커져 고막을 때리고 머리까지 울리는 바람에 귀를 막아야 할 정도였다. 뇨만이 나를 걱정스럽게 쳐다보았다. 곧 비가 마치 수문을 연 듯 쏟아졌다. 시 낭송회에 참석한 사람들은 사면에 들이치는 비를 피해 그 옆의 식당 안으로 자리를 옮겼다. 쉽사리 그칠 것 같지 않은 비였다.

"내겐 한국인 빅 보스도 있어."

뇨만은 영어로 말했다. 비가 그칠 때까지 무슨 이야기든 하며 시간을 보내기로 작정한 모양이었다.

214

"나는 그의 주문을 받아 조각상을 제작해서 보내. 그는 일 년에 두어 번 방문하는데 길게는 삼 개월씩 내 집에 와서 체류해. 빅 보스는 부자야. 공예 무역을 하면서 경기도 남부와 북부의 신도시에 상가와 빌라를 많이 지었어."

뇨만의 빅 보스는 특이하게도 공예 무역업을 겸한 건축업자인 모양이었다.

"우리집엔 스웨덴, 핀란드와 호주, 독일과 영국, 네덜란드와 스위스, 세계 각지에서 여행자가 와. 그들은 삼 개월에서 육 개월씩 장기 체류해. 하지만 보통의 한국인은 이틀에서 일주일 정도 머물고 서둘러 떠나. 여기 갔다 저기 갔다가, 알려진 포인트들만 찍고 인스타그램에 사진을 올린 뒤 더 볼 게 없네, 별거 아니네 하며 쿠타나 누사두아, 사누르로 떠나지. 거기서도 마찬가지야. 그들은 프로그램된 관광지를 지나가며 모두에게 알려진 음식을 먹고, 모두가 하는 것을 하고, 사진을 잔뜩 찍고 재빠르게 돌아가."

태어나면서부터 시간에 쫓기는 젊은이들은 여행도 가성비를 따지며 스펙 쌓듯이 하고 있었다.

"너처럼 사진 안 찍는 한국인은 처음 봐."

"난 한곳에 오래 머무니까 그럴 필요가 없어. 원래 사진 찍기를 싫어하기도 하고. U에 한국인 장기 체류자도 있어?"

"있지. 그런 한국인은 이곳저곳 떠돌다가 몇 달 뒤에 처음과 다른 모습으로 U로 돌아와. 다쳐서 오기도 하고, 병들어서 오기도 하고, 돈을 잃고 거지꼴이 되어 오기도 하고. 그중엔 애초부터 범죄에 연루되어 도망 다니는 사람도 있고. 말하자면 한국으로 돌아갈 수 없는 형편인 사람들, U엔 그런 한국인이 좀 있어."

그러자 뇨만의 로비와 작업장 앞에서 서너 번 본 남자가 떠올랐다. 큰 키에 꽁지머리를 하고 병색이 있는 남자. 뇨만만큼이나 살갗이 검었지만 왜 그런지 첫눈에 한국인이란 느낌이 들었다.

"네 친구 요즘은 안 오네. 왜, 그 야위고 키 큰 한국인 남자 말이야."

"그를 봤어?"

내가 봐선 안 될 것을 보기라도 한 것처럼 뇨만이 놀랐다. 그가 당황할 땐 경직된 얼굴에 숨어 있던 순진성이 드러났다.

"얼굴빛도 그렇고, 환자인가? 여행중에 다쳤어? 피부색이 무척 검고, 장기 체류자 같았는데."

"한국인이 아니야. 그는 떠났어."

뇨만이 서둘러 얼버무렸다. 어딘지 어색한 말투여서 표정을 살폈지만 무엇도 읽히지 않았다. 동공만 깊은 곳에서 반짝거렸다. 나는 그 눈을 볼 때마다 낭비되는 아름다움이 놀랍고 의아했지만 이젠 조금 알 것 같았다. 뇨만의 눈은 뭔가 숨길 때면 동공 속에서 새하얀 성에가 부서지듯 더욱 차갑게 빛났다.

"여긴 온갖 손님이 오기 때문에 너 같은 손님도 더러 있어."

"나 같은 손님?"

"고래 때문에 여행하는 손님 말이야."

그는 어떤 종류의 손님이든 다 겪어본 전문가처럼 여유가 있었다.

"노 프라블럼. 난 그런 손님 전문가거든."

"무슨 뜻이야?"

뇨만은 뭐라고 말하긴 어렵다는 듯 어깨를 으쓱했다.

"어쨌든 넌 틀어박혀만 있지 말고 뭐라도 해야 해. 여기서도 시간을 보내야 하거든."

뇨만은 그런 손님 전문가다운 권위를 은근히 과시했다. 뇨만이 파악한 나와 실제 나 자신이 얼마나 다를지 생각하니 벌써 피곤해졌다.

번개가 검은 하늘을 하얗게 찢으면, 섬광 속에서 무수한 화살처럼 사선으로 쏟아지는 짧은 빗줄기가 드러나고 뒤이어 고막을 때리는 요란한 천둥이 치곤 했다. 좀 익숙해지자 거대한 서커스 공연장에 앉아 온갖 원소가 해체와 재결합을 시도하며 변신하는 신출귀몰한 공중 기예를 관람하는 기분이 들었다. 뇨만이 통역해준 밑도 끝도 없는 시구가 떠올랐다.

'하늘이 내린 상처, 의미로 봉합된 배꼽.'

코코넛 나무는 밤하늘의 달처럼 어딜 가나 나를 따라다니는 것만 같았다. 유황냄새가 나는 뜨거운 물속에 몸을 담그고 있으니 창밖의 코코넛 나무가 점점 다가오는 듯해 굳게 잠긴 걸쇠를 풀고 두 짝의 창문을 바깥으로 밀었다. 흐린 유리문이 활짝 열리자 물 흐르는 소리가 커다랗게 울리고 시야가 청량해지며 더운 바람이 한줄기 불어왔다. 코코넛 나무 위쪽의 어린잎은 하늘로 빳빳하게 치솟았고, 오래된 거대한 잎들은 아래로 꺾인 채 갈색으로 마르고 있었다. 코코넛 나무의 세계에서는 잎사귀들이 그런 식으로 세대교체를 하는 모양이었다. 주렁주렁 매달린 코코넛 열매는 다 자라 노랗게 익는 중이었고 그 위층엔 하얀 알이 슨 듯한 희고 작은 새끼 열매들이 총총히 맺혀 있었다. 세상 모든 것이 그렇듯, 코코넛 나무도 온 힘을 다해 살아가고 있었다. 사오 미터나 되는 잎을 너울거리며 이십 미터가량 떨어진 뿌리에서 힘껏 물을 빨아올렸고, 부지런히 열매를 맺고 키우며 낡은 잎을 떨어뜨리고 새잎을 틔웠다.

목욕이 끝난 뒤 청소하러 들어온 코망이 욕실 창문을 다급하게 닫았다. 왜 그러느냐고 물으니 눈을 커다랗게 치뜨고 안, 안이라고 외쳤다. 안은 아마도 창문으로 들어오는 무서운 해충인 듯했다. 코망은 뇨만의 조카라는데 낮엔 이곳에서 일하고, 밤엔 야간학교를 다니는 학생이었다. 이름이 예뻐 뜻을 물었더니 뇨만과 같다고 했다. 뇨만은 무슨 뜻이냐고 물었더니 셋째라고 했다. 셋째? 내가 되묻자 코망은 검지를 세우더니 마데, 마데라고 덧붙였다. 소통에 문제가 생긴 것 같았다. 마데는 뇨만의 아내로 눈 밑에 푸른 점이 있고 몸집이 통통했다. 부엌일을 포함해 집안일을 두루 관리하는데 뇨만이 집을 비우는 오후엔 일층 로비에서 공예품 주문을 받거나 숙박 손님을 맞이하고, 아침저녁으로 가족 사원과 풀장가의 석탑, 그리고 대문간에 차낭과 공물을 바치고 오래 기도를 올렸다. 기도하는 모습이 매번 너무 절실해 보여 무엇을 기원하는지 묻고 싶을 정도였다. 로비 위층과 대문 위에 얹힌 이층 개방 복도에서 하루를 보내는 허리 굽은 노파는 뇨만의 어머니라고 했다. 나무로 바닥을 깐 복도는 양쪽이 트여 있어서 노파는 집 안쪽 정원과 바깥쪽 도로를 두루 살피며 차낭을 만들거나 차를 마시고 낮잠을 잤다. 노파의 곁엔 늘 드래건프루트가 담긴 접시가 놓여 있었다.

부엌 앞 야외 식당에서 만난 뇨만에게 이름의 뜻을 물었더니 셋째라고 대답했다.

"그게 진짜 이름이라고?"

이번엔 제대로 놀랐다.

"여기선 다 그래. 첫째는 와얀, 둘째는 마데, 셋째는 뇨만, 넷째는 크툿, 다시 와얀, 마데, 뇨만, 크툿……"

그렇게 빙빙 돈다고 했다. 집집마다 아들이든 딸이든 관계없이 첫째, 둘째, 셋째, 넷째가 있었고, 옆집과 뒷집, 앞집에도 같은 이름이 반복되었다. 다만 이름을 적을 때 남자는 앞에 I를 표시하고 여자는 Ni를 표시하는 차이뿐이었다. 와얀, 마데, 뇨만, 크툿, 다시 와얀, 마데, 뇨만, 크툿이 반복되는 세계, 그야말로 노바디의 세계였다. 아무래도 믿기 어려워서 뇨만이 지어낸 또하나의 거짓말 같았다.

"그러면 형이 있어? 여기선 셋째가 어머니를 모시는 거야?"

"큰형은 어릴 때 죽었어. 둘째는 일찌감치 자카르타로 떠났고…… 신의 질서는 자주 부서져. 우리는 그것도 받아들여야 해. 내가 어머니를 모셔서 신이 기뻐하셔. 난 이 집을 지을 때 가족 사원도 모셨어. 난 큰형을 대신해 사는 거야."

"누구를 대신해 산다는 거 이상하지 않아? 너 자신은 어떻게 해?"

뇨만이 웃었다.

"셋째의 자리를 메우고 살든, 첫째의 자리를 메우고 살든 마찬가지야. 우린 원래 빠져나간 자리를 메우고 사는 존재일 뿐, 자신이란 아무 의미도 없어. 신이 시간을 초월한 세계에서 나타나는 것처럼 우리도 순환 반복하며 나타나고 돌아가는 거야. 너 자신에게서 의미를 찾으면 길을 잃게 돼. 원래 없는 것을 찾기 때문이야."

그의 눈 속 깊은 곳에서 별들이 부서지고 있었다. 뇨만은 그저 자리를 메우고 주어진 의무에 충실하며 산다. 다른 잡념은 갖지 않는다. 본질 속에서 살며 자신에 대한 불안과 회의도, 의문과 혼란도 없다. 말하자면 초월적인 신을 향한 채, 세계도 자신을 건드리지 않고 자신도 세계를 건드리지 않으며 순서를 채워 살고 간다. 지나치게 단순해서 괴상한 광기 같았다. 성스럽기도 하고 야만적이기도 하고, 어리석기도 하고 현명하기도 했다. 그런 존재란 개인적인 책임을 물을 수 없는 순수 존재들이 아닌가. 대리자에겐 책임을 물을 수 없다. 처음으로 뇨만에게 관심이 생긴 순간이었다.

"그러면 넌 기도할 때, 무엇을 소망해?"

내가 묻자 뇨만의 표정이 천천히 무너졌다. 누군가 얼굴 피부 아래에 손을 넣고 천천히 휘젓는 듯했다. 내가 잘못했구나 싶었다. 개인성이 없다면 개인적인 비밀도 없다고 여기고 방심했던 것이다.

"아, 미안. 대답하지 않아도 돼."

"우리에겐 아직 아이가 생기지 않아. 이 집은 첫째도, 둘째도, 셋째도 태어나지 않은 채 비어 있어. 우린 아이를 갖게 해달라고 매일매일 기도해. 아니 매 순간 기도해. 기도하는 수밖엔 없어. 그건 신이 하는 일이니까."

거짓말을 할 때면 더 맑게 빛나는 뇨만의 두 눈에 눈물이 가득 차올랐다. 그의 세계에서 아이가 얼마나 중요한지는 새삼 설명할 필요조차 없었다.

8

꿈속에서 삼십대 중반의 여자가 버스에 실려가고 있었다. 여자는 달리는 버스 안에서 갑자기 일어나 통로로 나갔다. 돌발적인 행동에 놀란 운전기사와 승객들의 시선이 일제히 여자에게 쏠렸다. 앉아요! 앉아요! 운전기사가 다급하게 저지하는데도 여자는 좌석 등받이를 붙든 채 통로에 서서 두리번거렸다. 여자의 눈에 경악과 절망이 가득차 있었다. 이 버스는 어디로 가는 거죠? 멈춰요. 내게 어린아이가 있어요. 아이를 찾아야 하는데, 아, 어디에 맡겼는지 기억나지 않아요. 기억이…… 여자의 머릿속에서 어제와 그제와 엊그제와 그전의 수많은 날, 이곳저곳에 아이를 맡기고 허겁지겁 출근했던 장면들이 순서 없이 뒤엉켜 오늘 아침엔 아이를 어디다 맡겼는지 막막하기만 했다. 운전기사는 핸들을 난폭하게 오른쪽으로 꺾으며 자리에 앉으라고 고래고래 소리를 질렀다. 여자의 몸이 기우뚱하더니, 아무것도 의지하지 못하고 통로 바닥에 쓰러졌다. 여자는 바닥에 옆얼굴을 댄 채 커다랗게 입을 벌렸다. 메마른 속눈썹이 바르르 떨리다가 눈이 감기자 부리를 벌리고 죽은 새나 주둥이를 벌리고 죽은 물고기 같았다.

나는 입을 커다랗게 벌린 채 꿈에서 깨어났다. 난 그 여자가 아니야, 내겐 어린아이가 없어. 내 아이는 다 자랐어. 아, 아, 난 그 여자가 아니야. 얼마나 다행인지…… 입안에 시큼한 침이 고였다. 그 여자는 R이었다. R은 아들이 두 살 될 때까지 친정어머니에게 맡겼고, 그뒤로는 여동생과 고모, 예전 이웃과 친구 등 온갖 여자의 손에 맡기거나 공공시설에 위탁하며 키웠다. 점심을 먹고 돌아오는 길에 어디선가 아이 울음소리가 들리면 제 아이가 우는 것 같았다. 그런 날은 사무실에 앉아 있어도 내내 아이 울음소리의 환청에 시달렸다. 야근을 마친 밤이면 자주 아이를 어느 집에 맡겼는지 기억이 나지 않아 잠시 걸음을 멈추고 서 있어야 했다. 어느 날은 세 군데나 전화를 건 적도 있었다. 아이를 찾아 안고 비어 있는 셋집까지 밤 버스를 타고 돌아갈 때면 R은 속으로 울고 있었다. 밤은 캄캄했고 바람은 거칠었으며 입자 굵은 먼지가 몰려다녀 사막에 있는 듯 눈을 뜨기 어려웠다.

나는 어쩌자고 그렇게도 아픈 소설을 썼을까? 그런 소설의 주인공이 된다면, 누구라도 행간 너머로 달아나고 싶을 것이다. 침대에 누워 있으니 아래층 목공예 작업장에서 전기톱으로 나무를 써는 소리와 타닥타닥 나무를 부러뜨리는 소리, 일꾼들이 서로를 부르거나 뭔가를 전하는 짧은 문답들이 들렸다. 소음에 귀를 기울이고 있는 사이 차차 마음이 진정되었다. 틈틈이 집을 보러 다니고 있지만, 나는 이 집을 떠나지 못할 거란 생각이 들었다. 그러기엔 작업장의 소음과 코코넛 나무, 공예 거리의 풍경에 이미 친숙해져버렸다. 도로를 달리는 모터사이클 소리와 매연 냄새, 이 집 정원을 가득 채우고 있는 달콤한 플루메리아 꽃향기에도.

이층 발코니 쪽 문을 열고 나가자 그사이 비가 왔는지 건너편 숲이 젖어 있고 좁은 계곡의 물소리가 요란했다. 부연 안개 속에 거대한 인니어 문자가 흐릿하게 떠 있었다. 천국의 귀…… 나는 수수께끼 주문을 따라 하듯 중얼거렸다. 천국의 소리를 귀기울여 듣는다는 의미인지, 인간의 말을 듣는 천국의 귀가 있다는 비유인지, 종교적인 관용어인지 알 수 없었다. 간판 뒤쪽 사원에서 발리 전통복을 차려입은 두 여인이 기도하고 있었다. 아른아른 피어올라 공중으로 흩어지는 안개 사이로 초로의 여자와 젊은 여자의 얼굴이 선명하게 보였다. 나는 갑작스러운 충동에 사로잡혀 다급하게 두 손을 모았다.

"R, 너의 불행이 끝나기를 빈다. 네가 머물 곳을 찾기 바라. 거기가 내 소설이 아니어도 좋아. 어디든, 네게 꼭 맞는 장소를 찾아 지나간 시간이 모두 수렴되는 긍정의 지면에 발을 딛기 바라."

9

이른 아침부터 바깥이 소란스러워 나가보니 삼층 여자가 자다 튀어나온 듯 검은 머리카락을 풀어헤치고 야외 식당에 앉아 있었다. 그녀 곁에서 마데와 코망이 저희 말로 언성을 높여 떠들고 있었다. 틈틈이 안, 안이라는 단어가 들렸다. 내가 다가가자 삼층 여자는 말없이 팔다리와 겨드랑이 안쪽을 보여주었다. 햇볕에 탄 바깥쪽 피부와 대비되어 안쪽 피부는 몹시 희었는데, 여러 군데에 핏방울이 맺힌 듯 붉은 자국이 툭툭 불거져 있었다. 독이 있는 벌레에게 물린 자국 같았다. 뇨만이 나타나고서야 상황이 정리되었다. 뇨만은 그녀를 호연이라고 불렀다. 호연이 낮에 욕실 창문을 열어둔 게 화근이었다. 안이라고 불리는 해충이 들어온 것이었다. 뇨만은 누런 갱지에 안을 실물 크기로 그렸다. 초파리와 닮았는데 두 배쯤 컸다. 마데와 코망도 안을 몹시 무서워하는 것 같았다. 매일 향을 피운 차낭을 집 안팎 구석구석에 놓는 것은 기도 행위일 뿐 아니라 안 같은 해충을 쫓기 위한 방책일 거라는 생각이 들었다. 코망이 연고를 가져다주고, 뇨만이 삼층을 소독하기로 하면서 소동이 가라앉았다. 나는 호연을 내 방 앞 테라스로 데리고 가 커피를 내려주고 진정될 때까지 곁에 앉아 있었다.

그날은 작업장 앞에 전에 없었던 대형 조각상이 나와 있었다. 조각상은 사자가 포효하며 남자의 등에 이빨을 박아넣는 순간에 정지해 있었다. 남자의 얼굴이 뒤틀리고 등이 활처럼 휜 채 몸이 위로 튀어올랐다. 비명이 소거된 조각상은 고요했지만, 곧 살이 뜯겨나가고 피가 뿜어져나가 핏방울이 사방에 튈 것이었다. 나이테가 혈관처럼 사자와 남자를 감싸안고 빙글빙글 흐르고 있었다. 하나의 나무에서 나온 조각이었다. 그 정도 작품을 만들려면 엄청

난 거목이었을 것이다.

"한국의 빅 보스에게 주문받은 작품이야."

뇨만은 내가 충분히 감상하도록 기다렸다.

"이건 요전에 보낸 거야."

뇨만은 굳이 휴대폰에 저장된 사진들도 보여주었다. 커다란 날개를 편 새의 형상으로, 매인 듯했다. 비늘 모양의 깃털 무늬가 섬세하게 조각되어 있었다.

"직접 작업하는 거야?"

"당연하지, 난 예술가야. 이건 대형 쇼핑몰 로비에 전시되어 있어."

대단하다고 말해주었지만, 규모만 크지 다른 전시장에서 본 목공예품들과 별 차이는 없었다.

"혹시 이분 알아?"

뇨만은 쾌활해 보이는 육십대 남자의 얼굴 사진을 보여주었다.

"전에 말한 한국의 빅 보스, 윤사장님이야."

당연히 나는 알지 못했다. 자영업자가 많은 한국엔 사장이 너무 흔했다.

그날 이후로 사자와 희생양 조각상은 도무지 진척되지 않았다. 작업이 막혔는지, 아니면 보이지 않을 정도로 정교한 작업이 진행 중인지 알 수 없었지만 늘 같은 모습으로 그 자리에 있었다. 내가 떠나던 오전까지도. 그로 인해 '뇨만 앤드 마데 하우스'를 떠올릴 때면, 무엇보다 입구에 서 있던 사자와 희생양 조각상이 먼저 떠올랐다. 시간이 흐르는 사이 나는 차차 알게 되었다. 하나의 나무 속에서 나이테를 감고 자란 그 조각상처럼, 모든 존재는 자신을 먹는 사자이고 동시에 자신에게 먹히는 희생양이며 결국 둘의 관계가 생사의 시작이고 끝이라는 사실을.

"저긴 뭐하는 데야, '천국의 귀'?"

나는 대형 간판을 가리키며 그동안 번번이 잊곤 했던 질문을 꺼냈다. 뇨만은 간판을 물끄러미 보더니 무슨 궁리라도 하듯, 간판 너머 어린 코코넛 나무가 양편에 늘어서 있는 진입로 쪽으로 눈길을 돌렸다.

"난, 거긴 아무것도 없어."

시멘트로 포장한 진입로는 오랫동안 인적이 끊긴 듯 마른 흙에 덮여 있고 주위의 소리를 빨아들이듯 기묘한 정적이 흘렀다.

"호텔을 짓다가 다 떠났어."

뇨만이 덧붙였다. 무슨 사정으로 공사가 중단된 뒤 대형 간판만 덩그러니 남긴 모양이었다.

"트갈랄랑 갈 손님이 있는데, 너도 갈래? 고아가자사원에도 들를 거야."

나는 고개를 저었다.

"난, 마사지 받을 거면 내게 말해."

누군가에게 몸을 맡기는 건 상상해본 적도 없었다.

"안 받아."

호객이 씨알도 먹히지 않자 뇨만은 입술을 억지로 늘이고 어색하게 웃었다. 나는 도로를 건너 간판 좌측의 작은 공터를 지나 어린 코코넛 나무가 늘어선 진입로로 다가갔다. 입구는 호텔이라기보다는 공무원이나 종교인들의 연수원 같은 분위기였다. 숲을 낀 진입로 가장자리엔 깊은 그늘이 져 있고, 그늘 속에 좁은 수로가 있어서 졸졸 흐르는 물소리가 동행하듯 나를 따라왔다. 몇 걸음 들어가니 완만한 내리막길 한가운데 언제부터 있었는지 모를 점박이 개 한 마리가 앉아 있었다. 큰 골격에 비해 비쩍 야위고 험한 몰골이 한눈에 봐도 떠돌이 개였다. 개의 눈알이 희번덕거렸다. 정면으로 마주쳤으니 등을 보이고 도망칠 수는 없어 불길함을 참고 대치할 수밖에 없었다. 개도 귀를 바짝 세운 채 미동도 하지 않았다. 자세히 보니 피부병을 앓는지, 아니면 공격을 당했는지 등과 배에 털이 빠져 붉은 살이 노출되고 옆구리엔 큰 피딱지가 앉아 있었다. 개 뒤로 짓다 만 건물이 보였다. 의외로 높은 건물은 아니었다. 호텔이 아니라 몇 동의 풀 빌라 같기도 했다. 문득 개가 느릿느릿 일어서더니 길을 비켜주었다. 돌아가기보단 앞으로 가는 편이 안전할 것 같았다. 내가 지나가자 개는 몇 걸음 떨어져 뒤따라왔다. 콘크리트 뼈대만 서 있는 건축물 세 채를 지나갔을 때 아래쪽에 검은 물이 고인 거대한 풀장이 나타났다. 둘레에 흰색 타일을 붙이다 만 풀장은 하늘을 향해 비명을 내지르는 거대한 입처럼 보였다. 갑자기 개가 캥캥 짖었다. 그와 동시에 나는 몸을 돌리고 내달렸다. 굶주린 짐승 앞에서 뛰면 안 된다는 걸 알면서도 참을 수가 없었다. 거대한 것이 부패하는 흉측한 모습을 본 느낌이었다. 모든 포기의 형상, 버려진 것들의 형상, 방치되고 잊힌 것들의 형상…… 실패의 형상이란 그런 것일까. 간밤에 R이 등장한 흉몽 속에서 그런 장소를 본 것만 같았다. 내 소설이 중단된 장소, 내 소설이 실패한 장소, 내 의지가 무너진 장소였다. 내가 달리자 R도 내달렸다. 그토록 먼 곳에서도 나는 한국에서와 마찬가지로 R에게 쫓기고 있었다. R은 기억 속을 배회하고, 거울 속에서 흐느끼고, 내 잠 속에 똬리를 틀고, 시작도 끝도 없는 꿈을 꾸었다. 내가 그렇듯, R도 내 속에서 길을 잃고 출구를 찾고 있는 것 같았다. 이렇게 되니, R이 내 속에서 길을 잃었는지 내가 R 속에서 길을 잃었는지 알 수 없었다. 분명한 것은 나와 R이 서로에게서 벗어나려 한다는 사실이었다.

간판 앞에 서서 숨을 헐떡이다 고개를 쳐드니 뇨만이 방금 전 그 자리에서 나를 보고 있었다. 눈두덩이 깊숙이 파여 어둑했다. 평소와 달리 울적하고 피곤한 얼굴이었다. 나는 도로를 천천히 건너갔다.

"네 말대로 텅 빈 곳이야."

뇨만은 재미있다는 듯이 빙긋 웃었다. 손님이 헤매고 어리석은 짓을 하는 꼴을 구경할 때 지을 법한 심술궂은 표정이었다. 진입로 쪽을 돌아보니 입구에 개가 앉아 있었다.

"무서워하지 마. 저 개는 곧 죽을 거야."

뇨만이 안심시키려 했지만 나는 개가 죽기를 바라진 않았다.

"내일 밤에 전통 무용 공연 있는데 보러 갈래? 케착 댄스, 레공 댄스, 바롱 댄스 들어봤어? 아름답고 화려한 왕궁에서 해."

그 와중에도 다시 호객하는 뻔뻔함에 헛웃음이 나왔다.

"너는 방안에 너무 오래 있어."

그는 내가 이른 아침부터 오전 열한시까지 방안에서 무엇을 하는지 도무지 짐작할 수 없을 것이다. 설명하지 않았으니, 모르는 게 그의 탓도 아니었다.

"여기 왔으니까, 부지런히 움직이고 이것저것 봐야 해. 내가 말했지? 너 같은 손님 전문가라고."

"상관 마. 내가 알아서 할게."

뇨만에게 굳이 나를 해명하고 싶지 않았다.

"난, 너는 우리집에 있고, 나는 나의 비즈니스를 해. 내가 네 여행에 상관있는 사람인 걸 잊지 마."

뇨만은 충분히 예고했다는 듯 이날부터 본격적으로 내 여행에 끼어들기 시작했다.

난, 난. 밤에 뇨만이 내 이름을 부르며 문을 두드렸을 때 나는 또 뭐, 하는 언짢은 마음에 문틈으로 얼굴만 내밀었다. 뇨만은 난처한 표정을 지으며 뒤편을 가리켰다. 그의 등뒤에 호연이 서 있었다. 이번엔 안 때문이 아니라 소독약이 문제였다. 뇨만이 오후늦게 소독약을 잔뜩 치고 문을 꼭꼭 닫아두어 질식할 지경인데, 또 안이 들어올까봐 창문도 열 수 없다고 했다. 뇨만은 노 프라블럼이라는 말만 반복했다. 방에 들어가보지 않아도 상황을 알 것같았다. 뇨만에게 물으니 오후에 미국인 단체 손님들이 들어와 빈방도 없다고 했다. 뇨만도 호연도 내게 용건을 꺼내지 못하고 눈치만 보았다. 예민해서 혼자서도 잠을 잘 못 자는 체질이지만, 언제까지나 그렇게 서 있을 것 같아 내 방에서 재워주겠다고 말하고말았다. 네카미술관에서 진 신세를 갚을 기회이기도 했다. 뇨만은침구를 가져오겠다며 재빠르게 사라졌다.

방안에 들어온 호연은 별 기대 없는 얼굴로 둘러보다가 트렁크에 시선을 멈추었다.

"어, 트렁크."

그녀는 당황할 때면 눈에 흰자위가 많아졌다. 형광빛이 도는 흰자위 어딘가에 내 눈을 시리게 하는 눈송이 하나가 숨어 있는 것만 같았다.

"내 것과 같네……"

"그래요?"

나는 별 이유도 없이 모르는 척했다. 뇨만이 노 프라블럼을 연발하며 가져온 침구를 침대 아래에 펴주었다. 불을 끄고 누웠을 때 호연이 물었다.

"난이라고 부르면 돼요?"

내가 그랬듯이, 호연도 뇨만을 따라 나를 불렀다.

"그렇게 해요."

"난, 어디어디 가봤어요?"

"별로."

"날마다 나다니던데요?"

"식사도 하고, 새로운 방을 구하려고 팰리스 부근과 멍키포레스트 거리, 데위시타 거리를 둘러봤어요."

"나도 오기 전에 알아봤는데 그쪽이 위치도 좋고, 좋은 시설도 많죠. 이쪽 동네보다 가격은 비싸지만. 멍키포레스트 사잇길로 해서 안쪽 동네도 가봤어요?"

"네, 논 가운데 예쁜 단독 풀 빌라들도 있고, 고적한 정원에 둘러싸인 목가적인 빌라들도 있고, 개인 풀장을 갖춘 프라이빗한 고급 빌라들도 있더군요. 그런데 이상하게도 막상 옮길 맘이 나진 않았어요."

"왜요?"

"그새 이곳에 익숙해졌나봐요. 다른 방을 볼 때면, 이 방에서 보이는 코코넛 나무가 생각나요. 흔할 것 같지만 이렇게 큰 코코넛 나무는 여기서도 흔치는 않아요. 무뚝뚝한 마데와 상냥한 코망, 허리가 접힌 채 이층 복도에 앉아 차낭을 만드는 이 집 할머니도 어른거리고요. 아침 일찍부터 아래 목공예 작업장에서 나는 소음도 애착이 가요. 심지어 거리의 소음도요. 아침마다 대문간 평상에 두셋씩 앉아 나무 원숭이나 부엉이를 깎는 야위고 검은 여자들이 인사 대신 보내는 미소도 정답고요. 그런 것들이 이상하게도 발목을 잡는 거예요."

"그 여자들 치아가 검게 썩었더라고요. 봤어요?"

인사할 때면 꼭 웃는데, 웃을 때마다 드러나니 안쓰러웠다.

"노파 같지만, 알고 보면 쉰 살 정도의 여자들이에요."

"그런 것에 이상하게도 끌리는 거 같아요. 좋아서라기보다는 내 안으로 파고들게 해 여행의 일부가 될 때까지 익숙해지고 싶은 기분이에요. 새로운 곳으로 옮기면 다 잃어야 할 테니 아무리 좋은 방에서 잠자도, 아무리 큰 풀장에서 수영해도, 그런 게 없으면 중요한 것을 잃는 느낌이 들 거 같고요. 뇨만도 그래요. 불편하고 미운 데에 정든다고 할 수 있겠지요. 사실 여긴 저렴하기도 하고요."

호연이 웃었다.

"그러다가 더러운 상자 같은 부엌까지 정들겠어요. 과장 좀 하면, 냉장고 박스만하잖아요."

"나 요즘 하루 한 끼는 여기서 해결해요."

"그러니까요. 뇨만은 장사 수완이 예사롭지 않아요. 꽤 교활하죠. 지금은 비수기니까 돈벌이에 더 혈안이 되어 있어요."

일리가 있는 말이지만 내겐 이 집에 머무는 일이 그렇게 단순하지는 않았다.

"호연은 매일 어디에 가요?"

"사람을 찾고 있어요."

호연은 묻기를 기다리기라도 한 것 같았다.

"그 사람, 이 근처에 있어요."

그 사람이라고 할 때의 어조가 왠지 남편이거나 연인일 것 같았다.

"그걸 어떻게 알아요?"

"사업차 이곳에 자주 드나드는 그의 사촌형이 그를 이곳으로 보냈거든요. 친구들을 상대로 수소문하다가 정보를 듣고 사촌형을 찾아갔어요. 건축업을 하면서 제3세계 공예품 무역도 하는 작자죠. 한동안 모른다고 시치미떼더니 나중엔 엉뚱한 지역을 대는 바람에 쿠타와 누사두아를 둘러서 왔어요."

뇨만이 말한 빅 보스가 떠올랐다. 한국에 건축업자야 많지만, 공예품 무역업을 겸한 사람이라면 흔할 리가 없었다.

"사촌형, 성이 윤인가요?"

"어떻게 알아요?"

"뇨만과 거래한다고 들었어요."

"맞아요. 그게 바로 내가 알아낸 사실이에요."

천장을 향해 누워 있던 호연이 갑자기 몸을 발딱 일으켰다.

"난, 불 좀 켜도 돼요?"

그러라고 했지만, 갑자기 환해지자 저절로 미간이 찌푸려졌다. 호연은 미안을 연발하며 휴대폰 앨범을 빠르게 훑었다.

"혹시 이 남자 본 적 있어요?"

사진들이 몇 장 연이어 지나갔다. 정장 차림의 증명사진과 방안에서 찍은 티셔츠 차림의 사진, 운동장의 스탠드에서 호연과 나란히 앉아 있는 사진. 네번째로 옆얼굴 사진을 보자 느낌이 확실해졌다.

"키가 얼마나 돼요?"

내가 묻자 호연은 긴장했다.

"백팔십 정도. 몸무게는 바뀌었을지도 몰라요. 이 사진들은 육년 전 거예요."

"내가 본 사람과 비슷해요. 지금은 이곳 햇볕 때문인지 검고 말랐더군요. 많이 야위었네요. 그리고 꽁지머리를 했던데요."

커다랗게 열리는 호연의 눈빛에 기대와 고통이 어렸다. 찾아 헤맨 사람을 만날 가능성을 코앞에 두고 기뻐하는지 슬퍼하는지, 그것도 아니면 두려워하는지 가늠하기 어려웠다.

"그 사람, 어디 있었어요?"

"일층 로비와 작업장 앞에서 봤어요."

겨우 두어 번 봤는데도 흔치 않은 인상이라 선명하게 떠올랐다.

"뇨만과 잘 아는 사이예요. 그런데 요즘은 통 보이지 않아요."

호연도 그 정도는 알고 온 것 같았다.

"첫날 뇨만에게 이 사람 사진을 보여주었지요? 말 안 해줘요?"

"시치미떼고 있어요. 사촌형과 그 사람이 부탁했겠지요."

"본 적도 없다고요?"

얼른 이해하기 어려웠다.

"조심하세요. 뇨만 같은 사람은 필요하면 서슴없이 거짓말을 해요. 형편 때문에 어쩔 수 없다고 발뺌도 잘하고요. 하지만 생존 이 걸린 약속은 목숨 걸고 지키겠지요. 진실 같은 건 뒤죽박죽이 고, 다 자기 마음먹는 대로예요."

그 차이를 알 것도 같았다.

"차라리 몰래 이 집에 잠입해 살폈어야 했는데, 사진을 디밀고 이 사람을 내놓으라고 했으니 오히려 숨길 시간을 준 거예요. 하 긴, 내가 한국에서 떠나자마자 사촌형이 뇨만에게 연락했을 거예 요. 내겐 쿠타에 있다고 속여 시간을 벌고요."

무슨 관계인지, 왜 여기까지 와서 찾는지 궁금했지만 그런 질문 을 할 사이는 아니었다.

"내일 밤 전통 무용 보러 갈까요?"

"왜요?"

"받고 싶은 게 있으니 저도 주어야겠죠. 뇨만의 영업 방식에 맞 추며 좀 친해지려고요."

"뇨만과 섣부른 게임을 하진 마세요. 알다시피 만만치 않은 사람이에요."

이번엔 내가 충고했다.

뇨만은 내게 움직이고 돈을 쓸 것을 강요하고, 나를 도우면서 속이고, 무슨 일이든 노 프라블럼, 하며 웃어넘겼다. 뇨만이 그럴수록 나는 혼자 다니거나 방안에서 일하려 했고, 그는 모든 관광객에게 해온 관습적인 제안들을 집요하게 반복했다. 나는 그의 제안들을 계속 거절하지만, 주인과 손님 사이의 단순한 관계에 긴장이 형성되는 건 싫으니까 가끔은 그가 하자는 대로 해주었다. 시간이 갈수록 그의 요구를 들어주는 일이 점점 잦아져서 이런 식이면 곧 그가 바라는 대로 모든 걸 하게 될지도 모를 일이었다. 내일 밤엔 왕궁에서 열리는 무용 공연을 보러 가고, 다음엔 마사지를 받고, 유명한 그네를 타고, 아궁산 트레킹을 가는 것이다. 만다라 그리기와 발리 전통 요리 수업에 등록하고 힌두 사원에 가서 머리를 물속에 담그며 마침내는 바투르산에서 용암이 폭발한 흔적 그대로 굳은 검은 바위를 타고 오를 것이다. 뇨만의 말대로 몸을 써서 경험하는 것이 여행이다. 돌아가면 그래도 뇨만이 강요해 억지로라도 다닌 장소와 먹은 음식들이 기억에 남을 것이다. 뇨만은 그것을 알기에 당당하고 뻔뻔했다. 뇨만은 인생을 닮았다. 무엇을 하든 무의미한데도 불구하고, 무슨 짓이든 하도록 끊임없이 강요한다는 점에서. 그리고 인생에 관한 한 그게 옳다.

새벽 꿈속에 눈먼 여자가 또 찾아왔다. 순하고 맑은 얼굴이었지만 표정이 바뀔 때면 갑자기 요사스러운 기운이 흐르기도 했다. 동공이 없는 눈은 진주알처럼 흰자위만 있었는데 내 방의 벽과 천장과 같은 색이었다. 눈먼 여자는 나를 찾아 팔을 저으며 더듬거렸다. 나는 넙치처럼 납작하게 벽에 등을 붙여 그녀를 따돌리고 옆방으로 빠져나갔다. 옆방엔 병든 남자가 나무 침대에 누워 있었다. 키가 크고 얼굴이 검었다. 사람들이 그가 나를 기다렸다고 설명했지만 나는 손바닥으로 내 눈을 가리고 돌아섰다. "저이는 나를 보고 싶어하지 않아요." 나는 그렇게 하기로 되어 있다는 듯, 모르는 남자에게 사무치는 원한을 품고 말했다. "그는 우리를 버리고 떠났어요." 꿈속에서도 R의 미움이 너무나 생생해 가슴이 아팠다. R은 미움이란, 상대를 의자에 묶고 파리채로 얼굴을 때리면서 죄를 묻는 마음이라고 했다.

10

왕궁 뜰에 차려진 무대는 단순했지만, 긴 담과 왕궁의 솟을무늬와 높은 성벽에 조명이 비치자 생생한 실재감을 자아냈다. 나와 호연은 무대 측면의 긴 전각 앞쪽에 자리를 잡았다. 우리 앞엔 궁정 대신처럼 차려입은 연주자들이 등을 보이고 두 줄로 정렬해 앉아 금박을 입힌 궤짝 같은 악기들을 연주하고 있었다. 공연 시간이 되자 어느새 중앙과 가장자리 객석이 다 차고 그 뒤로 사람들이 둘러섰다. 가믈란은 몽환적인 음색이라는 정보대로 한 겹 꿈에 감싸인 듯 멀고 아득한 소리를 냈다. 공연 시작과 함께 등장한, 휘황찬란한 의상에 요귀처럼 분장한 여자 무용수들은 단숨에 관객들을 휘어잡았다. 절도 있는 몸짓과 정교한 손짓과 함께 무용수들의 눈동자가 오른쪽, 왼쪽, 위아래로 순간을 쪼개며 방울처럼 굴렀다. 그와 함께 정념과 기쁨, 불길한 놀람과 공포와 전율, 호기심과 분노와 슬픔 등 온갖 감정이 섬광처럼 번뜩이며 절정을 향해 치달았다. 특히 상체를 벗은 젊은 왕의 춤을 봤을 때는 인간에 대해 아직 몰랐던 일면을 목격한 듯 충격적인 비애가 몰려왔다. 어린아이 때부터 춤을 단련해온 신체는 신에게 바쳐진 유별난 제물 같았다. 새 같은 얼굴에 빗장뼈는 도드라지고, 어깨와 가슴과 배는 기형적으로 좁았다. 그의 정교하게 연마한 몸짓은 역동적이고 기민한데다 그것만이 신의 진리라는 듯 단호해서, 비애스러운 카리스마에 휘둘려 숨쉬는 걸 잊을 정도였다.

공연이 끝나자 환영이 사라지듯 순식간에 무대가 텅 비었고, 관객들도 꿈에서 깬 듯한 얼굴로 빈자리를 남기고 재빠르게 흩어져 떠났다. 야위고 늙은 연주자들만 마지막까지 남아 퇴색한 궤짝 같은 악기를 챙겼다. 나는 무용수들과 함께 온몸의 힘을 다 쓴 듯 기진맥진해 있었다.

"이곳 무용수들은 우리나라로 치면 인간문화재들이네요. 충격 받았어요."

내가 중얼거리자 호연이 맞장구쳤다.

"맞아요. 충격!"

"뇨만이 안으로 데리러 온다고 했던가요?"

나는 입구 쪽을 살피며 물었다. 그때 뇨만이 출입구 쪽에서 나타나 손짓을 했다.

U의 밤은 석탄 창고같이 캄캄해서 발밑이 푹푹 빠지는 느낌이었다. 밤거리엔 대부분의 가게들이 문을 닫은데다 어쩌다 켜져 있는 전등도 조도가 낮아 침침했다. 뇨만을 따라 걸으면서 내가 속삭였다.

"얼굴에 검댕이가 묻는 것 같아."

호연이 손으로 광대뼈가 도드라진 한쪽 뺨을 쓱 닦고는 맞아요, 하며 킥킥 웃었다. 뇨만은 시장 근처의 로컬 식당인 와룽으로 안내했다. 예고했던 대로 바비굴링 전문점이었다. 늦은 시간이라 식당은 텅 비고 어둑했지만 뇨만이 예약을 해두어 식사를 할 수 있었다.

호연은 음식을 삼킬 때마다 두려워하는 눈짓과 분노어린 눈짓을 해 나를 웃겼다. 무용수들의 손가락 놀림과 눈동자 굴리는 동작을 제법 잘 흉내냈다. 호연의 흰자위가 형광빛을 내고 커다란 검은 동공이 방울처럼 번쩍거렸다.

"사자탈을 쓰고 나온 춤, 그게 뭐더라?"

호연이 묻자 뇨만이 즉각 대답했다.

"바롱 댄스."

"아, 바롱 댄스. 오후에 안내 책자를 찾아봤는데, 바롱 댄스는 선과 악의 이야기래요. 특이한 건, 우리나라 전통처럼 악을 벌하는 권선징악이 아니에요. 이곳에선 선과 악을 공존하면서 끊임없이 대립하는 생명력으로 여긴대요. 살아 있음의 역동인 거죠."

"삶은 선하고 악한 거예요."

"뇨만처럼요?"

호연이 뼈 있는 말을 하자 뇨만도 지지 않았다.

"호연처럼, 난처럼."

"아, 그 말, 이상하게 힘이 솟네. 그렇지 않아요?"

나는 동의했다. 산다는 건 결국 자기 의지와 입장을 지켜가는 일이니까.

"선하기만 해선 힘을 못 써요. 선하려면 악해야 해요. 선한 정도와 악한 정도는 오로지 자신이 정하는 거고요."

"뇨만, 자신이 정한다고요?"

호연이 묻자 뇨만은 그게 질문거리가 되냐는 표정으로 우리 둘의 얼굴을 번갈아 쳐다보았다.

"당연한 거 아니에요?"

호연이 어깨를 으쓱했다. 힌두교의 세계관에서 창조와 파괴, 선과 악은 하나이다. 악하지 않으면 선할 수 없고, 선하지 않으면 악할 수도 없다는 식이다. 하지만 그들도 가장 사랑하는 신은 창조와 파괴 사이에 있는 유지와 재생의 신인 비슈누다.

그날 밤은 수렁에 빠진 듯 깊고 길었다. 술집에 들렀다 가자는 호연의 제안을 내가 수락했기 때문이었다. 호연이 나를 데려간 곳은 배낭 여행객들의 아지트로 보이는 와룽이었다. 입구 차양 아래에 사람들이 둘러앉은 평상이 있고, 안쪽은 흙바닥을 다지고 대나무를 엮어 벽을 두른 홀이었다. 낮엔 식당이었다가 밤엔 술집으로 변하는 가게로, 그런 곳은 대개 가격에 비해 음식이 알찼다. 손님들은 빈탕 맥주와 모히토를 주로 마셨다. 호연은 자리에 앉자마자 틈틈이 다른 테이블로 오가면서 "쿠타에서 지낼 때 게스트하우스에서 만난 커플이야. 결국 허사였지만, 사람을 찾는다니까 많이 도와주었어. 그저께 U에 왔대" "누사두아에서 신세를 진 사람들이야" 하는 식으로 내게 간단히 보고했다. 그러는 사이 호연은 빠르게 취해 어느새 말을 편하게 놨다. 호연이 아예 바깥 평상으로 가서 앉았을 때 긴 머리카락을 뒤로 묶은 웨이터가 선뜻 다가왔다.
"나는 크툿입니다. 도움이 필요하면 내게 말하세요."
침침한 조명 속에서도 입술 선이 선명했다. 크툿은 꽤나 잘생긴 넷째였다. 호연이 테이블을 돌아다니며 마시고 있으니, 쓰러지기라도 하면 곧 그에게 도움을 받아야 할지도 모를 일이었다.

"나는 화가예요. 여긴 친구 가게고요. 바쁜 야간엔 홀 서빙도 하고 모히토도 만들며 돕고 있죠."

그는 내 테이블을 가리켰다. 나는 취해가는 호연과 달리 모히토 두 잔으로 버티고 있었다.

"오늘은 바쁜 날이 아니에요. 잠깐만요."

그는 부엌 앞 계산대로 가더니 노트 크기의 스케치북을 가져와서 펼쳤다. 그의 손끝에선 진한 박하향이 났다.

"미안하지만 당신을 그렸어요."

그건 누가 봐도 나였다. 테이블에 홀로 앉아 당황한 듯 눈을 치뜨고 난처한 표정을 짓고 있는 상반신이었다. 그런데 그림 속의 나는 또하나의 나와 겹쳐 있었다.

"두 겹이네요."

내가 의아해했지만, 그는 설명하지 않았다. 두 겹의 그림은 그의 화법인 것 같았다.

"나는 당신을 여러 번 봤어요."

그가 머뭇거리다가 말을 이었다.

"처음 멍키포레스트 공원의 바깥 길에서 당신이 양산을 뒤로 젖히고 공손하게 길을 비켜준 뒤로요. 그때 난 모터사이클을 타고 있었어요. 좁은 길에서 내가 속도를 낮추어 다가가자 당신은 길 가장자리로 바짝 붙어섰어요."

기억이 전혀 나지 않았다. 길고 가느다란 체격에 잘생겼지만, 여기서 그 정도 생긴 얼굴은 드물지 않았다. 멍키포레스트 안쪽 마을에 풀 빌라를 보러 다녔던 날 같았다. 공원 바깥을 따라 난 좁은 길에서 몇 번인가 모터사이클과 사람들을 비켜주느라 멈춰 서서 원숭이들을 구경했었다. 수십 마리 원숭이가 무리 지어 있는데도, 원숭이들의 면면은 꽤 다양했고 성격도 다 달라 보였다. 바위 위에 앉아 털을 섬세하게 쓸고 뒤지며 새끼와 놀아주는 어미 원숭이, 한쪽 팔로 나뭇가지에 매달려 수다떠는 자매 원숭이들, 화를 터뜨리며 나무둥치를 흔드는 원숭이, 어린 원숭이를 교묘하게 괴롭히는 심술궂은 원숭이, 술에 취한 듯 빈터에 널브러진 원숭이, 파산이라도 한 듯 절망한 표정을 짓고 홀로 다리를 꼬고 다리 난간에 기대선 원숭이…… 회한에 사무친 얼굴로 허공을 바라보던 늙고 초라한 원숭이와는 눈이 마주치기도 했었다.

"그후론 당신이 거의 매일 보였어요. 당신은 오후에 트로피컬 뷰 카페에 자주 앉아 있어요. 라이스 필드를 향해 앉아 코코넛 아이스크림을 먹지요. 멍키포레스트 거리의 이층 레스토랑에서 거리를 내려다보고 있기도 하고요. 팰리스 근처의 그림 가게들을 기웃대고 카사 루나에서 숲을 향해 앉아 노트에 뭔가를 적기도 했어요. 글을 쓰는 사람인가요? 그런 분위기가 있어요. 당신은 그림도 좋아하는 거 같아요. 나는 요즘 만다라만 그리고 있지만, 당신을 그리고 싶어졌어요."

왜 나를? 하지만 굳이 묻지 않았다. 혼자 다니는 여자는 어디서나 타깃이 되는 법이니까, 특히 여행지에서는. 거절하려면 대화를 차단해야 했다.

"내 화실에 한번 올래요? 예술가 커뮤니티 안에 있어요. 만다라 갤러리도 있으니 보면 좋을 거예요. 주소를 알려주면 숙소로 데리러 갈게요."

그가 입은 셔츠의 깃이 나달나달해져 있었다. 걷어올린 소매 끝도 마찬가지였다. 나는 고개를 저었다. 호연은 바깥 평상에 자리를 잡은 듯 돌아오지 않았다. 크릇의 얼굴에 실망이 드리웠다.

"내 초대가 두려운가요?"

그러자 정말 두려워졌다. 다행히 나는 여행지에서 처음 본 화가의 화실에 찾아갈 만큼 호기심이 많지 않았고 모험을 원하지도 않았다. 더구나 잘생기고 가난한 화가가 혼자 여행중인 여자를 불러들이는 작업실은 상상하기조차 싫었다.

"미안하지만 그림을 좋아하지 않아요."

나는 태연하게 거짓말을 했다. 내가 세상에서 좋아하는 몇 안 되는 것 중 하나가 그림이다. 인물화보다는 표정이 더 적은 정물화와 풍경화 쪽이지만.

"저쪽에 가 있는 여자 좀 불러주세요."

나는 그를 물리치며 단호하게 부탁했다. 하지만 그는 쉽게 포기하지 않았다.

"이 그림 줄까요?"

나는 예의상 달라고 했다. 크룻은 계산대로 가더니 내가 그려진 페이지를 찢고 가장자리를 문구용 칼로 잘라냈다. 내게 그림을 건네줄 때 감사하다고 인사하자, 크룻이 입을 벌리고 환하게 웃었다. 입술이 위로 밀려올라가며 그때까지 가려져 있던 윗니들이 드러났다. 왼쪽 대문니 바로 옆의 치아 두 개가 빠져 검게 비어 있었다. 그 순간 젊은 시절에 자주 꾸었던 악몽이 떠올랐다. 꿈속에서 나는 긴 골목을 빠져나가고 있었다. 뒤쪽은 막다른 길이었다. 골목 끝에는 모르는 남자가 서 있었다. 신체는 왜소했고 얼굴은 보이지 않았지만 시선이 날카로웠다. 나는 왜소한 남자의 집요한 시선을 느끼며 한 발 한 발 앞으로 나아갔다. 골목 끝까지 가면 비켜갈 공간이 생길 수도 있을 것 같았다. 다가갈수록 몸이 경직되어 옆구리가 그가 서 있는 반대편으로 휘어지는 듯했고 둘 사이의 정적은 베일 듯 날카로워졌다. 내가 그의 바로 앞까지 다가가자 남자는 살짝 웃으며 고개를 조금 숙였다. 그리고 왼손을 귀밑으로 밀어넣어 얼굴 피부를 확 벗겨냈다. 악몽의 결말은 언제나 같았다. 살점이 너덜너덜하게 뜯겨나간 남자의 얼굴이 덮치는 순간에 나는 깨어났다.

11

그날 이후로 어디서나 크툿이 보였다. 그는 모터사이클을 세우고 맑은 눈으로 정말 반갑다는 듯 인사하고는 이내 떠났다. 그저 가볍게, 헬로, 하이, 누구에게나 하는 인사를 건네는 것이다. 가볍게 생각하려 했지만 어딘가 흥분한 듯한 표정이 꺼림칙했다. 다행히 입을 벌리고 웃는 짓은 하지 않았다.

어느 날 오후, 거리의 식당에서 나오는데 그가 근처에 숨어 있기라도 한 것처럼 하이, 하며 나타났다.

"왜 이렇게 자주 마주치지?"

내가 묻자 그는 숨도 쉬지 않고 대답했다.

"우린 아는 사이니까."

이젠 모른다고 하기도 어려웠다. 그렇다고 아는 사이도 아니었기에 나는 다그쳤다.

"난 너를 몰라."

그러자 크툿은 재미있는 농담이라는 듯 웃음을 터뜨렸다.

"걱정하지 마. 너의 천사가 될게."

"뭐? 왜?"

내가 모르는 관용구인가, 혹은 무슨 작업 방식인가 싶었다.

"다른 뜻은 없어."

"난 천사가 필요하지 않아."

"넌 필요해."

"무슨 소리야?"

"넌 뭔가를 찾고 있어. 그리고 너무 혼자야. 그래서 천사가 필요해."

내가 뭔가를 찾고 있다면 그건 새로운 숙소였다. 하지만 나는 모든 숙소를 지나치고 여전히 뇨만의 집에 머물고 있었다.

"물론 난 다른 숙소를 찾고 있어."

크툿이 고개를 저었다.

"넌 매일 걸어다니며 이 집 저 집을 다 들어가 둘러보지. 하지만 넌 찾을 수 없어. 네가 찾는 건 단순히 숙소가 아니야."

크툿은 나만 빼고 다 아는 자명한 사실이라는 듯 단언했다. 나로선 금시초문이었다. 나는 도대체 무얼 찾아다니고 있었을까.

"내가 뭔가 찾고 있다면 그건 나의 일이니까, 상관 마. 그리고 불편하니 마주쳐도 모르는 척해주면 좋겠어."

나는 힘주어 당부했다. 크툿의 얼굴에 이유를 알 수 없는 동정심이 어렸다.

"난 이곳의 모든 것을 알고 있어. 넌 나를 통해야 찾을 수 있어."

나는 빌어먹을 선문답과 불덩이에 그을리는 듯한 누런 직사광선에 지치고 있었다. 크툿이 명함을 내밀었을 때 나는 무심히 그것을 쥐었다.

"내 화실에 와줘."

"왜 그래야 하는데?"

"네 모습을 정식으로 그려서 선물하고 싶어."

나를 두 겹으로 그렸던 스케치가 떠올랐다. 그런 놀이를 하던 시절은 다 지나갔다. 이젠 나 자신에게 관심도 없었다. 내가 타인에게 어떻게 보이는지도. 당연히 화가의 화실에도 가고 싶지 않았다. 나는 명함을 보지도 않은 채, 가로로 맨 작은 가방 속에 욱여넣어버리고 다시 한번 강조했다.

"나를 보면 모르는 척하고 지나가줘. 진심이야."

크툿, 와얀, 마데, 뇨만, 크툿, 다음은 또 와얀으로 그들의 이름은 순환한다. 이곳에서 이름이란 개인을 담지 못한다. 순서를 표시하는 개념, 그뿐이다. 옆 동네, 아니 옆 구역과 옆길, 심지어 옆집으로만 가도 다시 그 이름들이 반복되며 살고 있었다. U의 사람들은 일 년에 생일을 두 번 맞이한다. 어떤 이는 그곳의 일 년이 육 개월이라고 하고 어떤 이는 팔 개월이라고도 해서 혼란스럽지만, U에서는 원래 자신들의 시간과 종교적인 시간, 그리고 세계화된 시간까지 세 겹의 시간이 동시에 흐른다. 세 겹의 시간 속에서 생일, 제사 같은 집안의 기념일과 온갖 종교의식이 너무 빠르게 순환해서, 여자들은 하루에 몇 번씩 기도하는 것도 모자라 이틀이 멀다 하고 돌아오는 의식에 올릴 차낭을 만드는 것이 중요한 일과다. 하지만 그로 인해 분주할 건 없다. 아무도 분주하진 않다. 반복적이고 순환적인 일과는 그 자체가 안정이고 여유다. 계절은 여름뿐이고 우기와 건기로만 나누어지며 삼모작을 한다. 그리고 집마다 모든 사람의 이름이 첫째, 둘째, 셋째, 넷째, 다시 첫째로 돌고 돌았다. U는 겉도 단순하고 속도 단순하지만, 겹겹이 도는 순환은 켜켜이 위장된 심연 같기도 했다. 이해하려 하면 불가능하고, 이해를 단념하면 이해할 수 있는 모순. 그러나 U만 그런 것은 아니다. 모순은 삶의 보편 법칙이다.

다행히 그날 이후론 크툿과 마주치지 않았다. 식당과 호텔, 마사지 숍과 기념품 상점 들이 늘어선 거리. 거리를 가득 메운 모터사이클과 관광객과 호객꾼 들의 마을, 열대의 희고 노랗고 붉은 꽃들과 꿀같이 달콤한 향기, 기괴한 신상들이 지키는 사원들과 한적한 갤러리, 그리고 혼란스러운 시장. 달군 금속 벽처럼 요지부동으로 죄어드는 열기와 열풍. 그 속에서 매일 마주쳤던 크툿은 마치 단번에 녹아서 증발한 눈 한 송이처럼 사라졌다. 나는 네번째를 이내 잊었다.

12

긴 방파제 안쪽의 사누르 해수욕장은 인공적으로 판 웅덩이 같왔다. 누런 색깔의 물속에서 노는 해수욕객 중에 빨간색 비키니를 입은 젊은 발리인 여자와 늙은 백인 남자 커플이 단연 눈에 띄었다. 그들은 양손을 마주잡고 시선을 꼭 맞춘 채 파도를 타며 놀고 있었다. 가슴이 풍만한 여자는 삼십대 후반, 피부가 쪼글쪼글한 남자는 칠십대 후반으로 보였다. 여자는 유모처럼 상냥하고 남자는 아기 같은 표정으로 몽글몽글하게 웃고 있었다. 주변에는 튜브를 낀 관광객 아이와 젊은 부모, 까맣게 탄 날쌘 현지 아이들이 섞여 있었다. 호연과 나는 한 시간째 방파제 끝 정자에 앉아 있었다. 호연은 내내 등을 돌려 여객선들이 들어오고 나가는 선착장 쪽을 향해 있었다. 해수욕장으로 들어오는 진입로는 방파제를 중심으로 해안을 따라 양편으로 갈라졌다. 해수욕장이 있는 길은 시장처럼 붐비는 노점 거리와 식당, 호텔과 고급 풀 빌라로 이어졌고 우람한 가로수들이 그늘을 드리운 반대편 해안로는 비교적 한적했다. 군것질거리를 파는 구멍가게들이 늘어선 길 중간쯤에 배표를 파는 매표소가 있었지만, 선착장은 따로 없었다. 표를 산 사람들은 가로수 그늘에서 바지를 걷고 옹기종기 기다리다가 수평선을 넘어온 여객선이 해안 가장자리에 와서 멈추면, 짐을 머리와 어깨에 들어올리고 신을 벗어든 채 첨벙첨벙 물을 건너가 배를 탔다. 내리는 사람도 마찬가지였다.

사누르에 호연이 찾는 남자가 있다는 정보를 준 이는 공항에서

나를 픽업했던 운전기사였다. 그 야윈 남자는 자신이 사흘 전 밤
중에 그를 태워주었다고 호연에게 수작을 걸었다. 호연은 지푸라
기라도 잡는 심정으로 그에게 돈을 쥐여주고 뇨만의 사촌누나 집
을 알아냈다. 장거리 버스 매표소를 겸한 마트의 뒷골목 두번째
집이어서 찾긴 쉬웠다. 차낭이 놓인 작은 대문을 밀고 들어갔을
때 뇨만의 사촌누나는 그늘진 마당에 놓인 평상에 앉아 목각을 깎
고 있었다. 평상엔 차낭과 나뭇조각, 올빼미 목각상 몇 개와 쌀과
자가 놓여 있었다. 피부가 검고 체구가 왜소한 여자였다. 뇨만의
대문 앞 평상에서 매일 목각을 깎던 여자들과 분간할 수 없는 모
습이었다. 입을 벌리고 웃으면 썩어가는 검은 이들이 보일 것만
같았지만 여잔 웃지 않았다. 호연이 사진을 내밀자 그녀는 고개를
저었다. 우리가 버티고 서 있자 여자는 집안의 방문 두 개와 부엌
문, 창고 문까지 열어 보여주었다. 방들도 창고도 이사 나간 집처
럼 휑뎅그렁하게 비어 있었다. 그곳 외엔 더는 문도 없고 숨을 틈
도 없는 작은 집이었다. 운전기사가 돈을 챙기려고 거짓말을 한
것인지, 우리가 첫 버스를 타고 가는 사이에 알아채고 다른 장소
로 옮겨갔는지 알 수 없었다.

　　나는 잠에서 깨우듯 호연의 등을 두드렸다. 호연이 천천히 돌
아보았다. 그새 왼눈 혈관이 터져 새빨간 피가 점처럼 뭉쳐 있었
다. 나는 호연의 손을 잡고 정자 마루에서 끌어내렸다. 호연은 벗

어둔 옷처럼 저항 없이 스르르 딸려왔다. 비좁은 노점 거리와 고급 풀 빌라를 지나자 향신료 냄새와 함께 랍스터가 주메뉴인 레스토랑들이 나타났고, 그 뒤로 모래 해변을 따라 해산물 포장마차들이 이어졌다. 호연과 나는 해산물 모둠구이와 나시참푸르를 주문하고 해변으로 들어갔다. 우리가 파라솔 아래 놓인 테이블에 앉았을 때, 긴 자루를 머리에 이고 나뭇가지 다발을 든 노파 하나가 홀연히 나타났다. 노파는 우리 발치에 짐을 내려놓더니 모래 구덩이를 파기 시작했다. 노파는 나뭇가지 속에서 꺼낸 철망을 펴서 구덩이 위에 걸더니 자루에서 옥수수를 꺼내 올리고 그 아래에 나뭇가지를 넣고는 성냥을 그어 불을 피웠다. 노파의 이어지는 동작은 숙련된 듯 매끄러웠다. 해변에서 옥수수를 구워 파는 노파들이 둘이나 더 보였다. 하나같이 야윈데다 검고 차림새가 허술한 노파들이었다. 해변엔 해산물과 옥수수를 굽는 연기와 냄새가 자욱했다. 파란 바다 위에는 작은 구름 꽃이 연등처럼 줄지어 피어 있었다. 호연과 나는 노파들이 피운 작은 불꽃과 구름 꽃을 번갈아 보며 느릿느릿 점심을 먹었다. 식사를 마친 뒤엔 노파에게 구운 옥수수를 샀다.

"신선하고 달아."

호연이 입술에 그을음을 묻힌 채, 그새 핏물이 더 많이 번진 눈으로 배시시 웃었다. 그렇게 간단하게 호연을 웃게 하다니, 옥수수의 힘이 대단했다. 초당옥수수처럼 물기가 많고 단 옥수수를 우리가 사각사각 씹는 사이 노파는 주섬주섬 자리를 정리했다. 탄나뭇가지가 든 모래 구덩이를 메우더니 옥수수 자루를 머리에 이고, 나뭇가지 다발을 들더니 올 때처럼 홀연히 떠나갔다. 돌아보니 노파가 모래 해변에 발을 디딜 때마다 옥수수 자루의 무게로 발자국이 푹푹 파여 찍혔다.

내 눈길은 옥수수 자루를 인 노파를 따라가고, 누구든 될 수 있는 R도 노파를 따라가고 있었다. R은 순간순간 마주치는 여자들에게 자신이라는 얇은 금박을 입히고, 그 여자로 사는 삶을 상상했다. 마치 단 하나의 삶을 찾듯이, 잃어버린 집을 찾듯이, 유체이탈한 제 몸을 찾듯이.

나는 나뭇가지 하나를 주워 모래 위에 공연히 × 자를 그렸다. × 자가 가지런하게 늘어났다. 그러다 불쑥 물었다.

"자기 발로 떠난 사람을 꼭 찾아야 하니?"

호연은 말이 없었다. 고개를 드니 호연은 네가 뭘 알아, 하는 표정을 짓고 붉은 눈으로 쏘아보았다. 미간을 찌푸리자 눈썹의 아치가 살짝 일그러졌다. 흰자위는 시시각각 더 붉어지고, 살이 마른 이마는 더 강퍅해 보였다. 네카미술관에서 처음 봤던 날처럼 눈송이가 떨어진 듯 이마가 시렸다. 그때 둘 사이의 침묵 속으로 젊은 일본인 부부와 어린 아들 둘이 해변에 들어섰다. 이곳의 누런 햇볕과 먼지가 아직 닿은 적 없는 희고 깨끗한 피부였다. 간밤에 도착해 휴가 첫날을 맞은 가족 같았다. 검은 단발머리에 흰색 블라우스와 주름치마를 입은 젊은 아내는 비치백에서 초록색 천을 꺼내들고 바닷물 앞에서 탈탈 털었다. 먼지 한 톨, 모래 한 톨도 용납하지 않을 맹렬한 기세였다. 열 번도, 스무 번도 넘게 터는 사이 그녀의 발밑으로 바닷물이 밀려들었다. 소독한 듯 흰 남편과 두 아이는 그녀의 백옥 같은 발이 바닷물에 젖는 것을 근심스럽게 바라보고 있었다. 얼마 뒤 그녀는 초록색 천을 모래 위에 펴고 남편과 아이들을 그 위에 앉혔다. 그리고 수건을 들고 다시 바다로 가서 발에 묻은 모래를 씻고 수건으로 발가락 사이를 꼼꼼하게 닦은 뒤 샌들을 신은 채 발이 마를 때까지 지면이 조금 더 단단한 젖은 모래 위에 서 있었다. 먼지와 햇빛과 모래가 절대로 닿지 않을 것 같은 그녀의 남편과 두 아이는 초록색 천 위에 얌전히 앉아 어딘지 초조하고 달콤한 표정으로 그녀의 흰 발을 바라보고 있었다. 그녀도 같은 표정으로 그들을 보고 있었다.

그녀가 벌이는 먼지와 햇빛과 모래를 상대로 하는 싸움, 행복하고 두려운 삶과, 사랑과 불안이 겹치는 어쩔 수 없는 슬픔, 세상에 다가가면서도 멀어지려 하는 애증과 어디서나 오도카니 자신을 지켜가는 시린 고독이 눈에 보였다. 자기 것이 분명한 여자, 타인과 자신의 것을 절대 섞지 않는 여자, 세상과의 구분 속에서 외로움과 달콤한 우월감을 느끼는 여자. R과 정반대지만, 그녀 역시 어딘가 R과 겹치는 부분이 있었다. 해변에서 옥수수를 구워 파는 노파가 그렇듯이. 나는 모든 여자에게서 R의 일부를 발견했다. 호연도 처음부터 R과 같은 부류였다. 삶의 표면 위로 튀어오르는 섬광 같은 기쁨과 심연으로 가라앉는 영원한 그늘 사이에서 모든 여자의 불안과 외로움, 좌절과 질투와 결핍과 우울, 가난과 사치와 슬픔과 공허, 그리고 상실과 해독되지 않고 쌓여만 가는 독은, 같은 것을 나눈 듯 서로 닮아 있었다.

고급 풀 빌라를 마지막으로 텅 빈 채 펼쳐진 안쪽 해변은 청결하고 고운 흰모래로 덮여 있었다. 파란 바닷물이 드는 해변 가장자리에 짚으로 엮은 파라솔이 띄엄띄엄 서 있고, 둥글게 가지를 편 나무들이 몇 그루 서 있었다. 해변엔 눈 내린 날 새벽처럼 발자국 하나 없었다.

"여긴 진짜 사누르 해변 같네."

말은 그렇게 하면서도 호연은 믿어지지 않는다는 표정을 지었다.

"비현실적이다."

현실이 아니라 사누르 해변이라는 제목의 관광포스터 속에 들어선 것 같았다. 하필이면 호연과 함께.

"저게 맹그로브 나무야. 맹그로브들은 얕은 바다에서 자라. 짠물을 먹는 나무."

"맹그로브가 이름이야?"

"아니, 종이야."

"맹그로브, 괜히 기분좋아지는 말이네."

"맹그로브가 아닐지도 몰라."

"괜찮아."

호연은 상관없다는 듯 가볍게 대답했다. 나도 같은 심정이었다.

사누르에서 마지막 버스를 탔을 때, 낮 동안의 열기로 인해 저녁 하늘이 화염처럼 타오르고 있었다. 호연의 왼눈도 하늘의 색과 같았다. 버스는 사누르를 떠난 지 얼마 되지 않아 쥐떼에게 파먹힌 듯 퇴락한 작은 마을들을 지나갔다. 지붕도 담도 길도 모두 삭아 가장자리가 무너지고 있었다.

"나 모레 떠나."

호연의 말은 갑작스러웠지만, 우린 서로가 떠나는 날을 미리 알 만큼 친한 사이는 아니었다. 어디서 와서 어디로 가는지도 모르는 채 우연히 같은 숙소에서 잠시 머문 여행자일 뿐이었다. 버스가 정류장에 서자 노파 하나가 내렸다. 규모가 큰 공예 가게 앞이었다. 가게 옆 공터에 줄지어 선 채색 신상들이 어스름 속에서 금세 살아 움직이기라도 할 듯 괴기스러웠다. 나는 용기를 내 물었다.

"네가 찾는 사람, 남편이니?"

호연은 고개를 들어올리고 흔들리는 버스 천장에서 무언가 글자라도 찾는 듯 한 점을 응시했다.

"전남편이야."

호연은 말을 이을 듯 말 듯 입술을 오므렸다.

"삼 년 전에 헤어졌어. 딸이 네 살 때였어."

포장도로 바닥이 깨졌는지 버스 바퀴가 덜컹 튀었다.

"난, 그 사람 대신 내 말을 들어줄래?"

나는 고개를 끄덕였다. 버스가 U에 도착할 때까지 시간은 충분히 있었다. 차창 밖이 어두워지며 창가 자리에 앉은 호연의 모습이 음화처럼 떠올랐다.

"아이가 심장에 약간의 기형을 안고 태어났어."

호연이 한 손으로 다른 손을 꼭 쥐었다.

"부정맥이 심했어. 이마와 입술에, 손발이 다 파랬지. 자주 경기도 했고. 의사는 비관적이었지만 엄만 위기의 순간마다 아이를 살려냈어. 급할 땐 소독한 굵은 바늘로 열 손가락과 발가락을 다 땄고, 경기할 때면 얼굴과 머리의 혈자리까지 땄는데 신기하게도 그런 응급처치가 먹혔어. 구급차가 쉴새없이 드나들었고 입원과 퇴원의 연속이었지. 우린 결혼 전처럼 엄마와 살았는데, 그 무렵 엄만 죄인 같았어. 아이 아픈 게 다 자기 탓인 양. 남편은 예전 생활을 그대로 했지만, 난 못 버티고 결국 퇴사했어. 겨우겨우 시간이 흘러 네 살이 되니 아이의 몸 상태가 좀 안정이 되었어. 의사도 위험한 시기를 넘겼다고 했어. 병원에 가는 일이 줄어들어 한숨 돌렸지. 그대로 자라면 성장기를 지나며 기형에 적응하기도 한다고, 의사는 그런 사례가 제법 있다고 했어."

호연의 말은 오래 생각하고 정리해온 듯 단정하게 흘러나왔다.

"겨우 마음이 좀 가라앉고 정신이 들 무렵에 돌연히 그 사람이

이혼을 요구했어. 느닷없어서 처음엔 장난 같았어. 집에선 숨이
안 쉬어진다는 거야. 실제로 아픈 사람처럼 갑자기 살이 빠지더니
점점 살색이 어둑해졌어. 잠을 못 자고, 소화도 못 시키고. 말은
안 했지만 엄마 때문인가 싶어 시골에 집을 구하러 다니기도 했
어. 하지만 엄마를 아는 이도 없는 곳에 보낼 순 없었어. 난 엄마
와 남편과 딸을 모두 붙든 채 이혼은 어림없다고 고집을 부렸지만
겨우 반년을 더 끌었을 뿐 결국 헤어졌어. 의외로 간단했어. 그는
몸만 빼서 나갔으니까."

　　말이 뚝 끊어졌다. 나는 유리창에 비치는 호연을 슬쩍 쳐다보았
다. 호연도 깊은숨을 내쉬며 차창 안의 자신을 들여다보았다. 한
쪽 눈이 패여나간 듯 검을 것이었다.

　　"한 이 년 평화롭게 살았던 거 같아. 그런데 아이가 여섯 살이
되어 유치원을 다니면서 아빠 꿈을 꾸기 시작했어. 제 아빠 꿈을
꾼 날은 아빠를 데려오라고 떼를 썼어. 제 아빠에 관해 묻고, 아빠
사진을 품고 자고, 점점 더 자주 아빠 꿈을 꾸고, 더욱 고집스럽게
울었어. 새 옷을 입은 날이나 새 신을 신은 날, 유난히 머리가 예
쁘게 묶인 날이면 아빠를 만나러 가겠다고 실랑이를 벌였어. 유치
원 버스를 타지 않겠다고 버티는 날이 많았고, 때론 다짜고짜 집
을 나서기도 했어. 제 생일 아침에도 그랬지. 가출은 언제나 아파
트 정문 앞에서 끝이 났지만…… 거기서 아인 세상으로 나가는
길을 몰랐던 거야. 아무리 기다려도 제 아빤 찾아오지 않았고. 나

와 외할머니와 살면서도, 유치원에선 늘 아빠와 둘이 있는 그림을 그렸어. 그 모든 것이 도무지 이상하기만 했어. 아인 제 아빠와 산 기간이 너무 짧았으니까. 그리워하기엔 기억조차 없었으니까. 처음엔 이상하다가 차차 내가 모르는 뭔가가 있는 것만 같아 섬뜩하고 두려워졌어. 아인 마치 제 아빠를 만나려고 태어난 존재 같았거든. 아빠와 딸 사이에 있는 것을 난 도무지 알 수 없었어. 억울한 기분이 들 때면 엄마에게 묶여 사는 내 형편이 혐오스럽고, 천지에 의지할 데 없는 늙은 엄마가 밉고, 나와 엄마를 불행의 구덩이에 빠뜨리고 제 아빠만 그리워하는 딸도 미웠어. 어느 날, 그날도 아이를 유치원 버스에 태워 보내고 집에 들어가 출근할 채비를 하다가, 선생님한테 전화를 받았어. 아이가, 아파트 정문 앞에서 차에 치였다고."

그 순간 호연이 온 얼굴을 쥐어짜듯 구겼다. 나는 검은 유리창에 비치는 호연에게서 시선을 돌렸다. 포일처럼 구겨지는 얼굴을 차마 보고 있을 수가 없었다.

"아이가 내려달라고 떼를 쓰자 선생님이 아파트 정문 앞에 같이 내려 내게 전화를 걸었어. 그 전화를 내가 받지 못한 거야. 선생님이 어쩔 줄 모르고 두번째 전화를 거는 사이에 아이가 도로로 달려 나갔어. 믿어지지 않게도, 아인 그 짧은 틈에 영영 떠나버렸어."

호연의 어깨가 몇 번 솟구치더니 호흡이 격해지며 이마 가운데 핏대가 섰다. 그리고 눈물이 터졌다. 눈물은 얼굴을 타고 흘러 턱

끝에서 방울져내려 손등 위로 떨어졌다. 가방 위에 놓인 손등이 젖고 있었다. 울기가 힘이 드는지 손등의 혈관까지 튀어나와 있었다.

"난, 이 일을 혼자 겪고는 살 수가 없어. 이런 마음이 무엇인지, 정확히 몰라. 하지만 나 혼자선 견딜 수 없어. 그를 만나 이 이야기를, 해주고 싶어. 우리에게 생긴, 이 모든 이야기를."

나는 호연의 젖은 손등을 내 손으로 덮었다. 타인의 미지근한 체액이 손등 위로 툭 떨어졌다. 물이 차오르는 듯 귓속이 먹먹해진 건 그때였다. 버스가 U에 도착했을 때 나는 한쪽으로 고개를 젖혀 손가락으로 귓바퀴를 잡고 털었다.

13

호연이 떠난 날 많은 꿈을 꾸었지만 꿈들은 깨진 거울 조각처럼 흩어져 하나의 이야기로 이어지지 않았다. 사람은 보통 하룻밤 동안 여섯 개 정도의 꿈을 꾼다고 하는데, 생각하고 생각하니 세 개가 겨우 떠올랐다. 첫번째 꿈에서는 아이가 소풍을 가는데 과자가 없었다. 나는 과자를 구하기 위해 집을 나섰다. 과자를 구해 가방에 넣고 급한 걸음으로 돌아오는 길에 개울을 건너다 그만 가방을 물에 빠뜨리고 말았다. 흐르는 물에 뛰어들어 허우적거리며 가방을 건졌지만 과자는 이미 녹아 있었다. 나는 다 녹은 과자를 안고 물을 뚝뚝 흘리며 아이가 기다리는 집으로 갔다.

두번째 꿈에선 남편을 찾으러 어느 낡은 빌라를 찾아갔다. 그 집엔 몸집이 커다랗고 두부같이 살이 무르고 흰 얼굴에 긴 머리를 틀어올린 눈먼 여자와, 그 여자와 꼭 닮은 노파가 있었다. 남편은 자신의 업무 실수로 오작동한 기계에 끼어 죽은 동료의 집에 사죄하러 갔다가, 그 집에 눌러앉아 더운밥을 먹고 있었다. 남편은 나를 모르는 척했다. 여보, 집으로 돌아가요. 내가 부르짖어도 남편은 내 말을 알아듣지 못했다. 내가 그의 팔을 잡아끌고 나가려 하자 눈먼 여자가 크고 흰 손바닥을 치켜들어 나를 때리려 했고, 노파는 딸을 말렸다.

"안 돼, 저 여자도 귀가 먹어."

남편은 여자에게 맞고 귀가 먹었나? 그래서 내 말을 듣지 못하나? 내가 놀라 우물쭈물하는 사이 여자가 나를 문밖으로 밀쳐냈다. 나는 그 집에 신발을 둔 채 쫓겨나 맨발로 걸었다. 상가를 지나고 바닥이 더러운 도심을 벗어나 흙길을 빠르게 걸었다. 어디로 가야 내 집이 있는지 아는 느낌이었지만 집에 도착하지는 못하고 계속 걸었다.

세번째 꿈에선 이제 막 버스에서 내린 여자가 아이들을 어디에 맡겼는지 기억해내지 못한 채 거리를 걷고 있었다. 여자는 여동생과 엄마와 전남편의 엄마와 이웃을 찾아다니며 아이를 찾느라 멸

시의 눈길을 고스란히 받아냈다. 여자는 마을의 유치원들도 이곳 저곳 찾아다녔다. 내 아이들은 어디에 있나? 여자는 제 아이가 모두 몇 명인지도 알 수 없었다. 한 명이기도 하고 열두 명이기도 하고 스무 명이기도 했다. 여자가 울며 걸을 때 누군가 다가와 알려주었다.

"아이들은 다 자라서 자기 일에 급급한 어른이 되었어요. 그애들은 회사에 다니느라 바빠서 당신 눈에 보이지 않아요."

여자는 그 자리에 멈추어 섰다. 아…… 다행이다. 내 아이들이 다 컸다니. 여자는 그 순간 가게 앞 전신 거울에 비친 늙은 여인을 보았다. 여자는 자신이 어떤 시간 속에 서 있는지 알 수 없었다. 나는 어디로 가고 있었던가? 여자는 버스 정류장으로 가서 막 멈춘 버스를 탔다. 여자는 정류장들을 지나 버스에 실려갔다. 아이들이 다 자랐다면 한 바퀴를 더 돌아도 상관없었다. 두 바퀴를 헛돌아도 상관없었다. 보건소에는 내일 도착해도 상관없다.

"그런데 나는 보건소에 가던 길이었나?"

꿈속의 여자가 중얼거렸다. 그 여자는 나였다가, 호연이었다가, 해변에서 옥수수를 구워 파는 노파였다가, 멍키포레스트 거리의 어느 호텔에서 연인에게 안겨 나오던 사랑에 빠진 화사한 여자였다가, 해변에서 커다란 초록색 천을 털어대던 일본인 여자였다가, R이 되었다. 보건소 같은 덴 내일 가도 상관없다. 급할 게 하나도 없다. 중얼대는 R의 얼굴에 신비스러운 미소가 번져갔다. 미소는 고뇌로 찌든 얼룩과 잡티를 지우며 오래 맴돌았다. 마치 새살이 돋아나는 듯 R의 얼굴이 맑게 개고 있었다.

14

가방 안에서 명함을 발견했을 때, 처음엔 누가 준 것인지 기억 나지 않아 버리려다가 인니어 문자가 낯익어 유심히 보게 되었다. 글자 아래에 크툿의 이름과 전화번호, 스튜디오 주소가 영자로 깨 알같이 적혀 있었다. 공예 거리 19번지 '천국의 귀'였다. 나는 발 코니로 튀어나가 도로 건너편 간판의 인니어 문자와 명함 글자를 대조했다. 같았다.

계곡 앞 사원에선 두 여자가 기도를 끝내고 나가고 있었다. 그 시간이면 늘 그 자리에서 기도하는 여자들이었다. 늙은 여자가 몸 집이 크고 검은 머리를 단정하게 틀어올린 젊은 여자의 팔을 잡고 짓다 만 호텔의 진입로 쪽으로 사라졌다. 그 뒤쪽은 도롯가의 건 물에 가려져 보이지 않았다. 나는 서둘러 옷을 갈아입고 방에서 나갔다. 확신에 찬 걸음으로 뇨만의 집을 나가 도로를 건너고, 짓 다 만 호텔 입구를 지나 아무것도 없을 것 같은 작은 숲의 모퉁이 를 돌았다. 그러자 실개천에 걸린 작은 다리가 나타났다. 다리를 건너 돌계단을 딛고 올라가 흙담을 두른 고즈넉한 나무 대문을 밀었다. 그 옛날부터 늘 열렸던 것만 같은 친숙한 문이었다. 흙담을 따라 가지런하게 솟은 대나무들이 바람에 스치는 소리조차 낯익었다. 삐걱 소리를 내며 대문이 열리자 나무 타는 냄새가 새어나왔다. 그래, 이곳이야. 내 속의 누군가가 중얼거렸다.

그 집에 들어갔을 때 내가 가장 먼저 본 것은 무엇이었을까. 불꽃이 타는 화덕이었던가, 빛이 폭죽처럼 터지던 만다라 그림들이었던가, 아니면 도롯가에 있던 간판과 같은 글자가 새겨진 작은 표지판이었던가. 모든 것이 동시에, 한눈에 들어왔다. 야외 식당의 한 벽면과 맞은편 안채의 벽면을 가득 메운 빛의 다발 같은 만다라들을 보는 동시에 흙화덕에 타고 있는 장작불을 보았다. 화덕은 마당 가운데 있는 부엌을 거의 다 차지할 정도로 컸다. 천장과 뒷벽은 검은 그을음에 덮였고 옆벽에는 나무를 걸친 빈약한 살강이 걸려 있었는데, 앞은 완전히 트인 개방형 구조였다.
나는 이십 미터나 되는 코코넛 나무를 직접 보았을 때처럼, 가슴의 통증과 함께 그리움을 느꼈다. 보는 것만으로 그리움이 생겨나면서 그리움이 채워지고, 외로움이 생겨나면서 외로움이 채워지고, 꿈을 꾸면서 꿈을 이루는 듯한 순간이었다. 바람이 한차례 지나가자 담장가의 대나무와 마당 곳곳에 선 열대수들이 뱀이 지나가듯 긴 소리를 내며 오래 잎을 흔들었다. 나는 서둘러 야외 식당의 테이블 하나를 차지하고 앉았다.

카운터 옆 간이 부엌에는 오십대 후반 정도의 중년 여자가 크고 묵직한 칼을 들고 코코넛 윗부분을 찍어내고 있었다. 계곡가의 노천 사원에서 기도하던 여자였다. 여자는 나와 눈을 마주치자 메뉴판을 들고 다가왔다. 신선한 코코넛, 화덕에서 구운 바나나케이크, 레모네이드와 라임과 수박 주스, 단 하나의 식사 메뉴인 나시참푸르, 그리고 발리식 커피…… 나는 바나나케이크와 코코넛을 시켰다. 그뒤엔 커피를 주문할 계획이었다. 그뒤엔 나시참푸르를 시킬 것이고 수박 주스를 시킬 것이다. 나는 그 집에서 나가지 않을 작정이었다. 손님은 나뿐이었다. 짓다 만 호텔의 진입로를 지나 숲 모퉁이를 돌 때부터 감이 왔다. 흰 연기 냄새를 맡으며 대문에 들어섰을 때부터, 장작이 타는 화덕과 만다라를 봤을 때부터, 나는 줄곧 이곳이야, 이곳이야, 라는 중얼거림을 듣고 있었다. 내가 하는 말인지 R이 하는 말인지 알 수 없었지만, 누가 봐도 거긴 R이 머물기에 안성맞춤인 장소였다.

굵은 빨대가 꽂힌 코코넛이 나왔다. 빨대 안으로 신선한 즙과 긁어낸 배젖이 딸려들어왔다. 나는 차게 식힌 코코넛을 사막을 건너온 사람처럼 허겁지겁 들이켰다. 그리고 포근하고 향긋한 바나나케이크를 먹었으며 커피 가루가 잔뜩 가라앉은 발리식 커피를 마셨고 크고 아름다운 접시에 담겨 나온 나시참푸르를 먹었다. 향신료가 은은하게 섞인 볶음밥은 정갈하고, 풍미 깊은 튀긴 닭고기와 생선은 깔끔하며 콩과 채소는 신선하고 푸짐했다. 쌀과자조차 담백했다. U에서 먹은 최고의 나시참푸르였다. 미안하지만 그에 비하면 뇨만네 음식은 비참한 수준이었다. 방황이 끝나고 집에 도착한 기분이 들었다. 내가 느끼는 기시감과 그리움의 정체는 그것이었다. 하지만 집이라니, 어떤 집이 그런 기시감을 일으키는지 아득하기만 했다. 내가 살던 집은 아니었다. 엄마와 살던 옛집도 아니었다. 그보다 더 옛집, 내 기억에 없고, 엄마의 기억에서조차 희미할 엄마의 엄마의 옛집이었다. 처음 눈을 뜨고 세상의 냄새를 맡으며 소리를 들었던 곳, 손가락과 발가락을 꼼지락거리며 처음으로 몸을 인식한 곳, 내가 여기 있다는 의식이 시작된 첫 집이었다. 나는 어디로 가는지 모르는 채, 떠내려오듯 깊은 물속을 흘러 그곳에 도착해 있었다.

그곳에선 첫째가 되든, 둘째가 되든, 와얀이든 마데든, 뇨만이든 크툿이든 상관없을 것 같았다. 그대로 눌러앉아 빛이 분기하는 만다라들 사이에서 잠들었다 깨고, 카운터에서 손님을 받고, 큰 칼을 내리치며 코코넛을 따고, 바나나케이크를 굽고, 설거지를 하고, 차낭을 만들어 계곡 옆 신사에 나가 기도를 올리고, 늙어서는 화덕 앞에 쪼그리고 앉아 장작불을 피우며 살고 싶었다.

다음날 그 집이 여는 시간에 맞추어 다시 갔다. 짓다 만 호텔을 지나 작은 숲 모퉁이를 돌아 실개천에 걸린 다리를 건너 계단을 올라 대문을 밀고 들어섰을 때, 놀랍게도 부엌과 안채 사잇길에서 나오는 크툿과 마주쳤다. 크툿이 커다랗게 눈을 뜨고 반색했다. 크툿 뒤엔 호연이 찾던 남자가 눈먼 여자의 부축을 받으며 걸어나왔다. 그가 움찔하며 서자, 눈먼 여자의 눈동자가 작은 물고기처럼 요동쳤다. 화덕에는 전날처럼 장작불이 타고 있었다. 카운터엔 전날과 달리 젊은 여자가 수박을 자르고 있었다. 나는 세 사람과 함께 야외 식당에 앉았다. 눈이 불편한데도 집안 구조가 몸에 뱄는지 남자를 부축하는 눈먼 여자의 움직임은 능숙했다. 그들은 식후 차를 마시러 나온 듯했다. 인수, 인호 같은 이름이 떠올랐지만, 그 남자의 이름을 호연에게 들었는지 아닌지도 혼란스러웠다.

"이 집은 만다라 화가의 집이야. 삼대째 이어오고 있어. '천국의 귀'는 집주인의 증조부가 그린 만다라의 제목이야. 그가 그린 만다라는 전부 '천국의 귀'였어. 그해의 연도 뒤에 '천국의 귀 1' '천국의 귀 2', 이런 식으로 붙이는 거지. 지금은 우리 커뮤니티에서 제작해 판매하는 만다라를 총칭하는 브랜드가 되었어. '천국의 귀' 뒤에 각자의 사인을 하지. 집주인은 우리 같은 지역 화가나 외국에서 온 화가들에게 숙소와 스튜디오를 제공하고 식사도 지원해. 또 아마추어 화가들에게 만다라를 의뢰하고 구매도 하지. 이쪽은 집주인의 딸, 마데야."

"안녕, 반가워요."

마데는 어느 집에나 있었다. 마데의 눈동자가 빠르게 좌우로 흔들리더니 정확히 나를 향해 고개 숙이며 화답했다.

"환영해요."

흰 얼굴에 검고 긴 머리를 틀어올린 모습이었다. 나는 이미 여러 번 그녀를 본 적 있었다. 크툿은 남자는 마치 거기에 없는 존재인 듯 소개하지 않았다. 남자는 살갗이 거무죽죽하고 생기라곤 없어서 동공조차 껍데기뿐인 듯 공허했다. 뇨만의 집 로비에서 보았던 때가 불과 한 달 전이라는 사실이 믿어지지 않았다.

"이 식당과 안채 벽에 걸린 만다라들은 현재 주인이 그린 거야?"

"집주인 작품도 있고, 우리가 그린 작품도 있어. 여기 이층에 비밀 갤러리도 있는데 거기엔 백오십 년 넘은 '천국의 귀'가 있지. 주인의 증조부가 그린 만다라 말이야. 보고 싶어?"

크툿은 마치 방문 약속이라도 되어 있었던 사람을 맞이하듯 자연스럽고 다정했다. 나는 당연히 보고 싶다고 대답했다.

"마데의 어머니가 외출했어. 돌아오면 열쇠를 받아서 보여줄게. 그사이에 스튜디오 구경할래? 오늘 모델이 되어주는 거야?"

"아니, 그건 아니야."

미처 생각지 못한 일이었다.

"그래? 괜찮아. 네가 여기 온 것만으로도 충분해. 네가 이 집을 좋아할 거 같았어."

크툿이 초대한 그날 왔더라면 헛된 나날을 보내지 않았을 것이다. 그랬더라면 호연은 이 남자를 만났을까? 그때 대문이 삐걱 열렸다. 주인 여자인가 했는데, 뇨만이 들어섰다. 나를 발견한 뇨만이 한순간 고개를 돌려 외면했다. 진심으로 당황한 것 같았다.

"난, 여긴 어떻게?"

뇨만의 얼굴이 붉어졌다. 하지만 호연은 떠나고 없으니, 그로선 노 프라블럼이었다. 뇨만은 남은 의자로 다가와 앉았다. 내가 짓다 만 호텔의 진입로로 들어갔다가 도망쳐나오던 모습을 지켜보던, 일말의 우울이 깃들어 있던 눈빛이 기억났다. 관광객들이 헤매는 걸 보는 게 우리의 재미죠, 라고 했던 심술궂은 말도.

"여기 어떻게 알고 왔어?"

나는 말로 설명하기 어려웠다.

"내겐 아무것도 없다더니, 뇨만은 잘도 드나들었군."

뇨만이 갑자기 웃음을 터뜨렸다.

"우리 직원에게 돈까지 쥐여주고, 둘이 사누르까지 가서 헤매더니 이제야 찾았네."

뇨만은 우습고 슬픈 숨바꼭질을 잘 구경했다는 듯 박장대소했다.

그날 휑뎅그렁한 진입로를 지나 작은 숲을 돌아 더 안쪽으로 들어왔더라면 나는 뭔가를 알아챘을까? 작은 다리를 건너 여섯 개의 계단을 올라 이 집에 들어섰을까? 아니면 나는 여전히 눈먼 사람처럼 지나쳤을까? 혹은 나를 지켜보던 뇨만이 그전에 허둥지둥 달려와 나의 주의를 돌리며 저지했을까?

"어쩔 수 없었어. 영업 규칙상 먼저 온 손님 우선이거든. 이 손님이 원하는 걸 들어주어야 했어."

뇨만이 남자를 슬쩍 쳐다보았다. 남자의 눈은 앞을 향해 있었지만 생명의 기운이라곤 없었다. 마데가 부축하지 않는다면 이내 풀썩 기울어질 것 같았다.

"그건 나의 비즈니스였어. 난 열심히 돈을 벌어야 해."

근처에 좋은 식당이 있는지 물었을 때도, 그런 건 없으니 제집에서 먹으라고 시치미를 뗐던 사람이었다.

"그게 다야. 다른 이유는 없어."

몹시 얄미웠지만 달리 방법도 없었다.

"그런데 여긴 어떻게 알았어?"

뇨만은 짓궂은 표정을 지으며 재차 물었다.

"우리집에 머무는 여행객은 매일 간판을 봐도 모르는 채 지나가. 이곳을 찾아오지 못하지."

나는 대답 대신 크툿의 명함을 보여주었다.

"여기 들어온 손님은 네가 처음이야. 오해하지는 마. 내가 알려주지 않은 건 집주인이 원치 않기 때문이야."

뇨만이 크툿을 쳐다보고 동의를 구했다. 크툿이 내게 한쪽 눈을 찡긋했다.

"이곳은 일반 식당은 아니고, 커뮤니티에서 작업하는 화가들의 식사를 지원하는 곳이에요. 저 안쪽에 공동 스튜디오가 있거든요."

크툿이 부엌 뒤쪽을 가리켰다.

"그래서 홍보를 하지 않죠. 하지만 원칙적으로 제 발로 찾아오는 손님은 누구든 받아요."

"집주인은 게임처럼 그걸 즐겨. 눈 밝은 사람만 스스로 찾아와 환대받기를 바라는 거야. 물론 나도 숨기기를 즐기지. 경쟁이 안 되니까. 이 집은 음식도 훌륭하지만 가격도 거저잖아. 여행객들 대부분은 보고도 보지 못한 채 지나치지. 너는 운이 좋았어."

나는 부루퉁한 표정을 지었다.

"너무 늦었어. 나흘 뒤면 떠나."

"나흘은 그렇게 짧은 시간이 아니야. 무슨 일이든 일어날 수 있는 시간이지. 때론 사십 일보다 길어."

뇨만은 참을 수 없다는 듯 또다시 웃음을 터뜨렸다. 나를 속이고 희롱하며 농락하는 삶의 웃음소리 같았다. 삶이란 뇨만과 같다. 선하기도 하고 악하기도 하고, 고상하기도 하고 천박하기도 하고, 아름답기도 하고 추하기도 하다. 우습기도 하고 슬프기도 하고, 한심하기도 하고 무섭기도 하고 끔찍하기도 하다. 친절하기도 하고 박정하기도 하고, 맑기도 하고 역겹기도 하다. 이 모든 것을 합친 단 하나의 단어가 떠오를 듯 말 듯 머릿속에서 아른댔다.

"우린 늘 이런 식이지. 유감스럽게도 그래."

말을 빙빙 돌리던 뇨만은 뭔가 부족하다는 표정을 짓더니 한순간 내게로 몸을 바짝 기울였다.

"저렇게 오래 살 줄 몰랐어. 빅 보스가 여기로 보낼 땐 삼 개월밖에 못 산다고 했거든. 삼 년 전쯤이었어. 무슨 암이라고 했는데,

너무 늦게 발견해서 손쓸 수가 없다고 했어. 온 장기로 전이되었다고. 그런 사람이 여기서 만다라를 그리며 계속 살아온 거야."

아래위로 흰옷을 입은 건장한 외국인 남자가 긴 금발 머리카락을 날리며 대문 안으로 들어서자 뇨만과 크툿은 내게 눈짓을 보내더니 옆 테이블로 옮겨갔다. 미리 약속된 자리 같았다. 달갑지 않게도 호연의 전남편과 눈먼 여자만 내 맞은편에 앉아 있었다. 그의 얼굴과 목과 드러난 손이 그사이에 더 검게 변색된 것 같았다.

"이곳에 숨어 호연을 따돌렸군요."

"보다시피, 형편이 이래서요. 호연에게, 알리지 않겠지요."

구멍난 풍선에서 새어나오는 마지막 공기처럼 가늘고 불안정한 목소리였다. 짧은 말에도 숨이 차는 듯했다.

"그제, 떠난 건 알고 있어요."

뇨만이 오가며 소식을 충실하게 전달한 모양이었다. 내가 떠올리는 것보다 더 많은 걸 알고 있는지도 모를 일이었다. 사누르에서 돌아오던 밤 버스 안에서 호연이 쏟았던 눈물이 떠올랐다. 신물이 울컥 나오더니 입안이 마비되듯 무감각해졌다. 나는 얼굴을 찌푸리며 침을 삼켰다. 그 순간 귀가 먹먹해졌다. 귓속에 미지근한 물이 차오르는 느낌이었다. 호연은 왜 그 모든 말을 하기 위해 길을 떠나야 했을까? 하지 않고는 견딜 수 없는 아픔 때문이었는지, 사실을 알려 일종의 복수를 하고 싶었는지, 딸을 버리고 떠난 죄를

추궁하고 싶었는지, 아니면 누구도 아닌 그와 공감을 나누고 싶었
는지, 혹은 그저 예의바르게 중요한 사실을 통보하고 싶었는지 알
수 없었다. 무슨 인연인지 나는 그를 대신해 독인지 사랑인지 모를
호연의 말을 모두 들었다. 그뒤로 귀가 수시로 먹먹해졌다.

"왜 당신을 찾아다녔는지 궁금하지 않으세요?"

"알아요."

남자가 그렇게 대답했다. 안다고.

"호연이 나를 찾기 시작했을 때, 지인들과 사촌형에게 내 행방
을 알아보고 다녔을 때, 그때, 알게 되었어요. 우리에게, 어떤 일
이 일어났는지."

우리에게, 라고 말해서 나는 조금 놀랐다.

"호연이 나를 많이 미워하던가요?"

호연이 그를 의자에 묶고 파리채로 얼굴을 때리며 죄를 묻는 모
습을 상상했다.

"아닐 거예요."

나는 확신 없이 대답했다. 미워한다면 그렇게 울지 않았을 것이
다. 남자가 탁자를 쥐고 간신히 자리에서 일어서더니 뭐라고 말했
다. 귀가 먹먹해 잘 들리지 않았지만 입 모양으로 보아 잠깐만 기
다리라고 한 것 같았다. 마데의 눈동자가 눈 밖으로 나갈 듯 소용
돌이치더니 그를 부축했다. 그들은 일심동체처럼 붙어 다리를 끌
며 안채와 부엌 사이로 걸어갔다. 기다리는 동안 순한 바람이 곱

게 머리를 빗어주듯 한 자락씩 지나가고, 나뭇잎이 흔들리고, 햇살이 반짝이고, 화덕에 불꽃이 타고, 댓잎이 수수수 소리를 냈다. 그때 나는 갑작스럽게 깨닫게 되었다. 호연은 이해하고 싶었던 것이다. 그를 만나 모든 이야기를 나누고, 자신들에게 일어난 불행을 함께 이해하고 싶었던 것이다.

그들은 캔버스에 유화로 그린 작은 만다라 그림과 포장지를 들고 다시 나타났다. 파란색 바탕에 흰색 원을 중심에 두고 정육면체들이 방사형으로 가지를 뻗으며 이어진 형상인데, 교차하는 면적마다 보라색과 초록색이 정교하게 채색되어 은은한 광휘를 뿜었다.

"마데가 상상으로 보는 것을 내가 그렸습니다."

그림 하단에 '천국의 귀 민수 앤 마데'라는 사인이 들어 있었다. 남자의 이름은 민수였다. 마데는 내 앞에서 그림을 능숙하게 포장했다. 남자는 포장한 만다라를 허공 깊숙한 곳에 밀어넣듯 내게 내밀었다. 나는 호연과 전화번호를 주고받지 않았다. 주소도 당연히 몰랐다. 우리는 우연히 같은 지붕 아래서 머물다 흩어진 여행객일 뿐이었다.

"호연에게 전달할 길이 없어요."

"당신에게 드리는 겁니다."

당황스러웠지만 군말 않고 받았다. 귓속에 여전히 물이 찬 느낌이었다. 나는 참지 못하고 한쪽으로 고개를 젖혀 귓바퀴를 잡고 털었다.

"자고 일어나면 괜찮아질 거예요."

남자가 충고했다.

"나도 늘 그래요. 오후에 시작되고 아침엔 괜찮지요."

남자는 아무렇지도 않게 대답했다. 나는 호연의 버릇을 떠올렸다.

"이게 옳나요?"

"그럴지도요. 하지만 당신은 곧 나을 거예요."

"왜죠?"

"돌아가면 우리를 잊을 테니까요."

남자의 어둑한 눈은 시선도 없이 전면을 향해 공허하게 열려 있었다. 몸을 따라 눈도 야위는지 동공뿐만 아니라 흰자위조차 이내 막이 벗겨질 듯 메마르고 얇았다.

15

U에서 돌아왔던 그해 오월엔 강원도에 눈이 내렸다. 한 지인은 '공기 속에서 차가운 오이 냄새가 난다'라고 안부 문자를 보냈다. 오월이 너무 추워서 또다른 외국으로 온 기분이었다. 나는 감기에

걸려 콧물을 달고 살았고 자주 체했다. 내가 다녀온 뒤에도 U에서는 화산이 또다시 분화했고, 근처 섬에서 대규모 지진이 두 번이나 일어나 마흔세 명이 죽고 백삼십여 명이 중경상을 입었다. 어느 섬에서는 공개 태형을 집행해 국제 인권 단체들의 반발을 샀고 오 미터나 되는 뱀이 여자를 통째로 삼켰다는 뉴스도 들려왔다.

화산 분화와 지진, 이해할 수 없는 관습과 흑마술 같은 자연재해를 빼고는 U를 상상할 수 없지만, 관광객인 나에게는 말 그대로 상업적인 관광지 이상도 이하도 아니었다. 신에게 바쳐지는 그 많은 기도나 의례, 차낭조차 관광산업의 일부라고 여겼다. 물가가 싸고 안전한데다 사람들은 친절하고 전 세계인이 들락거리니 장기적으로 머물며 목적 없이 소일하기 좋은 곳이다. 나는 그곳에 무엇이 숨겨져 있을 거라고 기대해본 적이 없었다. 그런데, 혹은 그렇기 때문인지 그곳은 무언가를 숨기고 있었다. 나는 U를 떠나기 나흘 전에야 그 사실을 알게 되었다. 그러자 그곳에서 보낸 의식의 파편들이 기묘하게 뒤틀리며 복통을 일으켰다. 여자를 삼킨 뱀은 반년 동안 땅속에 숨어 꼼짝 않고 소화를 시킨다고 한다. 내게도 그런 침잠의 시간이 필요했다. 그것은 R과 헤어지는 시간이기도 했다.

떠나던 날 아침에 짐을 다 싸둔 뒤 발코니 문을 열고 나갔을 때 도로 건너편의 '천국의 귀' 간판 옆 공터에서 조촐한 장례 행렬이

나오고 있었다. 가마를 멘 사람 중엔 뇨만과 크툿도 있었다. 가마 뒤를 따르는 행렬 속엔 '천국의 귀' 주인 여자와 눈먼 딸 마데, 그리고 뇨만의 아내 마데도 있었다. 우는 사람은 아무도 없었고 그저 할일을 하는 듯 무심한 얼굴들이었다. 가마를 작은 트럭의 짐칸에 올린 사람들은 자동차를 타고 트럭을 뒤따라가고, 일부는 그자리에서 흩어졌다. '천국의 귀' 주인 여자와 딸 마데는 계곡 가장자리에 있는 노천 사원으로 가 향을 피우고 기도를 했다. 전날 뇨만은 장례식이 있어서 오전에 공항으로 데려다줄 수 없게 되었다며 택시를 섭외해주었다. 우선은 공동묘지에 가매장을 할 거라고 했다. 화장은 한국의 빅 보스가 와서 결정할 일이었다. U에서는 사정이 있거나, 화장할 경비가 없으면 돌무덤으로 가매장을 한다고 했다. 가난한 집은 화장할 돈을 모으는 데 일 년에서 삼 년까지 걸리기도 하고, 십 년이 걸릴 때도 있었다. 그러다보니 더러는 돌무덤이 방치되어 유골이 이리저리 쓸려 흩어지는 경우도 적지 않다고 했다. 작별인사를 할 때 뇨만은 밝은 얼굴로 위로했다.

"우울해하지 마. 그는 어딘가에서 금세 다시 태어날 거야. 병들지 않은 새 몸으로. 아무 기억도 없고 죄도 없는 새 마음으로."

U의 사람들은 죽으면 이내 새 삶을 얻어 태어난다고 믿었다. 그들에게 죽음은 삶의 해결이었다.

떠날 준비를 마친 뒤 책상에 오도카니 앉아 코코넛 나무를 보고 있다가 트렁크를 다시 열고 메모 노트와 펜을 꺼냈다. 택시가 올 때까지는 삼십 분 정도 시간이 남아 있었다. 나는 정성 들여 글자를 적었다.

'새 여행자님 안녕하세요. 나는 한국인 이혜란입니다. 나는 무언가 무거운 것을 내려놓기 위해 U에 와서 예상 밖의 아름다운 여행을 했습니다. 사람들은 저마다 다른 이유로 여행을 떠나겠지요. 누군지 모르지만 당신의 여행을 응원합니다. 이 집엔 불편한 점과 함께 좋은 면도 많이 있습니다. 지나고 보니, 이 두 가지에 다 익숙해지는 것이 정드는 일이라는 생각이 듭니다. 당신이 이 방과 발코니와 테라스에서 편안하고 건강하길 바랍니다.' 나는 거기까지 쓰고 망설였다. 도로 건너편 짓다 만 호텔 앞을 지나 작은 숲의 모퉁이를 돌면 '천국의 귀'가 있으니 찾아보길 권합니다, 라는 문장을 쓰기 위해 시작했지만 그럴 수가 없었다. 뇨만의 말대로 여행은 여행자의 것이었다. 나는 그 말을 행간에 담고 떠나는 날짜를 적었다. 글씨가 씻은 듯 깨끗해 보였다. 책상 서랍은 오래도록 닫혀 있었는지 빡빡하게 이가 물려 잘 열리지 않았다. 나는 쇠고리를 아래위로 흔들어 간신히 서랍을 열고 메모지를 넣었다. 오랫동안 아무도 열지 않을 것 같아 안심되었다. 에어컨을 끌 때 아래 도로에 도착한 택시가 경적을 울렸다. 나는 트렁크와 포장된 만다라를 챙겨 그 방을 떠났다.

해설
서영인(문학평론가)

우애와 연대의 분신술

1. 풍경과 삶

웃음 사이로 외영은 딸꾹질하듯 말을 이었다. "실제 삶이 없다면, 풍경은 얼마나, 지루한, 것이겠어요. 또 풍경이 없다면, 실제 삶은 얼마나, 비루한 것일까요……" 엉뚱한 화법이었지만 기후는 공감했다.(「사구미 해변」, 135쪽)

밑줄을 그은 문장이 많지만, 빼어나게 아름다운 문장들을 두고 그중 이 문장을 서두에 놓은 까닭은 이 문장이 전경린의 소설집 『굿바이 R』을 가장 잘 설명해주고 있기 때문이다. 『굿바이 R』에 실린 소설들은 대부분이 여행지를 소재로 하고 있다. 표제작인

「굿바이 R」은 소설가 혜란이 발리에서 소설 속 인물 'R'과 관련된 꿈에 시달리면서 서서히 R을 보내는 이야기이다. 「사구미 해변」 「파푸아뉴기니 행성」은 여행지나 이국의 지명을 제목으로 삼고 있고, 「승객」과 「막연한 각오」도 품을 떠났거나 떠날 예정인 자식들과 어머니가 함께 보내는 여정이고 보면 소설은 대부분 집을 떠나 어딘가에 가 있는 인물들의 이야기이다.

폐해수욕장이라든가, 혹은 관광객들이 드나드는 낡은 게스트하우스라든가, 또는 빅토리아피크 트램이라든가, 소설은 일상에서 벗어난 지명과 그곳을 떠도는 인물들을 뒤쫓지만 이국의 풍경이나 정취에 쉽게 빠져들지 못한다. 그곳이 어디든 일상적인 삶과 꿈에 관한 이야기들이 그 안에 담겨 있기 때문이다. 그러니 삶이 없다면 풍경은 지루하고, 풍경이 없다면 삶은 비루하다. 옮겨 온 문장은 풍경과 삶에 관한 것이지만, 사실 외영이 딸꾹질하듯 말을 하고, 기후가 엉뚱한 화법에 공감하는 앞뒤의 문장까지 더해져야, 소설에 대한 설명으로서 합당하다. 그러니까 풍경과 삶과, 거기에 말없이 공감하는 사람들까지 전부 이해해야 소설에 대한 감상은 완성된다.

등단한 지 30년에 육박하는 작가의 작품에서 순번을 세는 것은 무의미한 일이지만, 『굿바이 R』은 『천사는 여기 머문다』(문학동네, 2014) 이후 거의 10년 만에 나온 소설집이다. 그 사이 작가는 장편 『해변빌라』(자음과모음, 2014), 『이마를 비추는, 발목을 물

들이는』(문학동네, 2017), 『이중 연인』(나무옆의자, 2019)을 펴
냈다. 10여 년의 세월이 모인 『굿바이 R』을 통해 열정과 정념의
작가로 불렸던 작가의 시간들을, 그의 문학이 천천히 변하면서 깊
어가는 과정을 지켜볼 수 있게 되었다. 그리고 나는 그 과정을 '풍
경과 삶'이라는 키워드로 따라 읽어볼 작정이다. 쉽지 않을 것이
다. 풍경과 삶이 대구를 이루는 앞의 문장처럼 풍경 속에 삶이 있
고 삶 속에 풍경이 있는 이야기들은 둘을 명확하게 구분할 수 없
게 해서, 풍경에 삶이 스며 있고, 삶이 풍경처럼 때로 아득한 이
관계에 대해 뭐라 딱 집어서 말하기는 어렵다. 그러니까 이 난감
하고 아득한 삶을 놓지 않고 계속해서 견디고 돌보는 것에 대하여
오래 생각해야만 할 것이다.

2. 희망도 냉소도 아닌

'풍경과 삶'에 대한 문장이 나온 맥락은 이런 것이다. 노소설가
를 인터뷰하러 곰소까지 내려간 외영은 인터뷰를 약속한 소설가
가 부재중이라는 말을 듣고 당황한다. 아내와 화장실을 사용하는
문제로 다투고 소설가는 집을 나갔다고 한다. 대학에서 은퇴하여
고요하고 한적한 풍경 속에서 예술 세계를 지켜가고 있는 것처럼
보이는 소설가에게도 당연히 예술로 수렴되지 않는 생활이 있다.
풍경은 '개처럼 배설물을 운운'하는 말들이 오가는 생활과 함께

펼쳐진다. 낯선 도시의 해변, 사막 같은 모래밭에 생활이 삽입됨으로써 풍경이나 삶, 어느 한쪽에 몰입하지 않는 긴장감이 생겨난다. 그리고 그 긴장감은 일종의 현실감각이나 시대성을 띠고 있다.

현실감각이라고 하기 위해서는 설명이 좀더 필요하다. 쇼핑몰에서 아무렇게나 고른 트렁크를 들고 여행을 떠나는 소설가(「굿바이 R」), 잡지사에 근무하면서 남해나 통영, 해남 같은 먼 곳을 떠돌며 생활하는 인터뷰어(「사구미 해변」), 혹은 좀처럼 일자리를 얻지 못하는 기간제 교사(「합」), 이들을 통해 말할 수 있는 현실감각이란 어떤 것일까. 오히려 현실을 말하지 않기 위해 먼 곳을 떠돌고 있는 것처럼 보이는데 말이다. 굳이 정착하려 하지도 않지만, 떠남에 대해서도 별다른 환상을 품지 않는 이 태도야말로 이들이 현실을 살아가는 방법이다. 그리고 이 방법은 이들이 자의로 선택한 것이 아니다. 어쩔 수 없이, 그렇게 살아갈 수밖에 없는 이유가 우리의 시대 안에 있다.

그것은 이를테면 「사구미 해변」에서 외영이 취재한 노인의 삶과는 완전히 다른 것이다. 노인은 개발 독재 시대의 인간상이라 할 만한 집념과 의지의 표상이었다. 국토 개발을 명분으로 해변의 모래가 어디론가 끊임없이 퍼 날라져 갈 때, 해변을 지키기 위해 노인은 수단과 방법을 가리지 않았다. 풍경을 지키기 위해서라기보다는 삶을 지키기 위해서였다. 해변이 사라지면 고기잡이 조업을 할 수 없으니, 그들의 삶이 사라질 판이었다. 겨우 국민학교를 졸업한 노인은 중학교 전교 일등과 고등학교 전교 일등의 인맥을 동원하여 줄을 대고, 탄원서를 받아 마침내 모래 채취를 중지시킬 수 있었다. 거기에 안심하지 않고 해수욕장 허가를 얻는 데 또 몇 년을 보냈다. '하면 된다'가 모토이던 시절, 마구잡이로 모래를 퍼내 국토를 개발하는 것이 가능했던 권력이 있었고, 그 권력의 반대편에서 할 수 있는 모든 것을 동원하여 그것을 저지하고 자신들의 삶을 지키는 것도 가능했다. "중국 문화혁명 시대에 일어난 이야기 같았다. 노인들의 이야기는 다 그런 식이었다." 외영이 노인들을 인터뷰하는 것은 이런 이야기에 위로받기 때문이다. "난 그들처럼 될 자신이 없어요." 그러나 정확히 말하자면 그들처럼 될 자신이 없는 것이 아니라, 그들처럼 될 수 없다. 누구도 그렇게 되도록 허용하지 않는 시대를 우리는 살고 있다. 우리의 삶이란 겨우 기후가 선택하는 정도의 범위 내에 있는 삶이다. "일을 통해서만 자신의 존재 가치를 인식하는 사람", "목표나 성과가 없는 삶을 떠올리"면 "자신이 공허하게 느껴"지는 사람인 기후였지만 전력을 다하는 삶을 뜻대로 살 수 있는 것은 아니었다. 임원 승진에서 누락되자 불가능한 프로젝트를 밀어붙였던 패기 같은 것이 쓸 데가 없다. 그나마 운이 좋은 편인 기후는 중소기업을 경영하는 장인의 회사로 옮길 수 있겠지만, 그래 봤자 처남의 병풍 노릇을 할 뿐이다. 그것 말고는 지역 기업에 임원 자리를 잡아 몇 년 떠돌다가 그만두기를 반복하는 선택지가 남아 있다. "그조차 경기가 좋을 때의 이야기였다." 장인의 회사로 옮기지 않기로 결정하자 이혼이 수순처럼 따라왔다. 결혼이든 일이든 그가 전력을 다했던 일들에 무심하고 허망하게 대처하지 않으면 오히려 더 견디기 어려울지도 모른다. 여행길에 우연히 만난 외영과 기후가 일상을 벗어나 낭만적 관계를 누리는 이야기처럼 보일지 모르겠지만, 거기에 통상적인 의미의 낭만은 없다. 교통사고로 남편과 아이를 잃은 뒤 매일 '밑이 없는 가방을 메고 흙길을 걸어가는 꿈'을 꾸는 외영과 기후가 이어지는 것은 낭만 때문이 아니다. 사고를 당하지 않더라도 우리는 밑이 없는 가방을 메고 하염없이 흙길을 걷는 것처럼 살아간다. 그런 삶이 비루하지 않으려면 풍경이라도 있어야 한다. 풍경 안에 비루해지지 않기 위해 안간힘을 써서 지켜야 하는 삶이 있다. "희망은 아니지만 냉소도 아"닌 삶, 작가는 삶에 대한 이러한 태도를 "근성"이라고 부른다(「막연한 각오」).

시부모와 시할머니까지 세 명의 노인을 돌아가실 때까지 모신 정혜가 "내 삶은, 오직 나의 예술이야"(「붓꽃」)라고 말할 때, 그 말에 함축된 자부심은 양가적이다. 돌아가신 분들이 자신에게 마지막 사랑을 주었다고 생각하지만, 그는 그 시간들을 견디면서 극심한 스트레스로 청력을 잃었다. 한쪽의 청력은 완전히 잃었고, 한쪽은 이명으로 가득차 있다. 「붓꽃」은 함께 아는 친구인 소양의 생일에 친구들이 모이는 것으로 시작된다. 중년에 이른 학창시절 동창생들이다. 구조조정을 당한 남편이 삼 개월만에 스스로 목숨을 끊은 친구의 이야기가 공통의 화제이다. 애써 친구의 슬픔을 상상하지도 않고, 쉽게 그 불행을 논평하지도 않는다. 죽었거나 살아 있거나 모두 어렵게 버텨왔다. 남편은 임원으로 승진하고 딸은 명문대에 진학한, 세속적인 기준으로 성공적인 삶을 살았다고 할 만한 친구도 "삶의 전쟁터에서 살아남은 기분"이라 말한다.

젊은 날의 그들이었다면, 남편의 승진과 자식들의 진학에 모든 것을 걸어야 하는 삶을, 철마다 계절 음식을 만들고 늙은 부모의 병원 수발을 하고, 해마다 가족 여행을 가는 삶을 환멸하며 그런 일상들과 단호히 결별했을지도 모른다. 나이가 들었다든가, 굴곡을 겪고 보니 삶이란 그런 것이 아니라든가 하는 말을 쉽게 해서는 안 된다는 것을 이제는 안다. 남편과 자식과 시부모와 그리고 그것들을 다 합친 것보다 더 견고한 가족이라는 울타리가 그들의 삶을 규정해왔음을, 그리고 한편으로 그 규정이 자신의 삶에 명분이 되어주었다는 것을 안다. 시부모와 시할머니를 모시며 평생을 보낸 정혜나, 가족의 불화와 새엄마의 학대를 겪고 혼자 살아가는 길을 택한 윤재나 상황은 다르지만 가족의 울타리 안에 있고, 그 울타리는 부술 수도 도망칠 수도 없는 것이었다. 쓸쓸한 인정이나 패배처럼 보이기도 한다. 그러나 그렇게 쉽게 단정할 수는 없다. 인물들이 삶을 버텨온 내력이나 방법 같은 것을 우리가 어느새 이해하게 되었기 때문이다. 전력을 다해 주어진 삶을 살아내거나, 아니면 송곳 같은 현실 위에서 홀로 버텨야 하는 삶. 그리고 공통의 현실 위에서 저마다의 방법으로 살아온 누군가의 삶과 마주쳤을 때, 그것을 진심을 다해 이해하는 과정. 나는 『굿바이 R』이 그 과정에 대한 소설이라고 생각한다. 그래서 우리는 삶의 귀퉁이에 가꾼 붓꽃 화단 같은 것을 소설의 도처에서 발견하게 된다. "붓꽃들은 민감하고 비밀스러우면서도 곤경을 자초할 만큼 화려했다."

3. 여러 개의 내가, 마치 분신처럼

오래 연락하지 못한 친구와 우연히 만나 친구가 가꾼 붓꽃 화단을 자정이 넘은 시각에 함께 바라보거나, 친구가 지내온 삶의 이력을 듣는 일이 일상적으로 일어나지는 않는다. 윤재가 정혜를 마지막으로 본 것이 친구의 결혼식 때였으니, 짧게 잡아도 이십 년도 더 전이었다. 간간이 지인을 통해 소식이야 들었겠지만, 윤재는 정혜의 청력 이상이 극심한 스트레스 때문임을 헤아리고, 그럼에도 불구하고 그것을 통상적인 시집살이나 가정생활의 스트레스로 해석하지 않는다. 그런 이해가 가능했던 까닭을 윤재와 정혜가 가진 공통의 기억, 고등학교 시절 해변에서 마주친 기억에서 찾아볼 수 있다. 여학생들에게 금지된 구역이었던 해변에서, 윤재는 문간방에 살던 나이든 남자와 함께, 정혜는 오빠 친구인 남학생과 함께 있다가 마주쳤다. 누군가에게 들킬까봐 불안하고 두려웠던 그 금기의 영역에서 서로를 보았다는 사실은 둘만의 비밀이었다.

학교와 가족 이외에는 거의 모든 것이 금기였던 여학생 시절에 그 금기를 위반하려 했던 각자의 불안한 욕망을 알고 있었으므로, 윤재는 지금 눈앞의 정혜와는 다른 정혜를 본다. "그때에도 지금의 정혜가 몸안에 있었던 것 같고, 지금도 그때의 정혜가 몸안에 있는 것 같았다."

공통의 금기가 있는 곳에 공통의 기억이 있다. 중년이 된 여자들의 삶이 어떤 식으로든 전쟁처럼 버텨야 하는 삶이었다면 그 공통의 기억을 지반으로 서로를 이해하는 일이 불가능할 것 같지 않다. 아주 오랜만에 우연히 만나 슬쩍 근황을 듣기만 해도 각각의 자리에서 힘껏 살아왔으며, 자기 안에서 들끓는 온갖 종류의 자기를 감당해온 자들이 보낼 수 있는 우애와 연대가 생겨날 수도 있는 것이다. 기후와 외영이 서로 다른 처지에도 불구하고 사막 같은 해변에서 동행을 결심할 수 있었던 것처럼.

그 우애와 연대는 타인을 이해하기에 앞서, 우선 자기 자신을 이해하는 과정을 거친다. 과정이라 했지만 순차적으로 일어나는 것은 아니다. 굴곡 없이 살아온 타인의 삶이 순조로운 것처럼 보이지만, 그 안에 온갖 난관과 번민이 들끓고 있었다는 것을 안다. '나' 또한 그랬기 때문에 그것을 안다. 그래서 우리는 「붓꽃」의 윤재처럼 "이따금 다른 세계로 넘어가 벽에 귀를 대고 자신의 삶을 엿듣는 것" 같은 기분으로 산다. 혹은 어느 날 혼자 사는 집에 들어온 낯선 존재를 만난다(「합」). 낯선 존재라고 했지만, 사실은 익숙한 것 같기도 하다. "거북하지만 끌리고, 좋지만 두려우며, 이상하지만 몹시 낯익은 느낌"의 그것은 자신의 이름을 '합'이라고 했다. 몸집이 끝도 없이 길고, 외피는 단단하지도 미끄럽지도 축축하지도 않은 그것은 액체도 고체도 아닌 상태로 소연의 집에 머문다. 기간제 교사 생활을 하면서 아이들을 키웠고, 두 아이가 각자 취업을 하여 떠나간 빈집은 공허하다. 젊은 신청자들에게 우선순위가 밀려 근무할 학교를 배정받지 못하는 상황이 되자 소연은 실업자가 되었고, 집을 줄이고 남은 돈을 생활비로 써야 하므로 그의 근황은 곤궁하다. 그런 상황에서 소연은 합을 만난다.

"식탐이 많고 고집스러우며 어딘가 대담한 성정을 품고 있는" 합을 소연의 또다른 자아, 분신으로 해석할 수 있다. 합이 소연의 집에 오기 전에 살았던 "좁은 골목의 낡은 다가구주택"은 딸이 홍콩으로 떠나기 전에 살던 집과 닮았다. 어쩌면 딸을 그리워하는 소연이 합의 모습으로 등장한 것일지도 모른다. 또 합은 헤어진 가족이거나 친구들, 애인들을 닮아 있다. 그들과 함께 했을 때의 소연의 감정이나 기억이 합에게 덧입혀졌을지도 모른다. 식탐이 많고 고집스럽고 대담한 합은 소연이 모르는, 혹은 소연에게 숨겨져 있던 또다른 소연의 모습이기도 하다. 그런 합이 자면서 울고 있는 소연에게 까닭을 묻는다. 사막의 여관에 억류된 꿈을 꾼다는 소연에게 사막이 어디인지를 알아내라고 채근하고, 사막을 갈라파고스 군도 같은 곳으로 상상하라고 일러주기도 한다. 무력감에 빠진 소연이 식탐이 많고 고집스럽고 대담한 소연을 발견하여 티격태격 함께 나무 도마를 사고 맥주를 마시며 제라늄을 키우는 삶이란 어쩌면 홀로 버티며 살아온 소연이 숨겨놓은 꽃밭 같은 것일지도 모른다. 사막 여관에 억류되어 밖으로 나가지 못하는 소연을 또다른 소연이 세상 밖으로 끌어낸다. 합이 떠난 날 꿈에서 소연은 외투 보퉁이를 들고 사막 여관을 찾아간다. 외투를 받아든 여자는 놀랍게도 소연 자신이었다. 외투를 받은 소연은 소연의 목을 끌어안고 목놓아 울었다. 세상과 어긋나 버려진 자신에게 외투를 입혀 데리고 나오는 것은 결국 자기 자신이다. 전력을 다해 버티는 삶이란 이런 과정을 거쳐 성립된 것이 아니었을까.

4. 함께 꾸는 악몽

분신과 꿈에 관해서라면 「굿바이 R」이 가장 본격적이다. 'R'은 소설가인 '나'가 쓰다 만 소설 속 주인공이다. '나'는 소설 속 R로부터 벗어날 수 없다. R은 '나'의 안에서 똬리를 틀고 살고 있고, '나'는 잠 속에서 R의 꿈을 꾸며, R을 생각하고 느낀다. 그런데도 '나'는 R을 이해할 수가 없고 점점 더 모르게 되었다. 아마도 이해할 수 없었기 때문에 소설 쓰기를 중단했을 것이다. 이해할 수 없기 때문에 그 속에 사로잡혀 빠져나올 수 없었을 것이다.

R이 또다른 '나'이기도 하다는 단서를 소설에서 찾기는 어렵지

않다. 발리의 공항에 마중나온 게스트하우스 주인인 뇨만은 '나'를 자꾸만 '란'이 아니라 '난'이라고 불렀다. "R 발음에 가깝다고 몇 번 강조했지만 소용없었다." 혜란의 '란'과 뇨만이 부르는 '난' 사이에는 사라져버린 'R'이 있다. '나'를 지칭하기 위해 R은 반드시 있어야 했지만, 지금은 없다. 그러니 R을 제대로 이해하여 '나'에게서 떠나보내는 일은 '나'를 제대로 이해하는 일이기도 하다. 합과 소연이 별다른 매개 없이 하나이자 둘인 존재였다면, R의 경우는 다르다. 처음에 '나'가 이해할 수 없는 존재이기만 했던 R은 소설이 진행될수록 점점 더 많은 R로 확산되어간다. 호연과의 만남이 중요한 계기가 된다.

호연은 이혼한 남편을 찾아 발리까지 왔다. 남편이 뇨만이 경영하는 게스트하우스에 있다는 정보를 따라 왔으나 남편을 찾을 수가 없다. 남편을 찾는 이유를 한마디로 설명하기는 어렵다. 아이가 있었고 심장에 기형을 가지고 태어난 아이는 여러 번 위기를 넘기고 살아났다. 아이가 안정될 무렵 남편이 이혼을 요구했고, 얼마 지나지 않아 떠났다. 유치원에 들어간 아이는 시도 때도 없이 아빠를 찾으며 떼를 썼고, 그러다가 사고로 죽었다. 호연은 남편이 떠나고 아빠를 찾는 아이 때문에 지옥 같은 나날을 겪었고, 아이가 죽자 견딜 수 없어 남편을 찾았다. 자신이 겪은 모든 불행을 이해할 수 없었으므로, 혼자서 견딜 수 없어서 그 이야기를 해주고 싶었기 때문이다. 남편의 사과를 받기 위해서도 아니고, 남편을 원망하기 위해서도 아닌, 혼자 겪기에는 너무 고통스러워서 그 고통을 나눌 사람이 필요했고, 그것이 남편이었던 셈이다. 호연은 결국 남편을 찾지 못하고 떠났다. '나'에게 자신의 이야기를 모두 털어놓고 나서였다. 이야기를 들어주는 사람이 꼭 남편일 필요는 없었을 것이다. 호연은 남편 말고 자신의 이야기를 들어줄 사람을 떠올리지 못했을 뿐이다. 호연에게는 생판 남이었지만, '나'는 좋은 청자였고, 친구였다. 호연의 이야기를 듣고 나자 '나'는 물이 차오르듯 귓속이 먹먹해졌다. 습관처럼 호연의 삶을 떠올리며 귓바퀴를 털어내야 할 것이다.

'나'가 꾸는 반복적인 꿈속의 R이 호연과 겹친다. 꿈속에서 삼십대 중반의 여자가 달리는 버스 안에서 갑자기 일어나 아이를 찾는다. 아이를 찾아야 하는데 아이를 어디에 맡겼는지 기억나지 않는다고 울부짖는다. 이곳저곳에 아이를 맡기고 허겁지겁 출근했던 장면들이 뒤엉켜, 오늘 아이를 어디다 맡겼는지 막막하기만 하다. 아픈 아이를 데리고 병원을 오가야 했고, 어머니에게 아이를 맡기고 일을 해야 했던 호연의 조바심을 생각하면 그 꿈은 호연의 것처럼 느껴진다. 또다른 꿈속에서 '나'는 나무 침대에 누워 있는 병든 남자를 만난다. 그가 '나'를 기다렸다고 모두 말했지만 그는 모르는 남자였다. 그럼에도 '나'는 그 남자에 대한 미움으로 심장이 찢기는 듯했다. "그는 나를 버리고 떠났어요." 그 맹렬한 미움은 '나'의 것이 아니라 R의 것이었다. R의 그 미움은 전남편을 찾아 발리까지 온 호연을 연상시키지만, '나'가 호연의 미움을 대신한 듯한 R의 꿈을 꾼 것은 호연을 만나기 전의 일이다. 그렇다면 R은 호연과만 겹치는 것이 아니다. 그리고 '나'에게 친절을 베푸는 여행지의 청년을 보며 떠올린 젊은 날의 꿈 한 토막. 긴 골목에서 마주친 모르는 남자. 신체는 왜소하고 얼굴은 날카로운 그 남자를 피해 골목을 빠져나가기 위해 '나'는 그 남자 앞을 스쳐야 했다. 그와 거의 마주친 순간에 그는 자신의 얼굴 피부를 벗겨냈다. 늘 살점이 너덜너덜한 남자의 얼굴이 덮치는 순간 꿈에서 깨어나는 악몽이었다.

여러 꿈들을 이어놓고 보면 이 꿈에서 표출되는 공포와 분노와 미움, 또는 안타까움과 조바심은 마치 여자아이로 태어나서 성인이 되고 결혼을 하고 아이를 양육하는 여자들의 생애주기를 반복해서 보여주는 듯하다. '나'가 R을 이해하지 못한다고 느꼈던 것은, R이 하나의 인물이라기보다는 공포와 미움으로 반복되는 여러 여성들의 삶에 겹쳐져 있기 때문이다. 여러 '여성들'에는 물론 '나'도 포함되어 있다. '나'조차도 모르고 있었던 '나'의 삶의 여러 고통들도 거기에 있다. 그러므로 R을 이해하려는 안간힘은 '나'를 포함하여 '나'가 모르는 여러 여성들의 삶으로 확장된다.

나는 모든 여자에게서 R의 일부를 발견했다. 호연도 처음부터 R과 같은 부류였다. 삶의 표면 위로 튀어오르는 섬광 같은 기쁨과 심연으로 가라앉는 영원한 그늘 사이에서 모든 여자의 불안과 외로움, 좌절과 질투와 결핍과 우울, 가난과 사치와 슬픔과 공허, 그리고 상실과 해독되지 않고 쌓여만 가는 독은, 같은 것을 나눈 듯 서로 닮아 있었다.(255~256쪽)

소설 속에서 '나'는 R로, R은 다시 스스로도 이해할 수 없는 불행을 견디며 살아내야 했던 여자들의 인생으로 확산된다. '나'의 것이면서 '나'의 것이 아닌 여러 삶들을 이해하고 그들의 상처와 열망을 꿈속에서 대신 살며 쉽지 않은 우애와 연대가 만들어진다. 『굿바이 R』은 풍경에서 시작되어 삶으로 끝난다. 여행의 신비가 아니라 삶의 외경으로 조금씩 육박해들어가는 광경을 소설을 통해 본다. 「굿바이 R」의 결말에 등장한 '만다라'의 의미에는 명확한 정답이 없겠지만, 그것이 어떤 종교적 깨달음이나 신비 같은 것으로 귀결되지는 않을 것이다. 여전히 그녀들의 삶이 계속되고 있기 때문이다. 호연의 이야기를 들어주고, 호연의 꿈을 대신 꾸고, R을 떠나보내고, 다시 자신의 삶으로 돌아가는 소설가 혜란의 행보가 그러하듯이.

작가의 말

외부에서 유입되는 공기와 소리와 물방울과 냄새 같은 것을 촘촘한 망으로 걸러 나의 세계와 섞으며 글을 써온 느낌이다. 세상도 나의 세계도 제한적이라 얼마 되지 않는 재료를 이리저리 자르고 엮고, 다시 흩트리고 재구성하고 다른 색채를 입히며 전환점들을 찾아 거듭 변주해왔다. 작가라고 해서 문장들을 몸에 지니는 것은 아니다. 문장을 가져오기 위해 물을 길어오듯 온몸으로 이곳과 저곳을 오가야 한다. 저곳은 어쩌면 림보 같은 장소이다. 림보는 죽은 자들이나 가는 변방의 경계라는데, 어쩌다가 나는 산 채로 그곳을 오가게 된 것일까. 눈에 보이지 않는 것을 보고, 손으로 만져지지 않는 것을 끌어와 벽돌처럼 단단한 현실의 언어로 수납해야 하니, 한 편 한 편 소설을 쓰는 일이란 때론 합리성을 뛰어넘는 마법이 필요할 만큼 막막한 작업이다. 다행히 소설을 쓸 때면 이따금 마술이 일어나는 순간을 맞이한다. 세계와 언어와 나의 지향이 한데 어우러져 어떤 정점에 이를 때가 아닐까. 그조차 내 몫은 아니어서 가만히 덮고 나아가야 하지만, 작가만이 알 수 있는 기쁨과 숨겨진 재미 때문에 소설을 계속 써왔다.

세상사에는 태업을 일삼으면서도 나의 일에서는 꽤나 부지런한 편이어서 그동안 참 많은 소설을 썼다. 내 소설의 화자들이 여기 이 현실에 산다면 어떤 모습일까, 하는 생각이 문득 든다. 그들은 내성적이면서 꼿꼿하고, 열정적이면서도 소극적이며, 어딘가 대담하면서 비밀스럽다. 그녀들은 현실의 짐을 등에 지고 고독과 방랑에 익숙한 채 도처에서 이곳과 저곳 사이의 경계를 밟으며 끊어지는 말들을 힘겹게 이어간다. 다행히 나의 화자들은 내 소설 속에서만 산다. 그렇지만 내 소설의 현실이 늘 만만치 않아서 소설 속에 사는 것도 현실 못지않게 고단한 일이다. 나의 화자들에게 수고했다고 말해주고 싶다.

첫 소설집이 인연이 되어 긴 세월을 함께 지나며 다섯번째 소설집을 정성껏 묶어준 문학동네에 감사 인사를 보낸다. 매번 그랬지만, 애정을 가지고 꼼꼼한 교정을 보아준 편집자들의 도움을 많이 받았다. 서영인 평론가가 해설을 맡았다는 소식을 들었을 때 반가웠고, 김금희 작가가 추천사를 쓰기로 했다는 소식을 들었을 때 기뻤다. 여러 사람이 힘을 보태 책을 만드는 사이 내 안에서는 첫 책을 내던 때 같은 설렘과 애착이 생겨났다. 좋은 꿈을 꾸는 것 같은 시간이었다.

사랑하는 S와 D, 그리고 어머니와 자매들에게 이 책을 통해 나의 곡진한 마음을 전한다.

2022년 7월
전경린

| 수록 작품 발표 지면 |

승객 ······ 『Axt』 2015년 7/8월호

붓꽃 ······ 『문학사상』 2015년 9월호

합 ······ 『문학동네』 2017년 겨울호

막연한 각오 ······ 웹진 비유 2019년 1월호(발표 당시 제목 「마카오타워 가는 길」)

사구미 해변 ······ 『현대문학』 2016년 1월호(발표 당시 제목 「해풍 사과 과수원을 지난 뒤」)

파푸아뉴기니 행성 ······ 『작가세계』 2012년 가을호(발표 당시 제목 「바다가 있는 행성, 파푸아뉴기니」)

굿바이 R ······ 『문학동네』 2022년 봄호

문학동네 소설집

굿바이 R

1판 1쇄 2022년 7월 29일
1판 2쇄 2022년 8월 17일

지은이 전경린
책임편집 이재현 | 편집 강윤정 이희연 여승주
디자인 최윤미 이원경
마케팅 정민호 이숙재 박치우 한민아 이민경 박지영 안남영 김수현 정경주
브랜딩 함유지 함근아 김희숙 박민재 박진희 정승민
제작 강신은 김동욱 임현식 | 제작처 상지사

펴낸곳 (주)문학동네 | 펴낸이 김소영
출판등록 1993년 10월 22일 제2003-000045호
주소 10881 경기도 파주시 회동길 210
전자우편 editor@munhak.com | 대표전화 031) 955-8888 | 팩스 031) 955-8855
문의전화 031) 955-3578(마케팅) 031) 955-1920(편집)
문학동네카페 http://cafe.naver.com/mhdn
인스타그램 @munhakdongne | 트위터 @munhakdongne
북클럽문학동네 http://bookclubmunhak.com

ISBN 978-89-546-8781-2 03810

www.munhak.com